浙江省哲学社会科学规划重大项目“西方文学思潮发展史”（22YSXK03ZD）
2024年“商大精品文库”建设项目

西方文学思潮发展史论丛
蒋承勇 主编

人文主义文学思潮导论

蒋承勇 肖丽华 著

商務印書館 SINCE1897 The Commercial Press | 北京
浙江工商大学出版社 ZHEJIANG GONGSHANG UNIVERSITY PRESS | 杭州

图书在版编目（CIP）数据

人文主义文学思潮导论 / 蒋承勇，肖丽华著．杭州 ：浙江工商大学出版社 ；北京 ：商务印书馆，2024．12．--（西方文学思潮发展史论丛 / 蒋承勇主编）．

ISBN 978-7-5178-6139-3

Ⅰ．I109．9

中国国家版本馆 CIP 数据核字第 20248W4Z11 号

人文主义文学思潮导论

RENWEN ZHUYI WENXUE SICHAO DAOLUN

蒋承勇　肖丽华　著

出品人　郑英龙
策　　划　郑英龙　任晓燕
责任编辑　刘志远　唐　红
责任校对　林莉燕
封面设计　观止堂_未氓
责任印制　祝希茜
出　　版　商务印书馆
浙江工商大学出版社
发　　行　浙江工商大学出版社
（杭州市教工路 198 号　邮政编码 310012）
（E-mail：zjgsupress@163.com）
（网址：http://www.zjgsupress.com）
电话：0571-88904970，88831806（传真）
排　　版　杭州朝曦图文设计有限公司
印　　刷　浙江全能工艺美术印刷有限公司
开　　本　710 mm×1000 mm　1/16
印　　张　16.75
字　　数　216 千
版 印 次　2024 年 12 月第 1 版　2024 年 12 月第 1 次印刷
书　　号　ISBN 978-7-5178-6139-3
定　　价　91.00 元

总　序

蒋承勇

20 世纪八九十年代，我国学界曾经就“重写文学史”问题展开了十分热烈的讨论，唤起了众多学人对创新文学史研究的学术热情，不少人开始致力于新文学史著作的撰写。时过境迁，热烈的讨论已归于沉寂，文学史“重写”的实践无疑也取得了可喜的成果。但是，今天看来，当年的讨论主要聚焦于文学史撰写的观念更新，而不是着力于对文学史事实与现象及作家作品本身的深度研究——就当时的学术状况和语境而言，这种研究尚不具备深度展开的客观条件，——因而也不可能为文学史的“重写”提供丰富的学术“原材料”。观念更新固然很重要，但如果没有长期的对文学史事实与现象及作家作品研究的深厚积累，仅仅是观念和概念层面的花样翻新，那么，这种“重写”就缺乏学术新成果的有力支撑，从某种意义上说是“巧妇难为无米之炊”，那么，所“重写”的文学史难免有观念空泛与学术意蕴轻浅之嫌，很难取得实质性的学术突破，其历史局限不言而喻。

文学史的“重写”原本就不是一蹴而就的，有道是“一代人有一代人的文学史”，“重写”也总是处于一种开放和行进的状态。从当今时代倡导人类文明交流互鉴、重构文明史的理念来看，显然又到了需要对曾经的“重写文学史”进行回顾、总结、反思与超越的时候了。就近几十年来学术研究的积累而言，当下新一轮“重写文学史”的展开亦有了较为丰厚的学术资源，更何况，文学史构建的理念也需要与时俱进、不断更新——“重写文明史”①的呼声无疑是新时代在人类文明交流互鉴语境中昭示的一种崭新的历史观和价值观，文学史撰写的创新无疑又进入了一个新的历史周期。在这种意义上，“重写文学史”依然是当今摆在我们面前的十分紧迫的学术新任务。

就国内的外国文学史撰写而言，自当年开展“重写文学史”的讨论以来，各种集体或个人“编撰”出来的西方文学史、国别文学史著作或者外国文学史教材，无疑有其历史的超越性与学术贡献。但是也必须看到，它们大都呈现为作家列传和作品介绍，对文学历史，普遍缺乏生动、真实、系统而有深度的描述与阐释；此外，用失之狭隘的文明史观和文学史观所推演出来的思想观念去简单地对作家、作品做出定论，也是这种文学史著作或教材的常见做法。这种现状亟待改变。

文学思潮是指在特定历史时期一定社会—文化思潮影响下形成的具有某种共同美学倾向、艺术追求和广泛影响的文学思想潮流。由于文明与文化发展的差异性，与国内文学史的演进相比，西方文学史是以文学思潮的形态展开的，并由此彰显其显著的“革新”“革命”“运动”的特征。从文艺复兴开始的人文主义，17 世纪的古典主义，18 世纪以降的浪漫主义、现实主义、自然主义、唯美主义、象征主义、颓废主义，再到 20 世纪的现代主义、后现代主义等，这一系列的文学思潮和运动在交替或交叉中奔腾向前，勾勒出了西方文学史发展的大致轮廓。可以说，文学思潮是西方文学发展的基本脉络，有其深层的人文意蕴，把握住了这一脉络，就等于把握住了西方文学史发展的基本构架和总体风貌。“批评家和文学史家都确

① 曹顺庆、刘诗诗：《重写文明史》，《四川大学学报》（哲学社会科学版）2023 年第 1 期。

信，虽然古典主义、浪漫主义和现实主义这类宽泛的描述性术语含义多样，但它们都是有价值且不可或缺的。把作家、作品、主题或体裁描述为古典主义的、浪漫主义的或现实主义的，就是运用一个有效的参照标准并由此展开进一步的考察和讨论。”①也许正是基于此种原因，在西方学界，文学思潮研究历来是文学史研究的主战场，其研究成果亦可谓车载斗量、汗牛充栋。与之相比，国内学界在这方面的研究则显得十分薄弱，亟待拓展与深化，这对文学史和文明史的“重写”与互鉴都有重大意义。因为，就西方文学而言，文学思潮研究乃“重写”西方文学史所不可或缺的重要前提，其研究成果乃“重写”西方文学史不可或缺的重要学术资源。

在我国，西方文学思潮自五四前后被介绍到本土，百余年来学界展开过不少研究，出版过一些研究与介绍性的作品，如早年陈独秀的《现代欧洲文艺史谭》、茅盾的《西洋文学通论》，以及后来胡风的《论现实主义的路》，何其芳的《关于现实主义》，王秋荣、陈伯通主编的《西方文学思潮概观》，罗钢的《浪漫主义文艺思想研究》等，也出版过翻译引进的著作，如厨川白村的《西洋近代文艺思潮》、本间久雄的《欧洲近代文艺思潮论》、勃兰兑斯的《十九世纪文学主流》、罗杰 · 加洛蒂的《论无边的现实主义》等。20世纪八九十年代学界曾经编辑出版过系列的单个文学思潮的资料汇编，如朱雯等编选的《文学中的自然主义》等。此外，杨周翰等的《欧洲文学史》、李明滨的《二十世纪欧美文学史》、朱维之等的《外国文学史》和郑克鲁等的《外国文学史》等文学史(教材)类的出版物也涉及对西方文学思潮的介绍。所有这些出版物，都为我国的西方文学思潮研究打下了坚实基础。不过，总体上看，这些研究或介绍只能代表一定时期的学术水平，而且难免有历史局限性，尤其是没有对西方文学思潮演变的历史展开全

① Donald Pizer: *Realism and Naturalism in Nineteenth-Century American Literature*, Southern Illinois University Press, 1984, p. 1.

面系统的研究与阐释。迄今为止,国内学界未曾出版由本土学人撰写的系统研究与阐释西方文学思潮发展史的著作,这无疑是我国外国文学研究与出版的一大缺憾。

有鉴于此,“西方文学思潮发展史论丛”作为浙江省哲学社会科学规划重大项目“西方文学思潮发展史”的最终成果,致力于对西方文学史中最具代表性的十大文学思潮——人文主义、古典主义、浪漫主义、现实主义、自然主义、唯美主义、象征主义、颓废主义、现代主义、后现代主义——展开深入、全面的反思性研究①,以 10 卷(每卷 20 万字左右)的体量予以系统呈现,力图对西方文学思潮和西方文学的演进做正本清源的梳理与研究,为“重写文明史”背景下本土学界重写文学史,特别是重写西方文学史提供重要的学术资源和观念启迪。

作为国内首次系统推出的关于西方文学思潮发展史研究的学术性丛书,“西方文学思潮发展史论丛”立足反思性、超越性和建设性,把西方十大文学思潮置于西方文明史和文学史演变的历史长河中,既作为一个整体,又分别作为各自独立的单元,以跨文化、跨学科方法展开多角度分析,发掘和阐发其本原性特质、历史性地位与价值,努力在研究方法的创新性,研究内容的系统性,研究结论的前沿性、原创性等方面,都有显著的建树,从而把对西方文学思潮的研究推向新水平、新高度,为推进中国特色的外国文学学科建设,也为中国现当代文学和文艺理论研究提供借鉴与参考。

---

① 需要说明的是,国内不少外国文学史教材或西方文学史、欧洲文学史著作,把 18 世纪启蒙运动中出现的文学——启蒙文学——也视为一种文学思潮,而本丛书则没有将其列入西方文学思潮中。那是因为,我们认为,欧洲 18 世纪的启蒙运动主要发生在思想文化领域,而不是文学领域。这一思想文化运动背景下出现的启蒙文学,虽然也受启蒙思想的影响,而且也有一个宽泛的作家群体,但是他们的成就主要表现在哲学、政治和思想文化领域而非文学领域,尤其是他们并没有形成比较系统的文学理论和美学思想体系,因此启蒙文学总体上只是一种松散的文学现象,而不是一个系统的文学思潮。有鉴于此,本丛书未将其作为西方文学思潮之一予以研究与阐释。

本丛书虽然集中于研究西方文学思潮，但实际上学科和专业涉及面宽，体现了跨学科、跨文化的比较文学方法与视野。对读者而言，本丛书的写作定位是学术性与普及性相互兼顾，既“为学术而学术”，又面向文科专业的本科生、硕士和博士研究生以及文学专业工作者和爱好者。本丛书的宗旨是努力打造一套简洁而不简陋、通俗易懂又有学术性和持久影响力的西方文学思潮精品读本与学术参考书。为此，本丛书坚持以下基本写作原则：观照基本问题，把握思潮主线；追踪思潮渊源，阐释本原特质；内容简明扼要，语言简洁生动。希望本丛书不仅能成为外国文学教学与研究者、文学工作者和爱好者的重要读物，同时也能成为中国现当代文学、文学理论教学与研究者的重要参考书。

目　录

| 引　言 |

“文艺复兴”与“人文主义”

文艺复兴时期人文主义是西方文学史上的第一个文学思潮，它开启了西方近现代文学的先声，并在文学思想与观念、价值导向上深深影响了后来的西方文学。“文艺复兴”(Renaissance)一词于1858年首次被法国历史学家儒勒·米什莱使用，并经雅各布·布克哈特的《意大利文艺复兴时期的文化》而定型，用以描述欧洲中世纪与现代开端之间的过渡时期。文艺复兴是新兴的资产阶级思想家打着恢复古希腊-罗马文化的旗号，在思想文化领域所展开的一场大规模反封建、反教会的思想解放运动。“文艺复兴的一个基本特征是经济、社会和文化的平衡正在从中世纪神职人员和封建因素占统治地位转变为在很大程度上以现代世界的世俗和城市因素为主导。”①不过，事实上，在中世纪末期，意大利的知识精英已经觉察到一种新的文化从古典世界获得启发而再生，古希腊-罗马的异质文学、哲学、艺术正在被重新创造。有的学者认为这一概念“重生的隐喻太

---

① Wallace K. Ferguson: “Renaissance Tendencies in the Religious Thought of Erasmus”, *Journal of the History of Ideas*, Vol. 15, No. 4, 1954, p. 501.

过强大,几乎无法客观地使用”[1]。确实,复兴之“再生”的隐喻有其合理性,但也有一定的误导性。因为,既然是“再生”,其暗含之意仿佛是过去已经存在的某种事物或精神文化的复归、复活或重现,于是也就更容易使人关注文艺复兴与“古典”之间的亲缘关系。事实上,文艺复兴并非只是古典文化以它原初面貌的“复兴”或“复归”,而是包含古典文化元素与新时代新质文化元素的融合,是对古典文化的利用、加工,从而创造出一种新文化、新思想、新观念,并借此表达新兴资产阶级的理想、诉求与愿望。因此,文艺复兴是一个包含了新旧文化元素的、内涵丰富而复杂的观念。

文艺复兴既是一场思想文化解放运动,同时也是一个历史分期的概念。如果从“运动”这一概念看,我们讨论的是它的文化思想内涵及性质;如果从“历史分期”概念看,我们需要确定一个时间起止的节点。这两个不同的视角对我们讨论人文主义文学都是十分重要的。就时间而言,历史学家一般认为文艺复兴肇始于 14 世纪初,具体在西班牙与意大利发生战事,并于法国签订《卡托—堪布累齐和约》为止。文艺复兴的发生地主要是意大利,而后波及欧洲的几乎其他所有国家。由此又带来了问题的另一面:文艺复兴在这些国家发生的时间实际上相差很大,所以它在每一个国家的断代时间也不相同。在率先发生的意大利文艺复兴运动已逐渐回落的 16 世纪初期,在阿尔卑斯山以北的有些国家的文艺复兴运动却刚刚开启。所以,如果认为欧洲文艺复兴运动发生于一个统一的历史时期,就会掩盖各个国家文艺复兴运动流行的时间差,尤其会由此忽略不同国家文艺复兴思想内涵的差异性。

如果将文艺复兴运动作为一场思想文化运动,我们讨论的是其性质,指的是发生在欧洲由人文主义者打着复兴古希腊、古罗马文化的旗号所

---

① A. C. Hamilton:“The Renaissance of the Study of the English Literary Renaissance”, *English Literary Renaissance*, Vol. 25, No. 3, 1995, p. 375.

进行的一场文化创新运动，其指导思想是人文主义。“人文主义”（Humanism）通常指文艺复兴时期形成的一种文化思想，但又有“人文学科”之意。人文主义思想早在中世纪就开始萌芽，中世纪最后一位诗人但丁是公认的人文主义思想的先驱。作为历史分期或者作为一场运动的文艺复兴，应有基本明确且公认的终结时间，但是人文主义却在文艺复兴结束很久之后依然发挥力量，并成为以后西方文化思想的主线。因此，我们不能简单地以“人文主义”来概括这段历史时期的思想特征，文艺复兴也不等同于人文主义运动。在大约历时300年的文艺复兴运动的历史过程中，欧洲发生的历史事件是多种多样的，将它们全都归纳于“人文主义”的名下也是不符合历史事实的，例如宗教改革、反宗教改革、宗教战争、民族征战等，它们既与人文主义有关联，但各自又具有独特的历史内涵。而“中世纪的经院哲学传统和对亚里士多德的研究不但在这一时期得以维持，远未被人文主义所取代，反而还在当时的大学中得到了繁荣与发展”①。当然，这也不能否认人文主义是文艺复兴运动的主流，也不能否认其作为文艺复兴运动之指导思想的地位。而且，不仅文艺复兴的内涵是丰富复杂的，人文主义的内涵其实也是丰富复杂的。

“人文主义”这个词发源于“人文主义者”和“人文学科”，抽象名词“人文主义”同“文艺复兴”一词一样，是从19世纪开始使用的，不过“人文主义者”这一词出现得更早一些。这两个词在文艺复兴时期就已经先后被使用。人文主义者是指讲授、学习人文学科的人，而人文学科则代表了一系列学科，如语法、修辞、诗学、道德、哲学和历史学等，其间并不存在一个统一的文艺复兴时期的人文主义。如果我们比较一下不同人文主义者所做的工作，就会得出这样的结论：人文主义者的思想观点是非常不同的，“而他们的共同特征则表现在一种在教育、学问和文体方面的理想上，表

---

① 阿伦·布洛克：《西方人文主义传统》，董乐山译，群言出版社2012年版，第10—11页。

现在他们研究的问题和兴趣范围上，而不是表现在他们忠于任何一套特定的哲学或神学的观点上”①。于是，多数情况下，人文主义只是一个相当宽泛的概念——它是以人为中心，崇尚人的价值，强调现世性、世俗性的一种理论体系。所以，“人文主义”无法取得学界完全统一的定义，这是由其本身的复杂性决定的。就文艺复兴时期的“人文主义”而言，其内涵也是宽泛、多面的，它是一个文化思想复合体，是一种复数的存在，如“基督教人文主义”“市民人文主义”“政治人文主义”“科学人文主义”等。鉴于人文主义的发展路径与内涵是多元的，为防止概念狭隘化，许多学者认为人文主义是不能被明确定义的，甚至认为“人文主义并没有固定的含义”②。这种说法尽管不无道理，但无疑也失之偏颇，因为，出于学术研究的需要，“人文主义”并不会因其内涵的复杂性而无法被概括并定义为一个基本的知识概念。作为学术研究者，我们还是可以“根据那个时代所有人文主义者的共同点来定义人文主义”③的——虽然这种“定义都将与解释者的偏好联系在一起”④。

文艺复兴时期的文学思想也是丰富复杂的，贯穿其中的并非只有人文主义思想，也就是说，活跃于这一历史时期内的作家并不都是人文主义者，但是，大多数作家多少都会受到人文主义思想的影响，因此，人文主义总体上是文艺复兴时期文学的指导思想，人文主义文学是这一时期欧洲文学的主流，它是一种文学思潮。在当时，随着人文主义思想的传播与发展，它越来越被知识界认可。每一个有教养的人在学习任何其他专业学

---

① 保罗·奥斯卡·克利斯特勒：《意大利文艺复兴时期八个哲学家》，姚鹏、陶建平译，广西美术出版社 2017 年版，第 4 页。

② Massimo Lollini: “Humanisms, Posthumanisms, and Neohumanisms: Introductory Essay”, *Annali d'Italianistica*, Vol. 26, 2008, p. 14.

③ George M. Logan: “The Relation of Montaigne to Renaissance Humanism”, *Journal of the History of Ideas*, Vol. 36, No. 4, 1975, p. 613.

④ Massimo Lollini: “Humanisms, Posthumanisms, and Neohumanisms: Introductory Essay”, *Annali d'Italianistica*, Vol. 26, 2008, p. 14.

科知识之前，首先接受的是人文主义思想的训练与教育，人文主义的知识对其他学科起到了酵母的作用。这种人文主义的训练“介绍了以前人们不知道的新的古典资料；用新的哲学的和历史的方法来探讨旧的和人们以前知道的资料；他们采用新的论辩方式、术语和文学的表述”①。本书讨论与研究的“人文主义文学”虽然相对宽泛，但总体上涵盖了那些具备人文主义思想的作品。例如流浪汉小说，作为西班牙文艺复兴时期重要的文学现象，与宗教文学相比有较强的现实性、社会批判性，然而从思想上看并不能就此认定它就是纯粹的人文主义文学，有鲜明的人文主义思想倾向。再如七星诗社，其成员有彼拉蒂埃·杜·芒、龙沙和杜贝莱等，其中翻译过贺拉斯《诗艺》的人文主义者彼拉蒂埃·杜·芒在数学、地理学方面都有较高的造诣，是科学诗的先驱，而龙沙和杜贝莱在思想上很难被称为人文主义者，他们模仿彼特拉克写过一些富有宫廷趣味的抒情诗，感情矫揉造作，缺乏人文主义者的自然与真诚，但他们又具有与人文主义者共同的兴趣，在文学上做出了重要的贡献——为法语的统一性奠定了基础，这与人文主义者对民族国家的政治诉求不谋而合。

总之，“文艺复兴本质上是一个过渡时期”②。“过渡时期”必然包容了新旧历史时期不同的文化元素，有其思想内涵上的多元性。人文主义作为文艺复兴的指导思想或主流思想，也必然有其内涵上的复杂性与包容性。人文主义文学是文艺复兴时期文学的主潮，文艺复兴时期的多数作家和学人都受其影响，他们的创作带有人文主义的思想印记。本书作为人文主义文学思潮的“导论”，研究的重点是那些研读人文学科，在主旨思想方面提倡以人为本，强调人的现世价值以及现代国家理念的人文主

---

① 保罗·奥斯卡·克利斯特勒：《意大利文艺复兴时期八个哲学家》，姚鹏、陶建平译，广西美术出版社 2017 年版，第 23 页。

② Wallace K. Ferguson: “Renaissance Tendencies in the Religious Thought of Erasmus”, *Journal of the History of Ideas*, Vol. 15, No. 4, 1954, p. 501.

义作家、作品，同时也更宽泛包容地涉猎既有人文主义倾向又有其他思想倾向的作家和作品，从而力求对内涵丰富复杂的文艺复兴文化与文学的阐释不显得过于狭隘，更是拓展关于人文主义文学的研究视域，努力使本书的研究在守正中出新。

| 第一章 |

人文主义:概念　生成　发展

文艺复兴是14世纪初至17世纪初出现在欧洲的思想文化解放运动,由于它是打着恢复古希腊-罗马文化的旗号出现在思想文化领域的一次大变革,所以被称为"文艺复兴"。由于文艺复兴运动历时300余年,遍及欧洲诸多国家和地区,其思想内涵是丰富复杂的;人文主义作为文艺复兴的总体指导思想,同样有其丰富性和复杂性。在此,本章就人文主义的基本概念、生成背景与缘由及发展特点做具体的阐释和辨析。

第一节　人文主义之核心思想

在文艺复兴运动的发展过程中,欧洲各国家、地区的人文主义在内涵和表现特征上是有非常明显的差异的。例如:北方人文主义和意大利人文主义就明显不同,后者主要涉及艺术与文学,而前者则主要是宗教改革运动;意大利人文主义表现出清新脱俗的一面,法国的人文主义从最初就带着浓厚的宫廷趣味。学界将北方人文主义称作基督教人文主义,因为它关注的是教会和广大基督教世界的社会生活。对于北方人文主义思想家来说，研究基督教著作和研究古希腊-罗马经典同等重要，其思想中往往带有强烈的民族情感。他们的研究推动了后来的宗教改革，其中最著名的是荷兰学者伊拉斯谟和英国的托马斯·莫尔。他们推崇西塞罗等人所提倡的人文教育，重视古典文献研究，主张通过重新阐释原著以恢复纯粹古典的拉丁语传统，涤除中世纪经院哲学研究的弊端。他们将古典学训练与古典知识运用于宗教文献的翻译、校对，以净化和强化基督教精神。例如，伊拉斯谟重译《圣经》的活动，加速了教会权威的失落及天主教内部的裂变，成为宗教改革运动的重要推动力。正如笔者在“引言”中所说，因人文主义的内涵丰富复杂，研究者很难给出完满的定义，但是，为了深入研究文艺复兴时期欧洲的主流意识形态，笔者在本节中还是要努力对其做尽可能准确的概括与定义，以彰显其整体特征。

一、强调人的高贵，肯定人的价值

文艺复兴时期，在人的价值与尊严的张扬方面，新柏拉图主义学者做出的贡献最大，他们从哲学高度回答了为何与万物相比人的价值具有独特性的问题。

例如佛罗伦萨著名人文主义者曼内蒂，他的哲学论文《论人的尊严与卓越》进一步深化了人的独特价值说。曼内蒂的这篇论文针对的是英诺森三世宣扬的“人的渺小和尘世生活充满罪恶与痛苦”的宗教思想。曼内蒂通过颂扬人在各个领域所具有的无限创造力以及人通过自身战胜了永恒的贫困和无能，对英诺森三世的思想进行了驳斥。他认为，人在自己的周围见到的所有东西，如树木、城市和地上的一切建筑，全是自己创造的，人在创造金字塔和佛罗伦萨大教堂圆顶中表现出来的智慧值得赞美。曼内蒂深化了文艺复兴时期人对自身的价值和无穷创造力的认识。

意大利的马西里奥·费奇诺是我们研究文艺复兴思想时不可忽视的重要代表。他是意大利著名人文主义者、哲学家、神学家、语言学家，在柯西莫·美第奇的支持下,于佛罗伦萨创建了柏拉图学园。该学园拥有大量古希腊手抄本,是当时欧洲最重要的学术中心之一。1462—1468 年,费奇诺将柏拉图所有的著作译成了拉丁语,并逐一加以解释和评注。1492 年,他又将古罗马哲学家、新柏拉图学派创始人普罗提诺的许多哲学著作译成拉丁语,从而促成了佛罗伦萨柏拉图哲学的复兴,并影响了欧洲哲学思想达两个世纪之久。他在《柏拉图神学中有关灵魂不朽说的论述》中,将人的理性灵魂比作联系永恒世界与现世生活、精神与物质、静止与运动的必然纽带,从而引申出人有无限的认识能力和创造力的论点,认为人通过知识、智慧和自由意志,在现世生活中就能达到与神合一的境地。这一观点肯定了人在宇宙秩序中的独特地位。

另一位重要代表是皮科,他也是意大利著名的人文主义学者和新柏拉图主义哲学家,其主要作品《关于人的尊严的演讲》进一步发展了有关人的论述,提出了人不靠天命,而应该进行自我塑造的观点。他认为人完全能够按照自己的意志选择和决定自身的命运,发展并战胜自我;认为人可以堕落为野兽,也可以上升为神明。这部作品被称为“意大利文艺复兴的宣言书”。与费奇诺相比,皮科的思想贡献主要在于:他把宇宙视为一个庞大的等级体系,由五个基本实体组成的图式,即上帝、天使的心灵、理性的灵魂、性质和形体。在这个体系中,每一个存在物都占有自己的位置,各有其不同程度的完美性,上自上帝,往下经过天使和灵魂、天体和原始星球、各种动物、植物和矿物,一直到无形的原初物质。费奇诺的等级体系是给有感觉和有生长力的灵魂以独立的和中心的地位与特权,它处于较高存在物和较低存在物的中间,同时具有前后两者的某些属性。相较而言,费奇诺为关于人的尊严的学说提供了一种形而上学的依据和认可。[①] 他的关于人的灵魂的学说，把他的思想和爱扩展到从最高到最低的万事万物之中；他认为灵魂是自然中最伟大的奇迹——它把万事万物结合在一起，拥有全部的力量，因而他把灵魂称为自然的中心、万事万物的中心、宇宙的联结物和结合点。费奇诺提出的是一种形而上学的框架，而皮科在这一点上超过了费奇诺。皮科强调的是人的自由、个人的选择和后天努力，而非人的共性、本性、预定性，他不是在宇宙等级体系中给人指定一个固定的特权的地位，而是使人完全脱离这个等级体系。费奇诺的等级体系认为，天体具有更高的精神力量，因而能够对人的气质、性格，乃至命运产生深刻的影响。皮科则否定这种看法，他认为，虽然天体在自然界的位置比人要高，但空间上的高并不等于精神上的高，这些天体所具有的不过是一些光和热而已，并无任何精神性的力量，不可能影响更不可能决定人的命运，对人而言，虽然人在空间的位置低于天体，但人凭借着自己的自由意志，可以一步一步地上升，最终超过天体的位置，甚至达到和天使一样高的位置，因此人自始至终都是自由的。皮科将人彻底解放成一个真正独立的自由行动者。他断言，人按照自己的选择能够占据最低到最高的任何生活的等级。皮科的这段著名言论，足以让我们感受其思想闪耀着的人性的光芒：

> 亚当，我们没有给你固定的位置或专属的形式，也没有给你独有的禀赋，这样，任何你选择的位子、形式、禀赋，你都是照你自己的欲求和判断拥有和掌握的，其他造物的自然一旦被规定，就都为我们定的法则所约束，但你不受任何限制的约束，可以按照你的自由抉择决定你的自然，我们已把你交给你的自由抉择。

---

① 恩斯特·卡西尔：《文艺复兴哲学中的个体和宇宙》，李华译，商务印书馆2021年版，第100页。

> 我们已将你置于世界的中心,在那里你更容易凝视世间万物。我们使你既不属天也不属地,既非可朽亦非不朽;这样一来,你就是自己尊贵而自由的形塑者,可以把自己塑造成任何你偏爱的形式。你能堕落为更低等的野兽,也能照你灵魂的决断,在神圣的更高等级中重生。①

正是由于从哲学上给予了人在尘世的自由选择的权利,人文主义才会强调人的高贵不在于血统,而在于品行——人通过自身努力一步步走到宇宙秩序的中心,而非生来就在中心。正如蒙田所言:当我们观察农民和君王、贵族和平民、官员和百姓、富人和穷人的时候,其实他们之间的差别只是裤子的不同。不要只看表象,因为那并不构成人与人之间本质的差异。

与之相仿,在文学领域,人文主义者用文学性的语言与方式表达了对人的价值与尊严的理解。薄伽丘在《十日谈》第四天的故事中借绮思梦达的口也表达了品性高于出身的观点。薄伽丘还在《神谱》中重新解读普罗米修斯神话,礼赞人的价值。他认为存在两种创造:第一种创造使人获得了存在,这只是一种身体上的存在,是未经教化的无知的人,是身体的现实性;第二种创造则使人被赋予了某种精神内涵,唯有通过一个新的创造活动才能使他获得完满,这种充满创造力的精神就是人所具有的独特形式,这正是薄伽丘对人的本质的认识。塞万提斯在《堂吉诃德》中借堂吉诃德之口宣扬了"血统可以继承,道德却不能世袭。道德本身就具有价值,而血统本身却不值分文"的观点。在德国,1400 年左右出现的对话体故事《农夫与死神》中,死神与农夫分别代表了命运的毁灭与人对命运的反抗,作者把胜利判给了死神,但是将荣誉归于了农夫。这说明,人的生

① 皮科·米兰多拉:《论人的尊严》,顾超一、樊虹谷译,北京大学出版社 2010 年版,第 25 页。

命终会被毁灭，却依然保留着某种不可摧毁的价值，这种价值是由自由的人自己赋予的。这类似于古希腊悲剧表达的人与命运抗争的主题，也像现代人海明威所宣扬的“人可以被毁灭，但不能被打败”的人本主义精神。这些有关人的价值与尊严的人文主义见解，抛弃了基督教教义的那种悲观厌世思想，人变成了上帝最为自由的创造，人本身的完美受到高度的赞扬。而莎士比亚所说的“人是一件了不起的杰作！多么高贵的理性！多么伟大的力量！多么优美的仪表！多么文雅的举动！在行为上多么像一个天神！宇宙的精华，万物的灵长”几乎可以称为人文主义者对人的价值的最高的总结性表述。诸如此类，都是关于人的价值与尊严的文学性表达。正是因为对人的价值的强调和张扬，人文主义文学总是闪耀着人性的光辉；在当时的人文主义者看来，这种尊严与价值既来自“上帝的创造”，更有赖于人后天的自我努力。文艺复兴文学塑造了充分展现人的力量与价值的人物形象，这是各国人文主义作品普遍存在的共性特征。

二、表现自我，张扬个性

在中世纪的宗教文化世界里，由于人们胸中装着上帝，个人的思想和情感是无足轻重的，于是，人们往往回避个人的内心世界，人的自我几乎处于沉睡状态。到了中世纪晚期，个人的心灵之门逐渐被打开，人的自我开始苏醒。这在但丁的创作中有突出的表现。但丁是中世纪第一位探索自我灵魂的人。① 布克哈特指出，但丁除了发现了外部世界外，还认识和揭示了丰富完满的人性，给了这个时期的人的个性以最高度的发展，并引导个人以一切形式和在一切条件下对自己做最热忱和最彻底的研究。但丁《新生》的每一篇诗歌都描写了一个热情洋溢的灵魂，他大胆真诚地流

---

① 雅各布·布克哈特：《意大利文艺复兴时期的文化》，何新译，商务印书馆1979年版，第307页。

露出内心世界的种种欢乐和悲哀。但丁是中世纪文学中第一个探索个人灵魂的人,他的出现标志着人类精神向意识到自己的内在生活方面迈进了一大步。

到了文艺复兴初期,表现个人独特气质的现实主义肖像画兴起,它们也是探索自我的一种重要表现形式;在文学上,这种探索首先表现为文学体裁的新变化——传记体、对话体、书信体,尤其是第一人称视角的作品大量出现并迅速成熟。文学体裁的变化,源于这个时期人的自我的发现。学者、艺术家、政治家,甚至是普通文人,都非常热衷于写自传,自传作品的数量比 500—1400 年这近千年时间里的总量还要多。① 因为第一人称视角能够更生动、真切地表达个体自我的感受与心理,也可以更好地引导读者从内部视角去了解复杂、独特的心灵世界。由于对自我的重视,有关真实自我与理想自我的议题逐渐在文学作品中出现,人文主义者纷纷通过各种文学手段建构(虚构)一个理想的社会型自我。例如彼特拉克,他通过抒情诗与书信体两种主要的文学样式建构了理想的自我。书信体在文艺复兴时期的盛行就是从彼特拉克开始的,他写了 40 年书信,在给友人、统治者、庇护人等的书信中讨论政治、记录时势、剖析内心,留下了多卷书信集,例如《日常书信集》《老年书信集》等。

文艺复兴时期,个体的人的发现对文学产生的最重要的影响是:“这一时期的文学以自我的创造为特征”②,自我成为文学书写的基本主题。这方面的典型代表是蒙田。蒙田认为,人类头等重要的事情并不是对大千世界的认识,而是对人自身的认识,人类研究的重点应该是人自己的状况,而不是外在于人的物质世界。因此,蒙田的随笔的出发点就是“我”。

---

① 弗吉尼亚·考克斯:《灿烂的再生:意大利文艺复兴三百年,1303～1607》,付稳、伊娜译,化学工业出版社 2022 年版,第 4 页。

② Geoff Baldwin: “Individual and Self in the Late Renaissance”, *The Historical Journal*, Vol. 44, No. 2, 2001, p. 344.

他不断地询问“我是谁”，试图把自己置身于外，就像另一个人似的来洞察自己。他观察、琢磨和评论自己，从思辨哲学和自然科学的角度研究自己。他作品中的这个“我”不是一成不变的，而是不断起伏波动的，它所能显示出来的是自我的各种不同的阶段，各种不同的情形，各种不同的细节，但是每一个细节都非常重要。① 蒙田在《随笔集》开篇就宣布：我自己就是这本书的材料，我研究别的课题都不如研究自己多，这就是“我”的形而上学。蒙田特别强调保留一个完全属于自己的自由空间的重要性。在那里，我们应该进行自己同自己的交谈，与自己做伴，“把力气收回来，集中到自己身上吧”②。通常情况下，人们总是相互观察，注视自己前面的东西，而蒙田却把视线转向了自己内心并深入其中，只跟自己打交道，对自己进行检查和体验，坚持不懈、兴致勃勃地清点自己、研究自己，以此作为他的工作和职业，并且持之以恒，诚心诚意和全力以赴。人人都说“去关心公众吧”，但是，蒙田认识到，古希腊特尔斐神庙的神对我们的祝福正好相反：看看你自己的内心吧，认识你自己，依靠你自己，听自己说话，回答自己。将自我作为书写的对象是文艺复兴时期各类创作的一种共性，蒙田比其他人文主义者走得更远、更深。他一生都把自我作为研究对象，他意识到了对个体的自我研究的哲学意义，那就是从特殊的个体的自我展开，可以认识全人类，认识人性，进而认识整个世界，也就是说，自我的发现与世界的发现是一体的。

这种对自我的高度观照，表明文艺复兴时期见证了拥有自我意识和现代意义的个体的人的诞生，这正是文艺复兴时期人的自我觉醒的一种表征。对自我的关注可以从很多视角出发：经济的、社会的、文化的，以及价值的和世俗化的，等等。对自我的表达也有赖于这一系列的不同视角。

---

① 斯蒂芬·茨威格：《随笔大师蒙田》，舒昌善译，生活·读书·新知三联书店 2020 年版，第 75 页。

② 米歇尔·德·蒙田：《蒙田随笔全集》，潘丽珍等译，译林出版社 2022 年版，第 345 页。

文艺复兴时期不断增加的财富和崛起的消费文化,使自我表达的物质手段也层出不穷,如服饰、珠宝和艺术。技术进步也在促进个体的自我的发展,技术手段和“物”也扮演了表达自我的一种角色或媒介。如制镜技术。从15世纪开始,威尼斯的制镜商制作出了一种被称作水晶玻璃镜的新型镜子,使得大型平面包银水晶玻璃镜的生产成为可能,于是,与中世纪的人相比,文艺复兴时期的人更能看清自己了。在整个15世纪,视觉画像和文学画像的发展互相促进,那些画像的背景和道具元素的设置也是一种自我表达的载体,例如使用书籍、文物、书信等体现画像主人的思想和情感生活的个性特征,等等。①

当然,我们也不能脱离历史事实,过于夸大人文主义文学中“自我”表现的强度和全面性,因为,文艺复兴时期,真正现代意义上的自我尚在初步的塑造中。需要特别指出的是,文艺复兴时期强调的人的“自我”有特殊的哲学语境,和现代意义上的自我有明显差别。正如费奇诺、皮科等新柏拉图主义者指出的宇宙秩序问题所揭示的,自然的可见象征展示的是上帝的奥秘,人作为这一宇宙秩序的中介,在置身于其中的自然中可以将万物统一于自身,从而认识自己。也就是说,人在认识自己的过程中认识了万物。人研究自然、研究自我,都是为了发现自然中的奇迹,彰显上帝的大德和全能。在这种逻辑之下,客观的结果就是人类对自然的研究增加,对人自身的研究也更重视。当然,这些理论并未脱离神学的范畴,对自我的研究具有认识上帝的目的。② 这种自我、自然与上帝的关系,也是17世纪近代科学诞生的逻辑前提。不过,这也说明了文艺复兴时期对自我的认识的强度和广度是有时代局限性的——上帝始终是一个制约自我

---

① 弗吉尼亚·考克斯:《灿烂的再生:意大利文艺复兴三百年,1303～1607》,付稳、伊娜译,化学工业出版社2022年版,第135页。

② 昆廷·斯金纳主编:《剑桥文艺复兴哲学史》,徐卫翔译,华东师范大学出版社2020年版,第350页。

的挥之不去的影子，觉醒的上帝与自我总是形影不离。

三、追求知识，崇尚人文教育

人文主义这一概念本身就是从教育中的人文学科脱胎而来的，正是由于人文主义者的视线从天国和上帝移至尘世和凡人，所以人文主义者才主张在研究自然的同时，也加强对人的研究。人文主义者对人的研究强调个人价值，重视通过个人努力获得成功，这也促成了文艺复兴时期关于人格培养与教育的一种理想——通才的理想，通过个人的天赋和后天的努力，让人通晓各类领域的知识，从而具有各种能力。人文主义者认为，人的能力潜藏在人自己身上，被唤醒后得以显现，并进一步发展，而实现这一目标的手段就是教育。皮科在《反对占星术的辩论》中认为：星星只不过是具有光和热的物体，它不可能左右人的命运，而人却可以通过观察星象，获得关于自然奥秘的知识，从而在一定程度上控制自然。在教育方面，人文主义教育思想对后世教育学影响深远，出现了了不起的教育家（如夸美纽斯）以及有影响力的人文主义教育言论。许多文学家，如托马斯·莫尔、伊拉斯谟、拉伯雷、莎士比亚等，都在文学作品中讨论、表达和弘扬这种新颖的人文主义教育思想，其中，某些人物形象，如拉伯雷的“巨人”、莎士比亚的理想君王等，表达了作者有关人文主义教育的观念。

整体上看，人文主义者批判经院教育，强调通过人文教育使个体的人成为完美的、有能力、有才华和身心全面发展的人；强调扩大并改革教学内容，重视体育、德育、智育和美育，培养政治、商业、文化等各方面所需的积极活动家，培养知识丰富、智力发达、身体健康、勇敢进取和积极投入现实生活的专门人才；强调扩大教育对象，除了富家子弟外，也招收一部分贫寒家境出身的青少年。难能可贵的是，妇女教育进入了一部分人文主义教育家的视野。从学科角度看，此时现代意义的学科教育理念初步形成，中世纪大学传统的“七艺”被保留，许多新学科得到增设，如地理、自然、物理、几何、修辞、跑步、音乐、跳舞、打猎、骑马、使用武器等;提倡新的教育方法,强调发挥儿童学习的主动性和积极性,反对用体罚和严酷的纪律限制学生;注重直接经验,提倡在与各种人的谈话、旅行中获得知识。15、16世纪,英、法、德以及西班牙等国家开始形成统一的民族和新的民族文化,人文主义教育家开始在学校使用本民族语言进行教学,初步打破了拉丁语作为唯一教学用语的局面。

教育不仅关乎普通人的幸福,更关乎国家的发展。关于人文主义教育与文学,有一类作品特别值得关注,即文艺复兴时期盛行的君主之鉴——为君主教育所做的政治书写。其以有机体的概念评价政治体系中各个部分的功能,在文艺复兴政治观念中较为流行,强调贤明君主对这一政治有机体的良性运作至关重要,而教育则是关键中的关键。伊拉斯谟在《论基督教君主的教育》中指出,要塑造一位明君,最重要的就是进行人文教育。他认为君主应该学习哲学,这里的哲学不是指辩论要素、原质、运动和无限,"而是要让心智摆脱人民众生之谬见,摆脱不当之欲望,求诸永恒力量奠立之典范,展现正确治理之原则"①。法国女作家皮桑以改写、注释神话等方式,为君主教育提供材料。她的《淑女的美德》等可以被看作支持法国王后摄政的作品,其中有针对统治阶层女性的教育论述。

人文主义者不仅仅停留于讨论教育观念上,他们在教育实践上也成就非凡。他们创办学校,将对古典文章的研读放在首位,重视修辞、写作、演讲,还教授数学和其他自然科学。尤其难能可贵的是,人文主义者非常重视体育,强调德智体美各方面综合发展。其中,意大利人文主义者瓜里诺、维多里诺在自己开办的学校中开设了体操、舞蹈、打猎、游泳等体育课程,确立了现代教育理念中把文理各科与体育运动结合起来的教育传统。

---

① 伊拉斯谟:《论基督教君主的教育》,李康译,商务印书馆2017年版,第4页。

四、反对禁欲主义，追求世俗快乐

人文主义者因为看到了人在现世的意义，故而重视人的价值，强调现实生活的意义。在他们看来，构成人的现实价值的首先是作为独特生命体的原欲——爱欲、财富欲以及与世俗幸福有关的一切欲望，所以他们反对教会的禁欲宣传。瓦拉是意大利著名的人文主义语言学家、哲学家，重要的古典作品校勘学家。他于1431年撰写的论文《论快乐》，从哲学高度讨论宗教禁欲主义之违反人性。该文以一位伊壁鸠鲁学派学者和一位基督教徒对话的形式，就人生快乐和人生目的等问题进行探讨，提倡伊壁鸠鲁学派的享乐主义哲学，批评斯多葛学派的禁欲主义理论，认为追求享乐和幸福乃人的天性，而人之善正在于追求现世的快乐。另一位人文主义者波卓·布拉乔利尼的代表作《论贪婪》，针对基督教认为财富是罪恶，人应该安贫乐道的道德观念，提出了完全相反的观点，认为财富本身并不是罪恶，而是具有重要的社会意义。作者以此为商人和贸易活动做了有力辩护。这些观念对文艺复兴时期西方各国重商重利思想的流行具有重要影响。

蒙田对现实人生的价值与意义有许多精彩的论述，他在《随笔集》中指出，快乐是我们的目标，他反驳了将受苦受难视作人生目标的荒谬理论，从而否定了基督教“受苦即是赎罪”的观点。蒙田对死亡的看法与苏格拉底相仿，强调生命的意义不在于长短，而在于如何使用，生命的现实价值在于不断追求。他说，“但愿人人都工作，尽可能久地发挥生命的作用。但愿死亡降临时我正在菜园里劳作，对死满不在乎，对我未竟的园子更不在乎”①。从这种生死观出发，蒙田认为身体的享乐、现实的追求都是美好的，“我并不表示希望失去吃喝的需要，我认为人希望生活有双倍

① 米歇尔·德·蒙田：《蒙田随笔全集》，潘丽珍等译，译林出版社2022年版，第152页。

的吃喝需求,即使是错误也值得原谅,我也不希望肉体全无性欲和性冲动,拒绝这位伟大而万能的供给者的馈赠或废弃歪曲它,这都是在伤害伟大的馈赠者,他善而又善,所为者皆善,一切顺应自然的东西都值得敬重。善于享受自己的生命,这可以说是神一般的尽善尽美"①。他认为上帝塑造了人的身体,不应该只是为了增加人的诱惑和罪恶,上帝创造了美好的"园子",也不是为了让人顾此失彼,放弃尘世。既然强调世俗的现实生命的价值与享乐,那么,当生命只剩下痛苦时,人又该如何面对呢?按照蒙田的逻辑,自然就会得出允许自杀的结论。他认为,生要依赖他人的意图,而死亡则完全取决于我们自己的意愿,这件事我们最应该按自己的心情来办,别人的看法无足轻重,考虑别人的看法是愚不可及的,没有死的自由,生就如同受人奴役。"上帝允许我们自尽,是在他把我们置于生不如死的状况之时"②,因此,维持病痛地活着就是荒唐的事情。蒙田的这些观念不可谓不大胆,因为基督教把自杀视为罪孽,并将自杀者罚入地狱永受折磨,而蒙田却辩解道:我拿走自己的财物、割破自己的钱包都不是盗窃罪,我烧毁自己的树林也不是纵火犯,同样,我自寻短见也不是谋杀罪。蒙田从热爱生推导出看淡死的态度,把死亡掌握在自己手中,在死亡来临之前照样愉快地睡觉和学习。这些新颖的观点都体现出人文主义关于生死的理念,是对人的世俗价值与意义的肯定。正因为如此,文艺复兴时期以讴歌原欲为主题的作品是人文主义文学中比重最大也最为闪耀着人性之光辉的部分,彼特拉克的诗歌、薄伽丘的小说便是这方面的代表。

五、批判教会腐败,捍卫宗教纯洁

人文主义者扛起了人性大旗,批判教会的火力全开,对宗教人员极尽

① 米歇尔·德·蒙田:《蒙田随笔全集》,潘丽珍等译,译林出版社 2022 年版,第 476 页。

② 米歇尔·德·蒙田:《蒙田随笔全集》,潘丽珍等译,译林出版社 2022 年版,第 28 页。

讽刺与抨击，将他们描述成打着宗教旗号大行伪善之事的骗子，犯下了基督教教义所禁止的诸多罪行。例如对教会直接、大胆地批判、挖苦、揭发，是《十日谈》《巨人传》等人文主义文学作品的主要内容。德国的胡登充分认识到了罗马教皇是德国一切灾难的祸根，其代表作《罗马的三位一体》对罗马教皇进行了尖锐的讽刺，指出：罗马靠三种东西使一切人都服从，那就是强力、狡猾和伪善；有三件事不能说出真相——关于教皇、古老的建筑和贪婪；有三种不同的东西供养着罗马富翁——穷人的血汗、暴力和对基督徒的掠夺。人文主义者通过对教会的激烈批判，标示出自己所处的时代正是一个崭新时代的开端，教会所代表的中世纪是黑暗的过去。不过，这并不意味着文艺复兴人文主义与中世纪一刀两断，不能因人文主义者对教会的批判而过多强调人文主义思想与宗教之间的对抗。文艺复兴时期的人文主义者与宗教信仰和神学之间有着复杂的关系；事实上，人文主义者在宗教信仰方面与中世纪依然是血脉相连的。许多人文主义者批判教会的出发点并不是为了主张原欲完全合理，也不是反叛宗教本身，而是为了纯洁教会，还原教会的神圣性，捍卫宗教的本原属性，让人们重新认识神以及人与神的关系，因此要慎用"以人权对抗神权"这样偏狭的标签式口号去定性人文主义。正如有的学者指出的那样，人文主义者高举人性反对神性的大旗其实是一种偏见，因为人文主义者真正强调的是人与神的和谐；文艺复兴时期的宗教意识是在肯定感性、完美、世俗的人的基础上进一步肯定人与神的内在一致性。① 人文主义者关注世俗人生，但这并不代表他们与宗教为敌；他们虽然接受"人是衡量万物的标准"这一观念，但并没有因此而否定宗教信仰本身，他们更愿意相信人在现实中取得的成就既是上帝的恩宠，也是人自身之作为的价值体现，而且可以

① 周春生：《"人性反对神性"质疑——评"文艺复兴"研究中的一种流行观点》，《历史教学问题》1997 年第 6 期，第 29—32 页。

借此让他们获得来自上帝的更多的奖赏。加尔文教就强调个人世俗事业的成功与上帝恩典、选民意识之间的关系,因此提出了使命或者天命本职的概念,认为在上帝眼中,任何天命本职均无高低贵贱之分,只要人们能够将上帝赋予的天命本职做好就行,若一个人成功地完成了自己的使命,表现出了自己的信念,那么,也就标志着上帝对其施予了恩惠。

许多人文主义者以自己在古典学方面的严谨训练为宗教服务,他们认为,当时的教会、牧师对宗教经典的解读有太多错误,需要以非常审慎的眼光来检验文献的出处、背景的可靠性,这是文艺复兴时期学者的一个共识。这就带来了一个客观结果:人文主义者用更为专业、科学的方式重新阐释《圣经》经文,检验教士所写文献的合法性,这就对教会造成了致命的威胁,起到了批判教会的作用。这方面的最重要的代表是瓦拉。他于1430年完成了《论伪造的"君士坦丁赠礼"》的写作,该著作对罗马教皇用以统治西欧的"君士坦丁赠礼"伪造文件进行了精密的考据,证实作为教皇有权在政治上统治意大利和西欧之依据的《君士坦丁赠礼》乃一赝品,因为它所用的拉丁文不是公元4世纪初君士坦丁时代的,而是公元8世纪的。"该文本的语法、句法和语义结构,以及它的拉丁词汇,与当时使用的文学(和法律)语言并不相符。"①这份捐赠文件是教廷必胜主义的原始文本,是14世纪卜尼法八世领土主权声明书的来源,也是教皇留在意大利领土的地契,这份文件的真实性之前从未被质疑过。而瓦拉用史学、修辞学、语言学的研究方法检验原文,指出其毫无疑问是一份伪造文书,从而挑战了教廷的世俗权力,这对教会的打击是毁灭性的。瓦拉的这个重要发现,动摇了罗马教皇对西欧实行统治的法律依据,瓦解了教皇和教会不容置疑的神圣权威,与宗教改革者不谋而合。他因此被新教徒奉为宗

① Salvatore I. Camporeale:"Lorenzo Valla's 'Oratio' on the Pseudo-Donation of Constantine: Dissent and Innovation in Early Renaissance Humanism", *Journal of the History of Ideas*, Vol. 57, No. 1, 1996, p. 14.

教改革的先驱。瓦拉还凭借自己丰富的语言和历史知识，对《圣经》的注释进行了批判性的研究，指出了罗马教会的拉丁文本《圣经》译注中的诸多错误，认为这是译者的希腊语功底不深所致的。为此，瓦拉还写了希腊文《新约》的译注。他在宗教文本上的这些工作，为以后的西欧人文主义者进一步研究《圣经》与教会文献提供了不可多得的依据。对多数人文主义者而言，他们与宗教神学的关系是十分密切的，他们批判的只是教会这一组织机构及其错误的教义阐释以及犯了戒条的宗教人士，对待耶稣则依然怀着虔敬之心，他们批判教会的目的恰恰是维护宗教的纯洁，当然，他们也在探寻宗教与人的更合乎人性的关系，在有意和无意中表现出了使宗教世俗化的企图与愿望。

当然，把人文主义描述成一种世俗化的叙事，其实只是一种选择性理解与阐释的结果，持此观点者过分突出那些符合世俗化假设的人物和思想，夸大了人文主义对宗教世俗化追求的力度与强度，因而也夸大了人文主义与宗教文化之间的对立关系。事实上，这些人文主义学者的真实身份本身就很复杂，例如安吉罗吉奥·特拉维萨里，他是第一批精通希腊语的人文主义者，但他也是一个本笃会的僧侣，并且他把主要的精力用在了研究早期教会神父的作品上。如果将他与布鲁尼进行比较，到底谁更具人文主义特征？这是很难做出准确判断的。像特拉维萨里这样的人文主义者，如果仅仅因为他的智力和兴趣是在神学上，就给他贴上中世纪的标签，那是非常荒唐的。其实，他虽然是神职人员，却主要致力于人文教育，而 15 世纪教会人文主义的崛起，正是古典运动成功的重要标志之一，这表明教会已经离不开人文主义提供的知识基础。从 15 世纪中期开始，随着教皇尼古拉五世和庇护二世的就任，基督教王国迎来了第一批人文主义者教皇。[①] 这充分说明了人文主义与宗教之间的复杂关系，我们不可大而化之，只看到它们的对立与冲突，而忽略彼此的密切联系。

六、主张世俗政治，弘扬民族意识

人文主义者研究人文学科，也从古典著作中学习到了古代希腊、罗马的政治思想，多数人文主义者都有明确的为政治服务的意识，对民族身份、国家统一抱有兴趣，并在这方面提出了许多重要见解。人文主义强调人的世俗价值，那么每个人都将面临两种人生选择——积极进取的生活与沉思默想的生活，二者孰优孰劣则成了他们争论的焦点之一。相较而言，人文主义者更倾向于将人的自由与积极生活的态度融为一体。积极的生活和沉思的生活是人类在不同领域内的活动，都是人类为了获得完美的道德和尘世的幸福所必需的，两者是互相补充、并行不悖的，而最高的道德则是为公众谋利益。意大利的人文主义者多数都在城邦政权或者教廷供职，例如萨留塔蒂，曾任佛罗伦萨的文书长，他将人文学科的所学服务于城邦，能够运用巧妙的文学技巧来捍卫城市利益，同时进行政治理论的研究。列昂纳多·布鲁尼著有《佛罗伦萨人民史》《论佛罗伦萨国家》《佛罗伦萨颂》等著作，他捍卫佛罗伦萨市民民主制度，认为公民应当以积极的生活态度对祖国尽责，为社会的利益服务。里昂·巴蒂斯塔·阿尔伯蒂、马基雅弗利、圭恰尔迪尼等人的人文主义政治观念对后世影响也很大，他们无一例外都受过良好的人文主义教育，并亲身参与政治实践，具有突出的政治才能，他们同时也著书立说，强调在积极的政治生活中获得人生价值。可以说，“人文主义的重要遗产之一就是其政治功能，最基本

① 弗吉尼亚·考克斯：《灿烂的再生：意大利文艺复兴三百年，1303～1607》，付稳、伊娜译，化学工业出版社 2022 年版，第 65 页。

的一种政治价值就是发表演说，说服公众，传达政治理想”①。

进入16世纪后，欧洲政治形势愈加动荡不安，当时最具权势的王室，例如意大利的美第奇家族、法国的瓦罗亚王室、西班牙的哈布斯堡王室等，他们在政治权力上表现出来的勃勃野心，给当时的欧洲社会带来恐慌。生逢乱世，人文主义者更加积极投身于政治活动，努力为理想社会的建立出谋划策，并著书立说对时局做出回应，讨论如何培养理想的统治者，如何给君主提出建议，使其推行卓有成效的社会治理政策。最有代表性的是马基雅弗利的政治理论著作《君主论》、伊拉斯谟的《论基督教君主的教育》、莫尔的《乌托邦》以及皮桑的一系列君主之鉴的作品。16世纪初，意大利已经进入政治和经济的衰落期，意大利一时成为法国、西班牙和神圣罗马帝国各自争夺地盘的主要战场。当时，君主可以不受道德约束，宗教也只是君主实现政治目标的手段。长期的内忧外患使意大利人民的生命财产遭受了巨大的损失，同时也加速了人的民族意识觉醒，人文主义者要求早日结束混战和政治分裂局面，实现意大利国家和民族的统一。这正是马基雅弗利所面对的政治背景。他明确提出政治不从属于任何宗教信仰，并强调要为建立统一而强大的君主国不惜采取一切手段。而伊拉斯谟、皮桑和莫尔等更强调君主的德行，主张的是德行政治。例如：莫尔提出君主应“把聪明勤奋用于为公众谋福利”；而伊拉斯谟写作的目的就是确保世袭王位的统治者受到正确的教育，以便公正而仁慈地进行治理，使君主之治永远也不会沦为压迫。伊拉斯谟和莫尔都反对激烈的政治改革，呈现出某种保守色彩，但是他们提出德行政治，是基于一种现代性的国家论，即君主与国家的关系。他们认为如果没有国家，单单一个君主是无法生存的，国家承担了君主，而不是君主承担了国家，因此国

① Geoff Baldwin: “Individual and Self in the Late Renaissance”, *The Historical Journal*, Vol. 44, No. 2, 2001, p. 347.

家比君主重要;君主的权力也非神授,除了其臣民的授意,还没有什么能让一位君主成为伟人。因此在伊拉斯谟看来,正是臣民的正式授意,授予君主对臣民行使权威的权力,所以君主必须在所有事情上都表现出德行。另外,乌托邦主义也是人文主义政治思想的重要表现。莫尔的《乌托邦》、康帕内拉的《太阳城》、培根的《新大西岛》都是人文主义乌托邦文学的代表,他们针对当时社会的堕落、腐败与动荡,提出建立一个无剥削、无压迫的理想共和制国家的大胆主张。

第二节 “黑暗时代”之人文曙光

以“黑暗时代”对标中世纪历史,曾经是我国学界一个通行的学术惯例,西方学界也一度流行。“黑暗时代”这一概念最初是文艺复兴运动中由意大利人文主义者提出来的,之所以把中世纪称为“黑暗时代”,是因为北方蛮族南下入侵罗马,将光明灿烂的古希腊-罗马文明毁于一旦,于是欧洲历史进入了漫长而“黑暗”的封建时代,宗教神学是唯一的意识形态,欧洲的经济、政治、文化各方面陷入相对停滞状态。光明与黑暗的对比,这是一个极为常见的隐喻,因此这个说法本身并没有什么新意。其实,中世纪的人们就是用光明和黑暗的比喻来指称耶稣为世界带来了光明,同时驱散了基督诞生之前异教世界的黑暗。但是,人文主义者使用同一个比喻,便使其失去了原有的宗教意味,而赋予其一种新的人文内涵,也就是借此比喻来表明自己所处的时代在历史进程中的重要地位。随着启蒙运动对科学理性的弘扬,中世纪相对成了专制、蒙昧的黑暗时代,而文艺复兴由于发现了人与自然,遂带来了文明的曙光,这一认识更成为“常识”。在教会神学的教条之下,整个中世纪西方陷入了“死海”之中,导致了西方世界全方位的停滞，“黑暗”一词正是对神学教条主义的批判性概括。① 可是，文艺复兴时期人文主义者所指的“黑暗时代”究竟是哪一个时代？其用意是什么？究竟哪一位人文主义者最先使用“黑暗时代”一词？迄今尚无定论，但是，彼特拉克是值得一提的重要人物。彼特拉克被认为是第一位人文主义者，是“人文主义之父”，也常被认为是第一个将“黑暗时代”这个概念诉诸文字的作家。他曾经将自己比作双面孔的罗马门神雅奴斯：一面朝向了黑暗，一面朝向光明，而未来的好时光还没有到来，他坚信一定会到来。他一生都希望以旧日之荣耀和复兴去终止人类文明日渐衰落的颓势，从而迎来一个崭新美好的时代。其间的“黑暗”与“光明”的隐喻有基本的内涵。但丁、乔托、彼特拉克等开创的文学艺术意味着文明的重生，与此前的中世纪文化相比，就有了“黑暗”与“光明”的鲜明对照。将基督教旧有的隐喻内涵颠倒过来，被视作“黑暗”时期的古代，如今则变成了文明的“光明”时代，并且必须复兴和光大，而那个古代之后的岁月却因此而陷入了蒙昧时代，变成了“黑暗”的时期，这里的“黑暗”与“宗教统治”便成了对等的近义词。

然而，彼特拉克指的“黑暗时代”到底指哪个时代呢？他把自古罗马帝国灭亡至自身所处的时代之间的 1000 年称作“黑暗时代”，这种常识性描述大致上也是正确的，不过，事实上，他认为的“黑暗时代”的来临比古罗马的灭亡还要早。那么，他以什么为标准来设定“黑暗”与“光明”呢？这是值得思考的问题，因为这个标准隐含了他的历史观，尤其是他对何为欧洲正统文化的看法。如果他是以古罗马灭亡后基督教入主西方作为黑暗开始的标志，那岂不说明他在古希腊-罗马文化和基督教文化之间确定了“光明”与“黑暗”的二元对立？但我们阅读彼特拉克的著述时就会明

① 这种观点可以参考布克哈特的《意大利文艺复兴时期的文化》，他认为整个中世纪西方被愚昧无知的教会统治着，死气沉沉。

白,他并不曾将基督教看作黑暗,在他内心深处,耶稣始终占据了核心位置,他随身携带、反复阅读圣·奥古斯丁的《忏悔录》,并不断与之展开灵魂的对话。他判定“黑暗”的理由并不是宗教神学带来了西方世界的蒙昧。在彼特拉克这里,“黑暗”主要指向在他看来代表了落后的蛮族文化。彼特拉克提到他写作《名人传》,只写提图斯的统治时代,他不想再往下写,他的理由是:来自西班牙和阿非利加的异族,将会夺走历经千辛万苦建立起来的帝国。彼特拉克还提到,所谓查理大帝,不过是一个叫查理的国王,在蛮族人给他加了个绰号“大帝”之后,他竟斗胆与庞培和亚历山大大帝平起平坐。帝国体制从罗马人那里传到了拜占庭,再传到法兰克人,最后传到日耳曼人的手里。对此,彼特拉克并没有异议,但他对这一传承本身表示鄙夷,因为罗马帝国在这些蛮族人的手里被毁坏、削弱并最终被葬送了。彼特拉克对整个古代晚期至中世纪的罗马帝国史不屑一顾,因为在这个时间段内整个西方世界落入了野蛮民族手里,罗马人沦为了被统治者。历史若不赞颂罗马,那还叫什么历史?彼特拉克在自己的历史著作中只谈罗马人的历史,而排斥任何罗马人之外的历史,他对罗马的赞颂本身充斥着对罗马之外的蛮族国家和民族的谴责与鄙视。[①] 基于这一价值标准,彼特拉克的“光明”与“黑暗”是拉丁罗马与蛮族文化之间的对立,他将历史分成了两个截然不同的时代,起点却不是我们习以为常的西罗马帝国灭亡后基督教成为罗马帝国国教的那一历史时刻。他的历史观是浪漫的、复古的,更重要的是其拉丁民族中心论,他是以此看待欧洲各民族的文化冲突的。他在《意大利》一诗中希望意大利贵族能够停止内耗,统一意大利,认为只有意大利人才有资格继承罗马的荣光,而要完成意大利的复兴大业,那就要驱逐“蛮族”。后来的史学家以与彼特拉克迥

---

① 有关彼特拉克的历史断代问题,参考斯蒂芬·格林布拉特:《文艺复兴时期的自我塑造:从莫尔到莎士比亚》,吴明波、李三达译,上海文艺出版社 2022 年版。

异的原则对罗马史进行了断代，将中世纪等同于“黑暗”，而这个黑暗的根源在于宗教蒙昧、压制人性，于是“光明”与“黑暗”，变成了古希腊-罗马文化与希伯来-基督教文化的对立。可见，这是两种不同的价值观做出的不同时代判断。虽然人文主义者都追慕古代文化，并在这一旗号之下去弘扬新时代精神，但并非所有的人文主义者都认同彼特拉克这一“复古”的历史观，古代文化只是一种精神，他们要在这一种精神的烛照之下新建民族文化。这一时期出现了许多优秀的民族史学著作，强调这个崭新的“光明时代”所蕴含的民族觉醒、市民意识，而非回到一个“蛮族”文化入侵之前的纯粹的拉丁世界。

可见，“黑暗”与“光明”指涉了两组对立：一是蛮族文化与罗马拉丁文化的对立；二是中世纪神学与古典文明的对立。今天的研究者基本都会认可中世纪并不只是“黑暗”，“黑暗”只不过是一种比喻性修辞。正如露西·法尔加指出的，所谓黑暗时代的说法，从来都不是一个科学的概念，而只是一个战斗的口号，一种对中世纪世界观、生活态度和文化的谴责。这一说法在启蒙时代最为流行，因为当时这种说法本身预示着对中世纪“黑暗时代”及其相关的各种价值观的公开宣战。当下的学界，已经基本上不再使用“黑暗时代”一词，因为虽然把黑暗时代与光明时代进行对比的这种做法一度非常时髦，但这种说法没有道理。① 然而，关于黑暗与光明的另一组对立，从日耳曼蛮族文化的角度来看，是否只意味着西方文明的黑暗？“蛮族”文化对文艺复兴和现代欧洲的影响有哪些？这还需要深入研究。西罗马帝国的衰落与灭亡，并非蛮族入侵导致的，至少其绝对不是主要的因素，这也是今天史学界的共识。事实上，恰恰是这个被蛮族入侵的西罗马帝国，演化出了现代的欧洲，蛮族文化在其中扮演了重要角色。我们无法把日耳曼人的南下描绘为文明的毁灭，也不能仅仅认为日

① T. E. 蒙森：《中世纪和文艺复兴研究》，陈志坚等译，上海三联书店 2018 年版，第 95 页。

耳曼人保存了罗马文明。日耳曼人带来了一场革命就改变了欧洲的政治和经济重心。彼得·希瑟在《帝国与野蛮人:罗马的灭亡与欧洲的诞生》中对这一观念进行了相当充分的发挥。他认为古希腊-罗马文化、希伯来-基督教文化、日耳曼文化、东方文化共同形成了欧洲的多元文化。① 欧洲文学在蛮族入侵罗马之前尚无文字记录,但这并不意味着他们的文化是空白的,日耳曼各民族的语言、史诗、神话等都与罗马文化、基督教文化相结合,蛮族文化是不能被忽视的,它是现代欧洲文明的重要组成部分。

显然,无论“黑暗”这一说法指的是基督教统治下的中世纪还是蛮族文化,都体现了认知上的局限性,我们对这一问题的历史回顾,有助于了解人文主义者的文化心态。他们狂热地赞美古代的希腊与罗马,也深深地认同希伯来-基督教精神。人文主义者较少将基督教与古典文明尖锐对立,而是将西方的堕落归因于教会背离了基督教,以及蛮族入侵毁坏了神圣罗马文化的光荣。“黑暗”是双重的黑暗,扫除黑暗也必须是双重步骤,必须回归到基督教本义,回归到蛮族入侵之前的罗马。因此,文艺复兴时期的人文主义者在复兴古希腊-罗马的文学艺术和净化宗教的改革运动这两个领域共同精进,从而取得了这一时期最有标志性的成就。

“黑暗”说导致的有关文艺复兴与中世纪是延续还是断裂的讨论,差不多贯穿了整个20世纪的学术界,两派观点曾经尖锐对立。时至今日,不会再有这样非此即彼的极端观点。文艺复兴从中世纪发展而来,中世纪晚期已经为文艺复兴的出现做好了准备,文艺复兴也正是在充分继承中世纪的成果的基础上出现的,但这并不意味着文艺复兴与中世纪相比没有本质的差别。后人制作的“文艺复兴”这一标签曾经把一条绵延的文化河道分为两截,而实际上这种划分只不过是在河道的两岸画上标记,河床本身并未因之中断。如果说有中断,那也仅仅是人们主观想象中的,而

① 康凯:《“蛮族”与罗马帝国关系研究述论》,《历史研究》2014年第4期,第165—177页。

非客观的事实。不强调它是一种绝对的断裂,不意味着文艺复兴没有新质,因为它和中世纪相比,不只是中世纪成就的简单的数量上的增长,而且是有了质的变化。在中世纪与文艺复兴的交接之处,从主流上看,就有着古希腊-罗马文化传统与希伯来-基督教文化传统这两股河道的融汇,兴许这里有“泾”与“渭”式的差异,而且交汇之时形成了冲撞之势,卷起层层波澜和股股湍流,这才带来了所谓“文艺复兴”之波澜壮阔与蔚为壮观。① 这基本代表了当下学界对文艺复兴与中世纪关系的看法。我们在这里对双重黑暗的分析,更强调了多重文化的互相冲突,而不仅仅是“两希”文化的交融构成了欧洲近代文化的复兴。在被人文主义者视为黑暗的蛮族文化那里,也包含了近代西方的发展因子,其力量不容忽视。② 当然,“两希”文化在欧洲近现代文化中的主体和主流地位也是不可否认的。

第三节 人文主义文学生成之文化背景

关于文艺复兴时期人文主义文学产生的条件,国内各类外国文学的著作与教材都做了较为详细的介绍,简单的总结就是:资本主义生产关系的出现产生了文化变革的需求;民间文学、骑士文学中的进步因素为人文主义文学的产生提供了基础;城市市民文学孕育了人文主义的早期因子;古希腊-罗马文化的重新发现提供了直接动因;等等。此外,十字军东征促进了西欧商品经济的发展,带来了欧洲社会阶级结构的裂变,市民阶层壮大,教会权威削弱,这些也是文艺复兴人文主义文学兴起的重要外部原因。

---

① 蒋承勇:《西方文学“人”的母题研究》,人民出版社2005年版,第108页。

② 刘建军:《对欧洲中世纪文学几个关键问题的再认识》,《外国文学评论》2010年第4期,第231—238页。

如前所述,所谓“黑暗”的蛮族文化的进入并不直接导致欧洲文化的毁灭,欧洲也不仅仅是被动接受、保存了“两希”文化,事实上,北方各民族文化也催化了近现代西方文化。那么,蛮族文化在欧洲近现代文化构成中有哪些影响?这是值得深入论证的。只强调希伯来-基督教文化对日耳曼文化的同化与征服,或者只强调古希腊-罗马文化被日耳曼等蛮族摧毁而造成文化断层,是不可能辩证地认识日耳曼文化自身的价值的,也不可能全面理解欧洲中世纪文化以及近代文化的特质。① 西方学界从19世纪初就开始强化对蛮族文化的研究,而国内对文艺复兴文学的研究尚未充分跟进。西方学界关于蛮族文化研究的重要成果《德意志文献集成》过于强化了日耳曼民族精神,有明显的种族意识,也遭到了诸多批判。赖因哈德·文斯库斯于1961年出版的著作《蛮族部落的形成及其机制》指出,所谓“蛮族”,无论是日耳曼、哥特、不列颠、汪达尔等本身都具有文化的多民族特性,蛮族群体的身份认同更多基于文化上的认同。单就文学而言,笔者认为蛮族文化最重要的影响体现在民族语言、宗教信仰、各民族的神话故事和民间传说以及在此基础上形成的国家意识等文化元素上,这些元素逐渐被融入“两希”大文化构成的格局中,对欧洲文化的发展产生了重要影响。例如:骑士故事诗用的是罗曼语,也就是用古法语写作的;《贝奥武甫》是用古英语写的不列颠史诗;列那狐故事是法国民间故事;斯堪的纳维亚地区的《埃达》与《萨迦》,以及新教改革是日耳曼民族对天主教会的反动;等等。文艺复兴人文主义的研究需要在“两希”文化的基础上加强对蛮族文化因素的关注,这也是国内许多学者的共识,古希腊-罗马文化、希伯来-基督教文化和日耳曼文化分别提供了理性、信仰和习俗三大基本要素。② 这些都是一些值得关注的见解。比如刘建军将文

---

① 张竹筠:《不应忽视欧洲文学中的日耳曼文化根基》,《学术交流》2007年第2期,第183—187页。

② 田薇:《信仰与理性:中世纪基督教文化的兴衰》,河北大学出版社2001年版,第14页。

艺复兴的条件总结为“四大馈赠”和“三大机遇”，其中就强调了日耳曼蛮族文化对文艺复兴的重要性。①

此外，欧洲人文主义思想的出现，还有一个重要因素是东方文化尤其是阿拉伯文化的作用。阿拉伯文化在充分吸收了西亚、印度、希腊、北非等国家和地区的民族文化成果后得以形成，并自7世纪起逐渐成为当时世界文明的高峰之一，对欧洲人文主义思潮的兴起、近代科学的出现以及理性的解放等都产生了重要影响。11世纪开始，西方基督教世界通过多种方式与阿拉伯伊斯兰世界广泛接触，十字军东征和西班牙的学术翻译是其中最重要的环节或途径。许多来自西班牙、意大利、法国的学者到当时的伊斯兰西班牙进行学术研究，学习自然科学、哲学、天文学、数学、医学和文学，翻译大量的学术著作，尤其是西班牙的托莱多和哥多瓦，作为重要的阿拉伯文化中心都设有翻译局，伊本·西拿、亚里士多德等的一些著作都在这里从阿拉伯文被译成了拉丁文。伊斯兰神学院的学科设置、教学方法等都影响了西欧大学的设置；大量自然科学成果的输入，照亮了西欧中世纪晦暗的天空。许多人文主义文学作品都受到了阿拉伯文学的影响，例如：但丁的《神曲》对地狱、炼狱的描写深受阿拉伯文本《登霄记》的影响；薄伽丘的《十日谈》从取材到结构无不有东方阿拉伯文学的烙印；乔叟、莎士比亚作品中的许多故事改编自东方文本。总之，正是阿拉伯文化的输入，冲击了基督教神学，影响了欧洲哲学和文学的发展。阿拉伯文化是沟通东西方文化的桥梁，也是西欧各国重新了解古希腊-罗马文化经典的重要途径之一，阿拉伯文明的影响也是文艺复兴人文主义文学产生之不能忽视的外部因素。

还需要提及的是，对于人文主义文学与文化的产生及其在欧洲的广

---

① 刘建军：《对欧洲中世纪文学几个关键问题的再认识》，《外国文学评论》2010年第4期，第231—238页。

泛传播,中国的印刷术也功不可没。印刷技术的发展改变了知识存储和传播的手段,书籍被更多人拥有并阅读,人文主义思想也得以迅速传播。如果没有印刷术,无法想象马丁·路德新教改革的小册子可以在几天之内传遍整个德意志。

第四节 人文主义文学发展之不平衡性

历史上不同区域之文学发展的不平衡性是一种普遍现象。但是,文艺复兴历时 300 多年,欧洲诸多国家的人文主义文学,其发展的不平衡性则是一种特殊的文化现象,值得特别关注。

欧洲各国的社会历史条件不同,人文主义文学在各国的发展时间也不统一,其间各自的民族特性便是这种文学之不平衡性的表征之一。意大利文艺复兴发生较早,从 14 世纪初即开始萌芽;英国文艺复兴发展较晚,至 17 世纪才达到高潮。国内大多数文学史著作与教材都将人文主义文学的发展分成三个时期,有重点地展开叙述。例如郑克鲁、蒋承勇主编的《外国文学史》就是如此,在三个时期的每个阶段都会选择一两个国家予以重点介绍,然后总结出文学发展的轨迹与特点。这种划分固然清晰明了,体现出线性发展的历史脉络,但是如果我们只是笼统地对 300 余年的欧洲人文主义文学做这种时间维度的三段式粗略划分,而忽视历史发展阶段的不平衡性以及各个国家的民族特性,显然也是顾此失彼的。正如《西方人文主义传统》的作者阿伦·布洛克指出:“文艺复兴已被用来作为欧洲现代史初期阶段,也就是从 1350 年到 1600 年这么一个广阔而又多样化的历史时期的标签，因此无法赋予它一个单一的特征。”①在意大利，13 世纪末 14 世纪初，文艺复兴已经出现，但是在西班牙、法国，大概到 16 世纪，这场运动才开始，文艺复兴在 16 世纪的意大利衰落时，在法国、英国、德国、佛兰德斯和西班牙则蓬勃发展。欧洲各国之间存在巨大的时间差。15 世纪后期的文艺复兴运动从意大利的几个中心城市向欧洲各地扩散。勃艮第公爵皇宫是意大利以外第一个大型的文艺复兴中心。随后，它越过了阿尔卑斯山，北方文艺复兴就此陆续出现。无论是权力最大的阿拉贡国王斐迪南五世、神圣罗马帝国皇帝马克西米连一世、法国法兰西斯一世还是英国亨利八世，他们都在赞助和支持人文主义学者。但是文艺复兴运动所波及之处，都会产生各自民族明显的特色。欧洲各个民族以及正在形成中的民族国家，显然都有文化上的差异与历史发展的独特需求，因此各自的文艺复兴运动便呈现出明显的空间性差异。意大利人文主义者们更直接地从古代罗马文化中寻找灵感，而欧洲其他地方的人文学者往往更强调本民族的历史文化。例如法国的文艺复兴就明显表现出中世纪骑士精神的特点，德国的文艺复兴就蕴含着对古代条顿人辉煌过去的怀念。整体而言，意大利的人文主义者更愿意将人文主义和艺术联系起来，北方文艺复兴则有更明显的宗教性特点。总之，文艺复兴运动并不是一个可以简而化之的概念，具有明显的历史阶段性和民族性差异，而人文主义作为文艺复兴的指导思想，也具有同样的历史阶段性和民族性差异。我们需要关注文艺复兴的意大利模式与欧洲其他国家的关系，例如葡萄牙、西班牙、英国等的文艺复兴并不是与中世纪模式的决裂，而是首先要寻求古典模式与意大利模式之间的协调。这种相互协调所产生的文化运动，就是构成欧洲其他国家文艺复兴最显著的特点，文艺

① 阿伦·布洛克：《西方人文主义传统》，董乐山译，生活·读书·新知三联书店 1997 年版，第 7 页。

复兴是意大利化的欧洲文化共同体。1527 年,发生在罗马的劫掠结束了文艺复兴的盛期,但其仍然继续在罗马之外的地方发展,尤其是在北部欧洲。所以在其他地方出现的人文主义思想,是文艺复兴运动的重要组成部分。①

我们来看西班牙文艺复兴,通常认为它是在意大利的影响之下发生的。早在 14 世纪,西班牙人就与意大利的人文主义者多有联系,但是西班牙文化有着特殊魅力——伊比利亚文化,而伊比利亚文化的特点就是多种文化的融合。"西班牙人踩在西班牙穆斯林和犹太人的肩膀上回到古希腊文化和科学理性,除却犹太文化、阿拉伯文化和吉卜赛文化,以及西班牙本身的物质经济基础之外,同意大利的特殊关系显然也是推动西班牙文艺复兴运动的重要因素。"②随着 15 世纪新大陆的发现,非洲文化和南美洲文化发生了碰撞,出现了一个文化多元、风格独具的西班牙文化。1125 年到 1200 年,欧洲历史上出现了一次拉丁语翻译的高潮,相当数量的古希腊和阿拉伯科学文献重见天日,托莱多是西班牙最重要的翻译中心。可以说正是西班牙的这个中枢,为中世纪的西欧传送了此后文艺复兴所需要的古典学知识。西班牙的文艺复兴与当时的西班牙历史发展有关。收复失地,建立统一的封建王权是 15—16 世纪初西班牙的主要政治任务;1492 年攻占摩尔人最后的一个据点格拉纳达后,西班牙基本上完成了国家的统一。在女王伊萨伯拉一世的支持下,哥伦布发现了新印度群岛,此后半个世纪,西班牙征服了美洲印第安人的几个帝国,殖民地的财富纷纷流入西班牙,西班牙国力大增,并开始向国外移民,与殖民地间的贸易也快速发展,塞维利亚成为欧洲最大的贸易中心。16 世纪起,西班牙成为称霸欧美两大洲的强国,在王权的鼓励之下,国内的资本

---

① 弗兰克·萨克雷、约翰芬·德林主编:《世界大历史:文艺复兴至 16 世纪》,王林译,新世界出版社 2014 年版,第 41 页。

② 陈众议:《西班牙语小说发展史》,浙江工商大学出版社 2022 年版,第 1 页。

主义工商业也一度繁荣;而在16世纪晚期,西班牙这个庞大帝国却日渐陷入泥淖,不断受到其他新崛起的国家的冲击。早在15世纪,意大利人文主义思想就通过不同途径传入了西班牙,西班牙的文化进入了文艺复兴时期,其人文主义的发展与上述一系列政治活动相关。但是严格来讲,西班牙的早期人文主义并不是在意大利人文主义的影响下产生的,而是由卡斯蒂利亚宫廷的阿拉伯人推动的。从这个意义上来说,“文艺复兴运动几乎同时发生于13世纪的意大利和西班牙,而且西班牙对古典文艺的重视程度比同时期的意大利更高”①。这就意味着西班牙文艺复兴有自己鲜明的民族文化特点,伊比利亚文化的特性使西班牙的人文主义风格更多元。例如,西班牙的艺术有显著的哥特传统,而文学上受东方的影响更明显,“西班牙北部盛行的是哥特人和汪达尔人的风俗习惯,南部盛行的是阿拉伯人的风俗习惯”②。在15世纪之后,西班牙文化与文学又大量吸收了意大利文艺复兴的文化。西班牙人文主义的另一个显著特点是受封建君主与天主教会的影响和控制十分明显,天主教会在西班牙十分强盛,不断打压人文主义,人文主义者无论在艺术风格还是思想方面都会迁就王公贵族,其妥协性、矛盾性较强。

葡萄牙人早在阿方索五世时期(1432—1481)就对意大利人文主义表现出浓厚的兴趣,许多意大利的人文主义者来到葡萄牙宫廷任教,当时也有很多葡萄牙人到佛罗伦萨、博洛尼亚、帕多瓦等地的学校学习人文学科。在这样的相互接触下,葡萄牙出现了研究人文主义思想的热潮。葡萄牙的文艺复兴在模仿意大利的过程中逐渐呈现出自己的民族文化特点。例如,从文学形式上看,当意大利的人文主义作家们努力抛弃中世纪陈旧的文学写作模式的时候,葡萄牙的诗人萨·德·米兰达以及后来的

---

① 陈众议:《西班牙语小说发展史》,浙江工商大学出版社2022年版,第1页。

② 郑如霖:《略论西班牙文艺复兴的特点及其产生原因》,《华南师范大学学报(社会科学版)》1991年第2期,第56—61页。

卡蒙斯等不仅从不反对中世纪传统诗歌的方法和内容,而且始终保持着一种回归的倾向。中世纪的方法被葡萄牙后来的文学作品一直沿用。所以,葡萄牙的人文主义文学是中世纪与古典的模式相互协调的产物。直到 1540 年左右,葡萄牙的诗歌、小说、戏剧在形式和内容上虽然深受人文主义的影响,但依然未脱离中世纪文化传统。

德国人文主义者注重学术研究,他们往往都是学者。德国大学中的年轻知识分子多数都有在意大利学习和访问的经历,通晓多国语言,他们能够直接阅读和翻译古代希腊-罗马作家的著作,注重研究和诠释,尤其擅长哲学、道德、宗教等理论上的探讨。活字印刷技术传入后,15 世纪,开办在德语区的印刷厂非常多,它们印制了大量书籍,为新思想的传播提供了一个便利的手段。在 1501 年之前的半个世纪里,将近有 25000 部著作在日耳曼区域印刷,平均每版印量是 250 册,这意味着大量的书正在流通。日耳曼人文主义者的关注点更集中于将古典学的训练运用于批判教会,以及重新阐释、校勘宗教文本,试图纯化教会,表达方式也更有思辨性,这与意大利的诗性表达方式明显不同,体现出强烈的日耳曼民族特性。因此,在日耳曼地区出现的人文主义被称作基督教人文主义,推动了德国的宗教改革运动。

德国的宗教改革后来传到法国,新教在法国首先也是由人文主义者传播的。法国在发动对意大利的战争中,劫掠了大批意大利文艺复兴时期的艺术品和书,这些让法国人民耳目一新,促进了人文主义思想在法国的传播。国王弗朗索瓦一世在同查理五世作战中意识到需要得到德国新教教徒的支持,因此对新教持开明态度,容忍和保护新教。哥白尼的“天体运行说”和地理大发现打开了人们的眼界和思路,印刷术的广泛应用使资产阶级文化思想得以广泛传播,于是在法国出现了一批人文主义者,如拉伯雷等。他们致力于古希腊-罗马作品的研究,虽然各自研究的领域不同,思想观点也不无差别,但是他们在古典作品中发现了一个共同的人文主义新世界。由于弗朗索瓦一世最初支持和保护人文主义,人文主义者也寄希望于国王能够借助他们的思想谋求国家的发展,因此,法国的人文主义文学从最初就与宫廷、王权的关系非常密切。1539 年,弗朗索瓦一世批准印刷希腊文书籍时说:王权给予文学的支持和特殊照顾,为的是培养神学家、法官和官吏。1530 年,法兰西学院成立,其间聚集了许多专门人才去钻研希腊文、拉丁文和希伯来文。国王还自己设了一个图书馆收藏古籍,扩建了卢浮宫,收藏古典艺术品;一些意大利的学者也受邀来到法国讲学。国王的姐姐玛格丽特也为被教会迫害的人文主义者提供庇护,她的沙龙汇集了众多优秀的人文主义者,成为一个传播人文主义思想的中心。就这样,法国的人文主义文学在王权保护之下得到迅速的发展,弗朗索瓦一世本人也被称为“文艺之父”,对法国艺术影响极大的“枫丹白露派”也应运而生,他们歌颂国王、宣扬君主制。可见对法国人文主义文学的发展,王权的力量是一个重要的因素,因此宫廷的趣味在法国人文主义文学中也十分浓郁。

文艺复兴抵达英国至少是在 15 世纪以后。1509 年,亨利八世即位后巩固了都铎王朝的政权,并于 1533 年脱离了罗马天主教会后自立为英国国教教主。英国在这一历史契机下,同时受推动世界历史进程的几件大事影响——古腾堡发明了活字印刷术、哥伦布发现了新大陆、马丁·路德发起了宗教改革运动,随后,英国进入了开放、扩张的时期。在海上发现新天地,让英国人对追求新知识产生了浓厚兴趣,国力开始向外延展,英语迎来了一个发展高潮,英国人产生了民族标准语的自信心和自豪感,“近代英国”的雏形正在酝酿之中。正所谓:这是一个“发现英国”的时代。伴随着这一历史进程,在欧洲其他国家人文主义运动的影响下,英国人文主义文学开始出现并在伊丽莎白时代达到高峰,英国人文主义思潮发展的时代正是探索英国身份、英语文学价值的时代,也是锡德尼、斯宾塞、马洛、莎士比亚、胡克的时代,这一段辉煌的文学时光一直延续到了约翰·弥尔顿时期。

总之,不论是从时间还是从空间的维度上看,人文主义都是一个极为复杂的概念,“如果我们按照其在文艺复兴时期本身的含义来研究文艺复兴时期的人文主义,人文主义多样化的表现将会令我们的研究陷入困境”①。

---

① Paul O. Kristeller:“Studies on Renaissance Humanism During the Last Twenty Years”, *Studies in the Renaissance*, Vol. 9, 1962, p. 9.

| 第二章 |

人文主义文学与中世纪文化

如前所述,中世纪断代史的概念是14世纪的人文主义者为了彰显自己所处的时代之重要性而做出的一种框定,这可以说是一种"斗争性"表述策略,但这给后世造成了一个误解:文艺复兴似乎并非中世纪的历史延伸,而是跳跃式地从一个新的起点开始的,是跨过中世纪而后与古希腊-罗马相衔接的。从人文主义思想演变以及文艺复兴文学人文传统演变的角度看,这种界定显然过于武断,不符合历史事实。笔者认为:研究人文主义文学,其起点也并不能仅仅从14世纪初的文艺复兴开始;在人文传统上,文艺复兴是为中世纪所指引的,尤其是在12世纪之后的中世纪思想中,人文主义的思想胚胎就已经生成了。

文艺复兴时期的主流文学是以人文主义为指导思想的,因而人们把这种文学称为"人文主义文学"。作为文艺复兴运动的组成部分,人文主义文学主要表现为自我意识觉醒后人的精神个体的无限多样性,有鲜明的人本意识。但是,如前所述,文艺复兴人文主义思想的出现并不像历史分期那样有明显的时间刻度——这种时间"刻度"原本也是人为的标识。事实上一种思想的萌生与发育,并没有清晰、确切的具体时间概念,而往往只是一种模糊、朦胧的大致划定。我们这么去看问题的时候,就有可能发现:人文主义思想其实并不是在时间概念上的那个文艺复兴时期发生的,而是早在中世纪就开始孕育、发芽;而且,人文主义思想原本也不是一种纯粹的创新物,而是接受了中世纪的文化“遗传”的一种意识形态,或者说,人文主义思想本身包含了中世纪的文化基因或元素。这不仅意味着中世纪社会与文化是人文主义的温床与摇篮,更意味着人文主义思想具有历史包容性和内涵的丰富复杂性,比如,文艺复兴人本意识就包含了中世纪的宗教人本传统以及其他人文元素。也正因为如此,从文明发展史的角度看,并不能完全将中世纪视作“黑暗”的历史。就文学而言,中世纪不仅是西方文学发展史上重要的一环,也是人文主义文学的文化源泉之一。

第一节 希伯来-基督教文化之“古典”渊源

在西方学术界,把中世纪看成“黑暗时代”和“漫漫长夜”,主要是 20 世纪之前的事。而在我国学术界,这种观点延续的时间要比西方长半个多世纪。纠正这一观点,是从 20 世纪 90 年代初才逐渐开始的。布克哈特的《意大利文艺复兴时期的文化》摆脱了欧洲传统史学只限于政治、军事和外交的研究传统,拓展到了文化领域,为文艺复兴研究做出了非常重要的贡献,但是他把中世纪视为“黑暗时代”,则是失之偏颇的,这种观点一直持续到 20 世纪初。到 20 世纪 30 年代,西方史学家中出现了反对和批判布克哈特的声音。以德国史学家索德、法国艺术史家孔诺德、美国中世纪史学家哈斯金斯和桑代克等为代表,他们指出了中世纪文化中存在文艺复兴的源流。哈斯金斯的《12 世纪文艺复兴》以确凿的史实和有力的分析使布克哈特等人的中世纪“黑暗”说受到了强力挑战。哈斯金斯认为中世纪并非想象的那样黑暗和停滞,文艺复兴也不是通常认为的那样阳光灿烂，其出现也不是一种神奇的突然。尤其是意大利文艺复兴，它是那么自然而然地来源于中世纪，以至于历史学家们对它是什么时候开始的也没法达成共识。①

人们曾经是那么肯定古希腊-罗马文化人本传统的进步性，但是这种进步文化到了中世纪就几乎濒临灭绝，于是反人性的希伯来-基督教文化占主导地位，只有到了文艺复兴时期，古希腊-罗马传统才得以复兴，人本主义新思想一举取代了基督教的“神本主义”。这种认识包含了一个明确而清晰的价值判断，即古希腊-罗马文化传统与希伯来-基督教文化传统之间是水火不容、你死我活的进步与反动之间的矛盾。按照这种逻辑，文艺复兴强调复兴古希腊-罗马文化传统，反对希伯来-基督教文化传统，并且前者成为近现代西方文化与文学的主导思想，那么，西方文化难道就成了古希腊-罗马文化传统的大行其道？而事实上我们在几乎所有的人文主义者那里都看得到基督教文化的深深烙印。要从深层次解决为什么不能把中世纪仅仅看成“黑暗时代”和“漫漫长夜”，为什么文艺复兴不是突然爆发的问题，关键在于我们思考这些问题时要扭转思维定式，以实事求是的态度面对中世纪文化，而非首先预设基督教文化是落后、反人性的这样的观念前提。只有这样，我们才能做到充分认识中世纪宗教人本传统与古希腊-罗马文化传统之间的非间断性、非决然对抗性，进而看到和承认希伯来-基督教文化与文艺复兴人文主义之间内在的血脉传承关系。正是在这个意义上，研究人文主义文学的文化渊源，不仅要从希伯来-基督教文化上去找人文主义的文化因素，还要从中世纪基督教文化中去找古希腊-罗马文化的基因。

---

① 查尔斯·霍默·哈斯金斯：《12世纪文艺复兴》，夏继果译，上海人民出版社2022年版，译者序。

一、古希腊-罗马哲学对基督教文化之人文传递

希伯来-基督教文化在其形成与发展过程中较多地从古希腊-罗马的哲学中吸取了养分。柏拉图“三个世界”的理论,为基督教的宇宙观提供了哲学的理论依据。英国的新托马斯主义者 F. 科普尔斯顿指出,“从哲学观点看,柏拉图传统长期统治基督教的哲学思想”①。德国著名青年黑格尔派学者 D. F. 施特劳斯认为柏拉图对基督教的影响深远,“柏拉图哲学是和早先出现于基督教的艾赛尼派和诺斯替教派思想观点联系着的”,“它是在给基督教做准备,或者说,以希腊人为人类的代表,给基督教做准备”。在希腊化时期,基督教又更多地吸纳了古希腊-罗马哲学的养料,如斯多亚学派(斯多葛学派)的禁欲主义,以斐洛为代表的犹太-希腊哲学,新毕达哥拉斯主义和新柏拉图主义等,并对“逻各斯”做了神秘的解释。可以说,希腊-罗马衰落时期的哲学为基督教提供了思想养料,并成为基督教教义的重要内容。W. 塔恩指出,“在某种意义上,希腊哲学为基督教的传播铺开了道路。人们正在寻找不同神灵及不同神灵崇拜背后必然存在的那种统一性”,“而罗马内战的可怕动乱,极度地强化了这股已经存在的追求救世主的强烈愿望”②。将希腊哲学与犹太教结合做出更重要贡献的则是犹太哲学家斐洛。他把柏拉图和斯多亚学派的学说同犹太教及其典籍《圣经》相结合,从而创立了早期希腊主义的犹太教神学,达到调和希腊哲学和《圣经》的作用,深刻影响了新柏拉图主义和基督教神学。可以说,基督教的神学史不是从某一个基督徒开始的,而是从哲学家斐洛开始的。E. 凯尔德指出了斐洛在神学史上的这种特殊的位置,“他超过其他任何作者,正是通过这种历程,来自希腊和来自巴勒斯坦的两股伟大思

---

① F. Coperstone: *A History of Philosophy*, The Newman Press and Burns & Oates, Ltd. ,1962,p. 29.

② W. Tarne: *The Greek Culture*, Cambridge University Press,1985,p. 360.

潮结合成一股”①。斐洛致力于为宗教信仰辩护，因此神学在他的理论体系中占有重要位置，这种神学理论对基督教产生了多方面的影响，比如在他的创世说观点的影响下，基督教对创世说也做了新的解释。

如果说斐洛是柏拉图学派的先驱，那么普罗提诺则是该学派的奠基人。“他是典型的神秘主义者，那种造成他们神秘主义的更重要的东西是他把这种神秘主义呈现为整个希腊哲学发展的终极结果。此外，要是注意到普罗提诺以后的思想发展，我们就可以看到，正是通过他，并通过受到他影响的圣·奥古斯丁，这种神秘主义变成了基督教神学，成为中世纪和近代世界的宗教中的一个重要因素。”②圣·奥古斯丁是早期基督教最重要的神学家，也是最后一位呼吸着罗马世界文化空气成长起来的杰出的基督教思想家。正是他把希腊哲学，特别是以普罗提诺为代表的新柏拉图主义同基督教融合起来的。他的思想深刻地影响了中世纪罗马天主教的基督教世界和文艺复兴以来的新教，深刻地影响了以托马斯·阿奎那为代表的整个基督教神学。“奥古斯丁及其同时代人物安布鲁斯和哲罗姆共同努力的结果，就是使基督教文化在古典文明的基础上扎实地建立起来。430年奥古斯丁去世，古典文化-基督教文化的融合已基本完成。成为中世纪基督教和西方文明的基础的古希腊-罗马传统之所以有力量，主要是由于这三位拉丁神学家及其他与他们一样的人，证实了人们既可以是基督教徒又可以是研究西塞罗的学者。”③

总之，在基督教形成的过程中，古希腊-罗马哲学在理论上推动了这个进程，古希腊-罗马哲学能够给基督教信仰以合乎逻辑的解释，能够理

---

① E. Kelde: *The Theological Extension in Greek Philosophy*, Book Ⅱ, Oxford University Press, 1902, p. 184.

② E. Kelde: *The Theological Extension in Greek Philosophy*, Book Ⅱ, Oxford University Press, 1902, p. 184.

③ C. 沃伦·霍莱斯特：《欧洲中世纪简史》，陶松寿译，商务印书馆1988年版，第14页。

智地批驳异教徒对基督教教义的责难。由于采用了古希腊-罗马哲学的语言和范畴，基督教学者得以用理性术语解释神谕和上帝的存在，从而使基督教发展成一种世界性宗教。正像英国学者 G. 汤姆逊所指出的：基督教在当时，作为犹太教和希腊主义——地中海世界两种突出的、彼此在许多方面相互对立，因而互相补充的文化——的混合物，是古代文明整个过程中的当然的意识形态的产物。后来，主要从希腊的哲学和修辞学方面，它又吸收了许多它原先所没有的思想观点。①

二、古典理性对希伯来-基督教之人文指引

宗教文化描述的是一种信仰体系；信仰关注的不是当下的现实世界，而是超现实的价值世界。信仰有其非理性、非科学的一面，但信仰是人认识与把握世界的一种特殊方式，有其合乎人之理性原则的特质，因而仍不乏理性精神。"假如信仰的确与理性思维不相容，那它定会被作为一种从前文化阶段的错误残迹而遭淘汰，并定会被涉及事实的科学和具有可理解性、能证实的理论所取代。"②

众所周知，古希腊早期哲学的理性精神较集中地体现在对世界确定性和世界秩序的探索上，是人的知性力量使然。因此，古希腊哲学总是力图通过寻问世界之本原，给人们描述世界的规律和秩序，为人们提供一个有确定意义的世界。其实，基督教同样有这种知性特征，而且一定程度上直接受益于古希腊哲学的理性禀赋。"基督教的上帝信仰，从本体论上看，同样是为了给世界以确定性的说明。与古代哲人不同的只是，基督教的学说更为精致，更有说服力。将世界的本原归于上帝，将世界的秩序与规律看作由上帝制定，比起泰勒斯、赫拉克利特乃至柏拉图的学说来，显

① G. 汤姆逊：《古代哲学家》，何子恒译，生活·读书·新知三联书店 1963 年版，第 385—386 页。

② 埃里希·弗洛姆：《寻找自我》，陈学明译，工人出版社 1988 年版，第 257 页。

然是进步而非退步。上帝的学说虽然由犹太人创立，发源于犹太人的原始信仰，但经希腊哲学的充实，再到奥古斯丁、阿奎那等人的精心构筑，早已不是原始的信仰。漫长的理论提高的过程，完全可以看作人类知性追求的合逻辑的过程，扬弃的过程。甚至可以说，有关上帝的学说同样是一种自然哲学，同样是一种科学理性。"[①]反过来说，如果基督教离开了古希腊哲学那种探究世界本原的理性精神，就不可能形成关于世界与上帝的严整体系。而且，正是基督教文化中这种直接承传于古希腊哲学的对世界探究的知性冲动和理性精神，培植了中世纪和近代西方人的科学理性精神和追求科学的浓厚兴趣。荷兰学者 R. 霍伊卡在他的《宗教与现代科学的兴起》中指出，"希腊-罗马文化与《圣经》宗教的相遇，经过若干世纪的对抗之后，孕育了新的科学。这种科学保存了古代遗产中的一些不可残缺的部分(数学、逻辑、观察与实验的方法)，但它却受到不同的社会观念和方法论观念的指导，这些观念主要导源于《圣经》的世界观。倘若我们将科学喻为人体的话，其肉体组成部分是希腊的遗产，而促进其成长的维他命和荷尔蒙则是《圣经》的因素"，"科学更多地是某种宗教观念的结果，而不是其原因"。[②] 因此，作为一种认识论意义上的知性的理性，是客观地存在于作为信仰体系的希伯来-基督教文化之中的，而且有着清晰的前后承传与延续的关系。

古典哲学中有关克制欲望、遵从理性的论述被基督教思想体系吸收，成为其禁欲主义的养料之一。例如斯多亚学派，从广义上说，整个斯多亚学派给了基督教及其神学巨大的影响，尤其是该学派中的塞涅卡，他对形成中的基督教造成了巨大影响。恩格斯说："如果我们可以把斐洛称为基督教教义之父，那塞涅卡便是它的叔父，新约中有些地方几乎就像是从他

---

① 启良：《西方文化概论》，花城出版社 2000 年版，第 340—341 页。

② R. 霍伊卡：《宗教与现代科学的兴起》，丘仲辉、钱福庭、许列民译，四川人民出版社 1999 年版，第 191 页。

的著作中逐字逐句抄下来的。”[①]斯多亚学派关注人的终极目的，他们认为，人的本性是宇宙普遍性的一部分，“因此，主要的善就是以一种顺从自然的方式生活，这意思就是顺从自己的本性和顺从普遍的本性；不做人类共同法律惯常禁止的事情，那共同法律与普及万物的正确理性是同一的，而这正确的理性也就是宙斯，万物的主宰与主管”[②]。从这种伦理观出发，人们应该顺从自然，顺从本性，顺从理性。世界上的一切都由必然性、命运所主宰，这种规律也是一种理性，它也是神的意志的体现。因此，顺从理性就是服从规律和必然性，服从神的意志。在他们看来，只有理性的完善才是最大的幸福和快乐，除此之外都是恶，都是不道德的。财富、权力、地位、健康、生命等本身并非善，这些东西本身无多大价值。斯多亚派这种理性精神也是催发基督教禁欲主义的养料。

总之，古希腊-罗马古典文化中的理性精神沿着希伯来-基督教的传统得以流传，意味着古典理性精神之人文血脉并未在中世纪中断。事实上，古希腊-罗马哲学文化对中世纪的影响，也是通过基督教来实现的。希伯来-基督教文化所蕴含的这种理性意识、人文精神使得中世纪数次出现“中兴”，尤其是 12 世纪之后人们开始以理性精神批判教会的堕落与黑暗，为 14 世纪的文艺复兴做好了思想文化和人文传统的铺垫。

---

① 恩格斯：《论早期基督教的历史》，《马克思恩格斯全集》第 21 卷，人民出版社 1979 年版，第 253 页。

② 北京大学哲学系、外国哲学史教研室编译：《古希腊罗马哲学》，商务印书馆 1961 年版，第 375 页。

第二节　希伯来-基督教文化对现代科学之滋养

在我国学界，相当长的时间内，科学与宗教的关系往往被认为是水火不容、你死我活的对抗关系。确实，欧洲中世纪的宗教裁判所残酷迫害过科学家，视科学为异端，制造了许多骇人听闻的残暴事件，但是，其间的原因是很复杂的，我们不能简单地从某些个别事件尤其是表面现象出发就确认宗教与科学是全然对立的，不能认为宗教不仅与科学发展无缘，而且完全是科学发展的障碍。事实上，希伯来-基督教文化不但不是与科学截然对立的，反而是滋生科学的温床。在此，我们必须破除那种非此即彼的对抗性思维方式，辩证地看待宗教与科学的关系，为此，关于文艺复兴人文主义文学与文化的阐释，我们需要讨论以下几个问题。

一、基督教与科学理性

从科学发展史的角度看，古希腊自然哲学与希伯来-基督教的自然观、宇宙观是不一致的。古希腊的科学思想总体上是一种唯理论的哲学观，而基督教则是倾向于经验论的哲学观。然而，恰恰是这两种理论观念构成了西方近现代科学发展的世界观和认识论基础。尽管这是两种不同的科学思想观念，但从源头上看，古希腊哲学的理性精神影响了基督教，且作为一种渠道延续并影响着后世。“中世纪的学者充分利用了精练的逻辑工具和推理方法，增强了思想的明晰性，培养了辩论的艺术性，使逻辑学、伦理学、形而上学达到了前所未有的准确性。应该说，运用理性工具论证信仰，正是中世纪经院哲学的一个典型特征。”“事实上，中世纪人的理性或逻辑思维的水平已经达到了相当高的程度，并不比现代人差多少。托马斯·阿奎那的体系不仅是信仰的充分表达，而且是人类运用理性建造的一个思想殿堂。”[①]可见，理性思维是基督教的一种基本的认识与思维方法。因此，“有关上帝的学说同样是一种自然哲学，同样是一种科学理性。如果我们将泰勒斯的‘水’、赫拉克利特的‘火’、巴门尼德的‘存在’、柏拉图的‘理念’归于理性的范畴，为什么不能将‘上帝’看作理性的概念呢？如果把希腊探究自然之本原和秩序的学说看作科学理性，为什么不能将同样表现为对自然本原与秩序的探究的上帝学说看作科学理性呢?”[②]基督教文化中科学理性之存在是应予肯定的，基督教对科学精神之弘扬也是客观事实，在这种意义上，基督教是西方近现代科学成长的文化土壤。对此，如果我们进一步从基督教与科学发展史的实际联系做研究，就会更确信无疑。

二、中世纪大学与科学精神

中世纪的大学对现代科学的催化作用，值得我们重视。霍莱斯特指出:“过去的历史学家对于现代文明发展，可能过分强调了文艺复兴的影响……文艺复兴人文主义者实际是‘古典文学’的学者，对于科学的兴趣，可以说并不大于一位现代英国文学或拉丁文学教授。现代科学产生于中世纪的大学。”[③]

11—12 世纪，设立在城市的教会学校占据了教育和学术的领导地位，这些教会学校开设用拉丁文讲授的课程，主要课程有文法、修辞学、辩证法、算术、几何学、音乐、天文学，传授古典文化和世俗知识。至 12 世纪中期，在较繁荣的城市里，这类教会学校自发地演变成了较大规模的教学

---

① 李秋零、田薇:《神光沐浴下的文化再生：文明在中世纪的艰难脚步》，华夏出版社 2000 年版，第 403—404 页。

② 启良:《西方文化概论》，花城出版社 2000 年版，第 341 页。

③ C. 沃伦 · 霍莱斯特:《欧洲中世纪简史》，陶松寿译，商务印书馆 1988 年版，第 377—379 页。

团体,也就是最初的大学,巴黎大学、波隆大学、剑桥大学、牛津大学等都是代表,尤其是巴黎大学。“大学作为一种的诞生,是13世纪西欧出现的权力普遍重构的一个部分。”①大学是13和14世纪整个西方基督教世界的学术机构。“中世纪大学的兴起,改变了西方教育制度,形成了主宰西方文化的专业知识分子阶层,造就了一批把基督教带进理性之海的哲学-神学家,也培养了一批管理教会和国家的行政人员和律师以至教皇,特别是,它塑造了欧洲人说理论辩的思维习惯,形成了西方不朽的学术传统……如果西方思想没有经过这几个世纪的理智训练的准备,以便用宇宙理性或人类智力去探索自然的秩序,那么,现代科学的诞生将是不可能的。”②因此,文化史学家克里斯托弗·道森指出,西方那种批判的理性和无休止的探索精神,并非像一般人所认为的那样出现于15世纪的文艺复兴时期,真正的转折必须推到三个世纪以前的大学和城市时代。从阿伯拉尔和索尔兹伯里的约翰开始,就已经兴起了辩证思维和哲学思辨的好习惯,较高级的研究受到逻辑辩论术的指导,发展出一种批判精神和方法上的怀疑精神,西方文化与近代科学在很大程度上正是由此兴起的。不仅如此,“随着大学的兴起和学术的复兴,随着阿拉伯文化和希腊文化传入西方,阿拉伯和希腊的科学,如医学、地理学、光学、动物学、数学、物理学、天文学、植物学、化学,等等,也由西班牙和西西里一同传来,理性主义开始抬头了……对自然的科学追求也受到了鼓舞”③。12世纪中期以后,“西欧的心智从麻痹兴起,好奇心驱使求知欲望,人们开始讨论未受桎梏的绚烂而古老的希腊世界,不到一个世纪,所有拉丁欧洲因科学与哲学而

① 大卫·阿布拉菲亚主编:《新编剑桥中世纪史:第五卷》,莫玉梅译,中国社会科学出版社2023年版,第282页。

② 李秋零、田薇:《神光沐浴下的文化再生:文明在中世纪的艰难脚步》,华夏出版社2000年版,第253—254页。

③ 李秋零、田薇:《神光沐浴下的文化再生:文明在中世纪的艰难脚步》,华夏出版社2000年版,第295—296页。

轰动起来”[①]。

从最初的大学对科学兴起的作用可以看出基督教与科学并非决然对立；而科学在中世纪开始兴起，说明近代西方科学并非直接得益于文艺复兴，人文主义者的科学思想来自中世纪基督教这一事实，不能被完全抹杀。

三、基督教自然观与现代科学

荷兰科学史家 R. 霍伊卡指出：“在现代科学兴起的时代，宗教是当时文化生活中最强大的力量。人们对上帝(或诸神)的看法影响了他们的自然观，而这种自然观又必然影响他们探究自然的方法，即他们的科学。”[②]基督教的自然观显然是有助于科学发展的。

在基督教教义中，上帝耶和华是万物的创造者，他首先模仿他自己创造了人类，然后又创造了自然世界，上帝把这个自然世界交给人类，让人类去管理和改造。因此，按基督教的观点，神和人、自然的关系是自上而下的，即：神→人→自然。神的地位最高，自然的地位最低，自然是供人驱使的。“在《圣经》中，不是上帝和自然与人类对立，而是上帝和人类共同面对自然。否认上帝与自然重合，也就意味着否认自然具有神的特征。”[③]正因为如此，“自然不是令人畏惧和让人顶礼膜拜的神，而是让人类去珍惜、去研究、去管理的一件上帝的作品”[④]。这种自然观助长了人探索自然的信心和勇气，有上帝与人类在一起，人们就可以大胆地去改造

① H. Rashdall: *The Universities of Europe in the Middle Ages*, Oxford University Press, 1986, p. 147.

② R. 霍伊卡：《宗教与现代科学的兴起》，丘仲辉、钱福庭、许列民译，四川人民出版社 1999 年版，第 3—4 页。

③ R. 霍伊卡：《宗教与现代科学的兴起》，丘仲辉、钱福庭、许列民译，四川人民出版社 1999 年版，第 16 页。

④ R. 霍伊卡：《宗教与现代科学的兴起》，丘仲辉、钱福庭、许列民译，四川人民出版社 1999 年版，第 16 页。

与支配自然。16世纪宗教改革运动以后，把世界看作是上帝创造的以机械模式存在的《圣经》世界观，更加有利于现代科学的兴起。

近代机械论的科学和哲学更符合《圣经》的观念，因为一个有机的世界由生育而来，包含着自我原因，而一个机械的世界则由制造而来，它是上帝理性设计的结果。“在基督教的支配下，人为了运用知识理解上帝创造的事物，接近上帝，产生了‘科学’，并以科学为背景创造了现代西方的科学文明。因此，在以基督教为源头的现代西方科学文明中，人‘知道得越多，就越想知道’，由此促进了科学的发达。”[①]当然，基督教对自然支配式的思维方式，会造成人类中心思维，从而造就了“自然破坏型”的物质文明，这也是需要进行反思的。

四、基督教“事实”原则与现代实验科学

基督教认为世界是上帝的理性的产物，是有法则、有秩序的，但同时也是上帝的自由意志的产物，是偶然的。因而，人一方面需要运用理性去认识自然，另一方面又应该尽力避免人的有限性可能僭越的狂妄，必须随时准备接受上帝创造的事实，遵从上帝亲自撰写的这本大自然之书。这意味着科学研究还要从事实出发，不断地认识新事物；意味着能用既定的理性法则来解释新的事实。上帝的创造是无限的，而人的理性是有限的，只有不断地承认和认识新的事实，承认人的理性认知的有限性，才可能不断地去探索，从而求得新知和真知。

基督教的这种“事实”原则显然有助于科学家们形成一种尊重事实、无止境探索的科学精神。“正如基督徒的信仰是建立在他们认定的铁的事实之上，而不是建立在一种精心设计的体系之上一样，科学也必须接受

① 岸根卓郎：《文明论——文明兴衰的法则》，王冠明、张小云、张春弟等译，北京大学出版社1992年版，第135页。

事实，即便这些事实与理性和规则相悖时也是如此。”[①]而且，这一“事实”原则无疑有助于西方现代实验科学的兴起。在强调和崇尚理性思辨的古希腊传统中，实验作为一种手工技艺劳动，是不受重视的，而基督教的尊重事实的思想，恰好弥补了古希腊传统的不足。现代实验科学正是由于这种基督教精神的支持才得以长足发展，并形成与古希腊唯理论相对应的理性经验论的科学思想和方法论。

由此可见，现代科学的产生不仅根源于古希腊文化传统，继承了用逻辑学、数学和观察的方法去理性地探索自然奥秘的态度，而且植根于中世纪的基督教传统，由此培养出为荣耀上帝而通过科学实验的方法去实证地探索自然，从而达到驾驭自然的目的的精神。“现代科学的许多倡导者认识到，他们的宗教观念与科学的方法论观念是并行不悖的。”[②]文艺复兴时期人文主义者思想体系中的科学观，带动了西方诸多领域的现代腾飞，而其科学思想的来源却不只有复兴了的希腊-罗马这一个源头。

第三节　希伯来-基督教“物意识”之人文意蕴

笔者所说的“物意识”是指人对物质财富的占有欲与价值观。物意识作为人对物质财富的一种观念和态度，体现了人与“物”的一种关系，其间有很强的人文意蕴。人作为“感性的动物”，其自然欲望中最重要的是性欲与物欲，前者是作为类别的人和作为个体的人在“种”与血缘意义上的生存与延续的需要，后者则关乎作为自然存在物的人的生命延续的基本

---

① R.霍伊卡：《宗教与现代科学的兴起》，丘仲辉、钱福庭、许列民译，四川人民出版社1999年版，第41页。

② R.霍伊卡：《宗教与现代科学的兴起》，丘仲辉、钱福庭、许列民译，四川人民出版社1999年版，第65页。

物质需求。毫无疑问,这两种自然欲望都基于人的最基本的和最强有力的生命欲求与本能欲望,它们也因此必然地成为文化与文学讨论、研究和描写的永恒主题。通常认为,基督教是宣扬禁欲主义的。所谓"禁欲主义",即用人的理性意志对种种自然欲望进行限制,走向极端时表现为以一种严厉的,甚至残酷的方式给肉体以折磨的苦行主义,要人忍受肉体上的痛苦,借以求得灵魂与精神的提升并抵达永恒的彼岸世界。不过,基督教文化中的物意识并不能简单用"禁欲"一词去框定,其中也蕴含了与人文主义思想相关的关于物质、财富方面的观念雏形。

一、让财富生成爱与谦卑

物质财富作为一种文化存在物,与其他文化现象一样有其双向悖谬的特性:为满足生存与发展的需要,人应该也必须不断地创造并占有财富,这是合乎人之生命原则的一种善;财富的创造与拥有本身成为人的存在价值的一种衡量标准,由此又激发人的物欲并可能在使其恶性膨胀之后,成了一种破坏力或曰"恶"。于是人们对物欲产生恐惧并对之采取抑制的态度,从而走向了禁欲主义乃至苦行主义的极端化。

由于希伯来是一个饱受磨难的民族,而且,原始基督教是一种穷人和弱者的宗教,穷人和弱者是财富上的贫困者,因而,这种宗教对物欲采取贬抑的态度。但是《圣经》对财富的观点也并非铁板一块,在《旧约》里,物质方面的成功被认为是上帝的赐福,而物质财富被认为是对德行的必然报偿。但在《新约》里,观念有所变化,这集中通过耶稣的"穷人有福"的言论表达出来,穷奢极欲的富人将会下地狱,而穷人则会进入天堂,在天上享受盛宴。耶稣进一步告诫信徒:你们要变卖一切,把钱周济给穷人,为自己预备不会破损的钱袋,同时把财宝存在天上。耶稣还说:"不要为自己积攒财宝在地上,地上有虫子咬,能锈坏,也有贼挖窟窿来偷;只要积攒财宝在天上,天上没有虫子咬,不能锈坏,也没有贼挖窟窿来偷。因为你的财宝在哪里，你的心也在那里。”（《马太福音》6:19—21）这些言论在中世纪成为教会宣传财富即罪恶教条的依据，但是耶稣也并非反对任何财富，并非直接把财富本身看作邪恶的东西。他之所以反复告诫人们对财富要当心，是因为财富会诱使人的心灵滋生邪恶、背弃上帝。这一观点有其对人性的深度洞悉。事实上，中世纪教会的神职人员也难免受物质引诱而堕落；伴随着修道院和教会的财富日益膨胀，许多修士也像世俗封建主一样腐化堕落，滋生出邪恶。也许是为了避免这种危险，耶稣所采取的方法和对策是降低人对物欲的贪求，让人们对物质的需求保持在最基本的生存需要的限度上，因而他对人类在生存所需的基本物质要求上是持肯定态度的，“给予我们今天属于我们的面包”就是这个意思。也就是说，人不能以金钱和财富为目的，不要让心留在财富上，而要把心放在上帝那一边。怎样才能做到这一点呢？耶稣认为，要把多余的财富用于帮助需要它的人，“这样，钱就变成了友爱精神的传播物，能够把人们团结在一起，而不是去扩大穷人与富人之间的差别。我们意识到自己不能满足自己的所有需要，而必须依靠别人的帮助才得以生存，于是，在我们心中就会出现一种每个人都会具有的天然倾向，即内疚感，出现一种隐藏着的自责感。因此，我们就会强烈地感受到一种无法偿清他人债务的负债感。在这种负债感的指导下，人们就能够把大量的爱与谦卑给予别人。人只有意识到自己也是负债者，才能给人以爱和谦卑。在我们对他人的给予中，我们偿还了我们欠他人和欠上帝的债务”①。在这种财富的给予行为中，财富本身也就化作了爱与谦卑的象征，人们的心就从财富移到了上帝身上，因为，这种给予体现了把他人看作兄弟姐妹这一上帝的意愿，因而也就体现了上帝之爱。

---

① 詹姆士·里德：《基督的人生观》，蒋庆译，生活·读书·新知三联书店1998年版，第140页。

从社会学、政治学的角度看,这种爱与给予的观念有乌托邦的理想成分,也成为中世纪许多具有乌托邦性质的宗教社团的思想基础;这种对待财富的观念和"物意识"有其呵护人性的伦理价值与人文精神,后来也从多方面启发了人文主义者对放纵物欲的个人行为、物欲横流的社会现象的讽刺与批判。莎士比亚的《雅典的泰门》对物欲的批判与讽刺之辛辣,固然不能说是直接来源于上述这种中世纪的"物意识",但其中蕴含的人文精神是与前者有文化血缘联系的,尤其是后期的人文主义文学,对感性解放带来的物欲追求,普遍表现出批判精神,这本身表现出了一种宗教人文主义思想。

二、为上帝而辛劳致富

确实,发自人的感性欲望的物欲是强有力的,随着个性解放,渐渐崛起的资产者需要给他们自己那无尽的财富创造欲以更合乎人性的解释,这就需要对宗教的教义,尤其是那些强烈体现禁欲主义的思想教条进行重新解释。这也正是西方宗教改革运动得以轰轰烈烈开展的人性依据和社会心理背景。正如黑格尔所说:当人人竭尽心机以求财富与世俗统治权,更使足迹遍于全球,永不见太阳西沉的时候,只见一位单纯的僧侣,正在纯粹的精神和信仰的世界里寻求着上帝的存在。他认为上帝并不显现在外在的形式里,而只存在于信仰和享受中。富于内在虔诚的日耳曼民族要在内心里完成这种革命。① 马丁·路德就是发动这场革命的那位单纯的日耳曼僧侣。当然,继他之后还有法国的让·加尔文。这两位伟大的宗教改革家,通过重新解释《圣经》,打破了神圣与世俗、天国理想与人间生活之间的严重对立,努力拉近虚幻遥远的天国理想世界与世俗世界的距离,乃至把某些不可企及的天国世界的希望推送到世俗世界。尤其

---

① 黑格尔:《历史哲学》,生活·读书·新知三联书店1956年版,第461—462页。

是让·加尔文，他创立的新教(清教加尔文派)对《圣经》的禁欲教义和财富观念做了很有影响力的解释和补充。

加尔文教(即清教加尔文派)无疑也奉行禁欲主义，但它把禁欲的含义主要限定在抑制发自本能冲动的感官享乐上，倡导一种理智的、节俭的、勤奋的、谦和的、尽心尽职的生活方式，这意味着原有禁欲主义教条具有鲜明的世俗化特点。“清教徒就像所有理性类型的禁欲主义者一样，力求使人能够坚持并按照他的经常性动机行事，特别是按照清教教给他的动机行事，而不依赖情感冲动。就清教这个词形式上的心理学含义而言，它试图使人具有一种人格。与很多流行的观点相反，这种禁欲主义的目的是使人可能过一种机敏、明智的生活，最迫切的任务是摧毁自发的冲动性享乐，最重要的方法是使教徒的行为有秩序。”[①]新教禁欲主义在坚持禁欲原则的同时，又向人性化、世俗化方向发展，这主要表现为它奉行在限制享乐性冲动的同时，却鼓励人们在“为上帝荣耀”“合上帝目的”名义下不断地创造财富和拥有财富。“清教禁欲主义竭尽全力所反对的只有一样东西——无节制地享受人生及它提供的一切。”[②]这是一种“现世的”或“世俗的”禁欲主义。加尔文教认为，每个人都是上帝的选民，是上帝把他们安排在理性化的社会组织中的，这个社会组织本身也是上帝安排的。因此，在这个社会组织中的不同岗位上的人，为完成分内的任务而努力工作，为这个组织的利益服务，既是一件“荣耀上帝”的事，也是一件体现兄弟之爱的事。这样，“为非人格化的社会利益服务的劳动显然也是为了增添上帝的荣耀，从而这种劳动也成为上帝的意愿了”[③]。既然劳动有了其

① 马克斯·韦伯：《新教伦理与资本主义精神》，于晓、陈维钢等译，生活·读书·新知三联书店1987年版，第91页。

② R. H. Taweny: *Religion and the Rise of Capitalism*, Hesperides Press, 1976, p. 144.

③ 马克斯·韦伯：《新教伦理与资本主义精神》，于晓、陈维钢等译，生活·读书·新知三联书店1987年版，第82—83页。

神圣性，那么，通过努力劳动创造财富，也就成了一件具有神性、让“上帝荣耀”的事了。这种观点就否定了中世纪类似托钵僧团以乞讨为荣的行为。这种行为名为弘扬善行，实为贬损上帝的荣耀，因为有能力工作却靠乞讨为生的人，不仅犯下了懒惰罪，而且亵渎了使徒们所言的博爱精神。如果上帝赐予某个选民获得财富的机会，那么，上帝肯定是有自己的道理的，因此，虔信的基督徒就应当听从上帝对他的召唤，尽可能地利用这个机会获得财富。“要是上帝为你指明了一条路，沿循它你可以合法地谋取更多的利益(而不会损害你自己的灵魂或者他人)，而你却拒绝它并选择不那么容易获利的途径，那么你会背离从事职业的目的之一，也就是拒绝成为上帝的仆人。”①所以，获取财富“倘若意味着人履行其职业责任，则它不仅在道德上是正当的，而且是应该的、必须的”②。这就使获得财富的欲望冲动和实践行为合法化也人性化，从而把人皆有之的获取财富的心理欲求从传统的禁欲主义中解放出来。显然，在财富的获取问题上，加尔文教改变了耶稣那种贬抑、漠视财富的态度。

不仅如此，在对待财富的使用和贫穷的态度上，加尔文教也与耶稣的言论有很大的差异。清教理论认为，积聚并使用财富，只要不是为了满足个人肉欲的享乐，而是为了个人合理的需要和公众的需要，就是合乎上帝旨意的，因而是理性的、合理的。清教徒“并不希望把禁欲主义强加给有钱人，只不过要求他们出于需要和实际的目的使用自己的财产。舒适的观念极富特点地限定在伦理所许可的开支范围”③。所以，拥有财富的人并不一定都是邪恶的，而有可能是造有善功、被上帝喜欢的人。其中善与

① 马克斯·韦伯：《新教伦理与资本主义精神》，于晓、陈维钢等译，生活·读书·新知三联书店1987年版，第127页。

② 马克斯·韦伯：《新教伦理与资本主义精神》，于晓、陈维钢等译，生活·读书·新知三联书店1987年版，第127页。

③ 马克斯·韦伯：《新教伦理与资本主义精神》，于晓、陈维钢等译，生活·读书·新知三联书店1987年版，第134页。

恶之关键，不在于拥有财富与否，而在于是否理智地使用财富。耶稣要求拥有财富者把财富给予他人，以免心灵被财富引上邪恶之路；加尔文要求拥有财富者合理使用而不一定要将其分发一空。两者有明显差异，但有质的共通性：不得放纵物欲、追求肉体享乐，其间都有禁欲之基本原则。

总体而言，清教主义发展了耶稣的理论。从耶稣的“给予我们今天属于我们的面包”到加尔文的“为上帝而辛劳致富”，体现出人们对基督教“物意识”理解的变迁，这种表面看似互相抵牾的观念，既归因于宗教内部对物我关系的调整，也归因于宗教改革在人性探索与阐释上的人文贡献。后来的人文主义者在合乎人的理性原则的基础上，重新阐释基督教的“物意识”，进一步弘扬了其人文内涵，从而推动了西方社会与思想的现代性进程。

第四节　希伯来-基督教“爱”之人文内涵

平等、博爱，是人文主义思想体系中的重要组成部分，不过，从文化渊源关系上看，这一思想观念主要并非来自古希腊-罗马传统，而是来自希伯来-基督教传统。在古希腊文化中，“爱”的内容可由三个不同的词来表达。一是 eros，指人的原欲意义上的性爱，即男女两性之相恋相爱，包括了两性之间“情”与“欲”的内容；二是 philo，指亲情与友情之爱；三是 agape，指博爱，即超越利益关系的爱。古希腊文化，尤其是文学中的“爱”，首先和主导的是 eros，性爱或情爱；或者说，在古希腊文化和文学传统中，突出的是两性之爱。希伯来-基督教中的“爱”主要是指 agape，博爱，当然也有 philo 的内容，但却极少有 eros 的内容。这正是两种文化传统所拥有的根本性人文差异。博爱首先基于人与人之间的平等，基督精神使人们接近自然法，并“使他们意识到所有人的自然平等”。古希腊-罗马传统与希伯来-基督教传统在“爱”的观念上有不同的文化内涵，而平等、博爱意义上的“爱”，是基督教式的，而非古希腊式的。与人文主义“爱的哲学”最为密切相关的几个概念，平等的爱、民族的爱与世界主义的爱，恰恰都源自中世纪的希伯来-基督教思想，其间的人文意蕴为文艺复兴人文主义提供了精神文化的养料。

一、“弱者之爱”之人文内涵

如前所述，原始基督教最初是从被压迫和被统治的下层民众中产生的，因此，早期的基督教是“奴隶和被解放的奴隶、穷人和无权者、被罗马征服或驱逐的人们的宗教”①。这时基督教的思想观念基本上表现为对罗马统治者及一切特权者的仇恨。《约翰启示录》将罗马帝国比作“大淫妇”，还用七头十角怪兽影射尼禄，并预言基督即将降临，最终战胜罗马帝国，等等。正因如此，早期基督教徒遭到了罗马统治者的残酷迫害。在这种生存背景下，受压迫者就希望有一个救世主拯救他们脱离苦难。因此，基督教宣扬救世主基督将降临救世，信基督者必将得救，并对世界进行最后的审判，上帝的国即将实现。这些体现了对统治者的不满，也表明了原始基督教是有反阶级压迫和追求平等思想的。从爱的观念的表达上看，既然早期基督教表达的是受压迫的弱者的愿望，早期基督教是弱者的宗教，那么救世主就是弱者的救世主，他关爱的是弱者，那些特权者和富人进天堂“比骆驼钻针孔还难”，“在人们眼中的尊贵者，在天主面前都是憎恶的”。(《路加福音》第16章)基督教表达了一种平等的观念，同时也表达了对弱者之爱的思想。其实，耶稣自己就是一个贫穷的弱者。“他们把一个曾当过木匠，常与渔民、当过娼妓的妇女及类似的下层人为伍，曾被

① 恩格斯:《布鲁诺·鲍威尔和早期基督教》,《马克思恩格斯全集》第19卷，人民出版社1979年版，第334页。

罗马当局钉在十字架上并承诺要解救所有门徒——无论自由民或奴隶、男子或妇女——为已任的人奉为救世主，是容易为人接受的”[①]，特别容易为穷人和弱者所接受。耶稣特别爱下层民众，尤其是弱小者，受苦的人。[②] 耶稣的品格、经历、死亡和复活、对人类的关注，尤其是他为贫穷的、瘸腿的、瞎眼的……祝福，把他们安排进天堂，而把财主打入地狱，都是能深深吸引那些穷的、处于社会底层的被压迫者的。这种对弱者的爱，因其有一种博大的人道胸怀而成为西方文化中的宝贵财富，也为文艺复兴人文主义的平等、博爱思想提供了人文思想的资源。

二、“民族之爱”之人文内涵

《圣经》(特别是《旧约》)是一部关于犹太民族历史的书，体现了犹太人的宗教热情和爱国主义及民族意识。基督教是罗马帝国奴隶制时代的产物。在罗马帝国的强权统治下，犹太民族处在生死存亡的严峻关头。公元 66 年，在犹太人聚居的巴勒斯坦地区，爆发了犹太民族有史以来最大规模的起义，持续时间也最长，史称“犹太战争”。由于种种原因，犹太人屡遭罗马帝国的残酷镇压，他们中有 110 万人死亡，97 万人被俘，7 万多人被变卖为奴隶，造成“没有地方再立十字架，没有十字架再钉人”的悲惨、恐怖的局面。犹太人的起义被镇压后，公元 70 年，罗马人对犹太人的一切进行破坏，犹太人的圣殿被毁。这种严重的刑罚降临到他们头上，以致他们处在自己的国土上却犹如陌生人一般！犹太人长期苦斗，屡屡失败，他们身心交困，人人都有一种“求生不得，求死不能”的痛苦感受，出现了普遍的心情颓废和意志消沉。甚至有人认为，只要没有痛苦地死去，就是幸福。他们一次次遭失败、受侮辱，不得不退却，不得不把委屈和耻辱、

---

① C. 沃伦·霍莱斯特：《欧洲中世纪简史》，陶松寿译，商务印书馆 1988 年版，第 7—8 页。
② 陈志平、活泉主编：《耶稣——弥赛亚传》，中国文联出版社 2000 年版，第 21 页。

愤怒和绝望埋在心里，仰望茫茫苍天，希望在那里找到脱离苦海的救星。此种情况下，企求一个普爱众生、拯救苦难者出苦海的救世主，就成了自然而然的事，耶稣也就在这时（公元 1 世纪初）创立了基督教。在这个意义上，救世主耶稣基督实质上是民族希望的化身。他自己被钉死在十字架上，为整个民族承受了无尽的苦难，表现出他对本民族人的深深的爱。

犹太民族的苦难历程，并不仅仅集中在基督教产生时的公元 1 世纪左右。作为来自阿拉伯沙漠的游牧民族，他们早在公元前 1800 年，就由亚伯拉罕率领迁到美索不达米亚，而后又在亚伯拉罕的孙子雅各的带领下迁至巴勒斯坦。公元前 1600 年，他们又逃荒流入埃及，而后又由摩西带领返回"希望之乡"迦南。犹太民族的苦难历程，"是一个缓慢而困苦的过程"①，是一部屡遭劫难的历史。这在《旧约》里都有比较翔实的记载，其中，亚伯拉罕、雅各、摩西的形象，就是犹太民族的英雄人物形象。摩西是一个很有代表性的犹太人的英雄人物，他身上表现出了希腊英雄们所不具备的强烈的民族忧患意识、拯救民族脱离苦难的献身精神。这种忧患意识和献身精神是犹太民族在饱受屈辱、屡遭挫折的苦难命运中孕育出来的。从摩西到耶稣，这些人物形象都体现了民族自救的愿望，体现了强烈的民族之爱。这种民族意识与民族之爱后来被文艺复兴时期的人文主义者整合进其政治观念中，人文主义者提出了更具有时代精神的民族国家、政治统一的主张。

三、"上帝之爱"与"世界主义"

从相对偏狭的"弱者之爱"拓展到"民族之爱"，再上升为"上帝之爱"的过程，是基督教从民族性宗教拓展为世界性宗教的过程，也是"爱"的神

---

① 爱德华·麦克诺尔·伯恩斯等：《世界文明史》第 1 卷，罗经国等译，商务印书馆 1995 年版，第 102 页。

圣化、普泛化的过程。基督教主张人人生而平等,没有高低贵贱之分。无论达官显贵还是布衣平民,在人格上是平等的,谁也不应该享有人格上的特殊权力。这一观念的"神性"依据是:人是上帝创造的,都是上帝的子民,因而每个人身上都有神性的附着。不仅耶稣基督"是由人性和神性组成的","神性与人性和耶稣基督是一个位格"。[①] 因此在上帝的名义下,人人皆兄弟,不得相互残杀,而应爱人如己。在血缘之上还有"上帝的名义",正是在上帝的名义下,每个人身上都有上帝的神性,爱人人也等于爱上帝。《圣经新约·约翰福音》中对此做了透彻的说明。按照耶稣的观点,每个人的心灵都是上帝目的的贮藏所,每个人的心中都贮藏着上帝的目的,上帝为了每一颗心而工作。因此,不管什么人,不管他们做什么,也不管他们属于哪一个国家和民族,有哪一种肤色,他们的社会地位如何,他们都应该互相尊重存在于人心灵上的这种上帝的目的,即"神性"。所以,耶稣说,"我怎样爱你们,你们也要怎样相爱"。

把"爱"从"弱者之爱""民族之爱"上升到"上帝之爱",即"人类之爱",是以爱的神圣化为前提的。"上帝之爱"以上帝为中心,上帝无条件地爱他的子民,信仰者也要无条件地爱上帝,并遵行上帝的指令而爱他人,直至爱仇敌。这种爱不是为了世俗的利益,也不是为了取悦于人,而是为了获得上帝的悦纳,这是最崇高和神圣的。这种爱的能力并不是人自己的力量所能企及的,其能力只能来自上帝。正因为这种爱,也因其对自身之罪性的体认,所以要宽恕他人。根据基督教的教义,虽然人犯了原罪,悖逆了上帝,但是上帝仍然爱人,上帝以其对人的爱而宽恕了人以往的罪,甚至派独生子(耶稣)来拯救人类。因为上帝宽恕了人的罪,所以人与人彼此也应宽恕。

显然,希伯来-基督教中的"爱"不是古希腊式的"爱"的原欲放纵,而

---

① 马丁·开姆尼茨:《基督的二性》,段琦译,译林出版社1996年版,第9、10页。

是理性对原欲的制约。原始情欲的合理外现是合乎生命原则的，但合理地控制生命欲望的冲动以尊重他人的生存利益与群体利益，也是合乎人的生命原则的。从人文传统演变与发展的角度看，不仅文艺复兴人文主义吸纳了这种平等、博爱思想，而且这种思想是18、19世纪西方"人道主义"思想的重要理论来源。归纳言之，上帝代表着最高的爱，是爱的化身。既然人人皆为上帝之子，那么，上帝也即全人类之上帝。在上帝面前，所有的人、所有的民族都是平等的，应该互相尊重，和平共处。这是一种世界主义思想。"弱者之爱""民族之爱"都在"上帝之爱"的世界主义博爱"大义"之下融为一体。由此可见，文艺复兴人文主义文学与文化同中世纪基督教文化传统在人文血缘上有一脉相承之处。

第五节　中世纪世俗文学之人文蕴藉

欧洲中世纪的世俗文化在当时属于非主流文化，而且在人文传统上与主流的基督教文化也不属于同一渊源，它具有浓厚的各民族民间色彩，因此，相对于主流文化，它属于异质文化，因而有自己特定的人文走向与蕴藉。但作为非主流文化，它在中世纪漫长的历史进程中难免受主流的基督教文化影响，因而，它又不可能是单一的古希腊-罗马式的人文走向。① 概而言之，英雄史诗、骑士文学、市民文学是中世纪世俗文学的代表，它们也都属于中世纪世俗文化的范畴。它们虽然在文化内涵上各有差异，但在不同程度上都蕴含着人文主义的思想元素，是文艺复兴人文主义文化生成的重要源头之一。

---

① 蒋承勇：《论欧洲中世纪世俗文学的人文走向——兼谈世俗文学与基督教文化的关系》，《浙江社会科学》2001年第4期，第80—83页。

一、英雄史诗之人文蕴藉

严格地讲,英雄史诗并非纯粹的世俗文学,而是介于世俗文学与宗教文学之间的文学。英雄史诗属于古代民间文学的一种形式,通常指以民间传说或重大历史事件为题材的古代长篇民间叙事诗。英雄史诗主要歌颂在各民族形成与发展过程中为本民族战胜自然灾难、抵御外来强敌、克服艰难险阻而建立丰功伟绩的古代英雄。"在英雄时代的社会里,史诗的主要作用,是通过赞扬勇士及其光荣的祖先的丰功伟绩,保证长期而体面地缅怀他的赫赫威名,向人们提供理想英雄行为的榜样,激励勇士们做出惊天动地的壮举。"①欧洲的英雄史诗是古希腊-罗马史诗传统的直接继承与发展,但是,史诗通常在从口头文学到书面文学发展的过程中,不断地融入了体现着各民族的集体无意识,同时也不同程度地融入了主流文化——基督教文化的宗教意识。因此,中世纪欧洲的英雄史诗既部分地保留了古希腊-罗马文化的传统,也沉淀着欧洲其他各民族的文化内涵,同时又接纳了基督教文化的成分。

多元文化的融合,使中世纪欧洲英雄史诗中的英雄形象,既不同于古希腊-罗马史诗的英雄,也不同于希伯来-基督教文学中的英雄。如果说,古希腊-罗马文学中的英雄形象注重个人荣誉,追求个体生命价值的实现,放纵自我,具有明显的个人主义特征的话,那么,中世纪欧洲英雄史诗中的英雄形象,则往往是以国家与民族利益为上,表现出忠君爱国的品质,有克制自我乃至牺牲自我的理性品格和献身精神。因此,中世纪的英雄史诗中的英雄们在承传了古希腊-罗马文学中英雄们的勇武善战的品格外,又在扬弃了其个人主义特征的同时,接纳了希伯来-基督教式英

① 中国大百科全书出版社《简明不列颠百科全书》编辑部译编:《简明不列颠百科全书》(7),中国大百科全书出版社 1986 年版,第 310 页。

雄——如摩西——的品格，既有民族忧患意识和坚忍不拔的意志，又富有自我牺牲精神，从而显得更完美，更合乎人们关于“英雄”的理想。

盎格鲁-撒克逊人的《贝奥武甫》是流传至今的早期英雄史诗中最完整的一部。贝奥武甫是英国人的祖先，有关学者考证实有其人。在史诗中，他是一个半神半人的形象。史诗一开始就写邻国丹麦受魔怪的危害，高特武士贝奥武甫得知后，毅然率十四名勇士前往救援，经过激烈搏斗，力大无穷的贝奥武甫杀死了魔怪，表现出他的勇武和侠义精神。建立功勋后，他受人尊崇，却依然恭谦和顺，从不居功自傲，目空一切。回国后，当老国王阵亡，王后欲立他为王时，他再三推让，宁可辅佐年幼的王子，共建国家，这说明他忠诚无私，不存野心。在新王死于非命后，他在人们的拥戴下接受王位，执政50年，广施仁爱，造福于民。在年迈之时，他为除毒龙，身先士卒。毒龙既除，他也因负重伤而身亡。贝奥武甫是一个公正无私、勇敢善战的完美的英雄形象。

晚期英雄史诗中最著名的是法国的《罗兰之歌》、西班牙的《熙德之歌》、德国的《尼伯龙根之歌》和俄罗斯的《伊戈尔远征记》。这些史诗中的英雄要么是功勋卓著的国家忠臣，要么是贝奥武甫式的贤明君主。比如《罗兰之歌》中的查理大帝是一个英明勇武、威名远扬、深受民众爱戴的国王，而罗兰则是一个忠贞不贰，勇武刚毅，把保卫国家视为自己的天职的战将。晚期英雄史诗的神话色彩渐淡，因而，其更像当时现实中的英雄，但是基督教文化成分加重了，于是，又有了更多的上帝的气息。

无论是在早期还是中晚期的英雄史诗中，英雄的形象均为理想的君主或忠勇的大臣，这首先是合乎时代要求的。史诗产生的年代里，往往战乱频繁，种族与种族或者国与国之间因争夺而互相杀戮，民不聊生、生灵涂炭，民众总是希望有理想的君王来平息动乱，求得和平。而对于历史上能够为人们带来和平与安定的英雄，不管有什么缺点，都会被美化成理想的英雄，这通常是史诗的共性，也是特定时期人们的生存需要、和平愿望的一种体现。但是,中世纪史诗中的英雄除在勇武健壮、威力无比这一点上与古希腊-罗马史诗的英雄基本相同之外,在基本的精神品格、人文内涵上,却有较大差异。

不管是早期还是中晚期的史诗,都不同程度地受基督教文化的影响。一方面,史诗口头流传的过程,是基督教文化在欧洲传播的过程,因而不可能不受基督教文化价值观念的影响。另一方面,史诗从口头文学转换成书面文学,常常由神职人员完成。如《贝奥武甫》,尽管在公元 7、8 世纪就形成了基本的文字形式,但现在传世的是公元 10 世纪由一名僧侣用韦塞克斯以西的撒克逊方言修订而成的版本,此手稿至今还收藏于大英图书馆。[①] 该僧侣在修订过程中,无疑是要渗入宗教思想的,甚至会按宗教的文化观念对故事情节做取舍。这种宗教的影响显然是中世纪史诗与古希腊-罗马史诗中的英雄形象有较大差异的重要原因。

在宗教理性精神的影响下,中世纪史诗中的英雄一般较少有受个人欲望驱使而产生的强烈的个体意识,而有较强的自我克制精神和民族责任观念,有广博的胸襟和宽厚仁慈的情怀,体现了一种基督精神,所以,我们说这些英雄有摩西的品性。这可以说是神性向人间英雄的附着。但是,这些英雄毕竟又有古希腊-罗马传统,他们并不听从上帝的旨意行事,不像摩西一样几乎是上帝在人间的代言人,而是凭自己的勇武与智慧,以积极的行动去克敌制胜。尽管他们的能力表现为神话式的虚拟与夸张,但其主体意识是古希腊式而非希伯来式的,因此他们还是极富人性意味的。但与古希腊-罗马的英雄相比,中世纪的英雄又因其宗教理性的附着而向上帝提升。正是这种神向人的趋同与人向神的趋同构成了中世纪特定的宗教文化背景下的人对理想君王与大臣的特殊文化心理期待,这样的英雄才合乎他们的理想。

---

① 参阅陈才宇译《贝奥武甫》序言,译林出版社 1999 年版。

此外,基督教文化对中世纪欧洲的渗透是强有力的,可以说,中世纪欧洲社会走向稳定和强盛的过程,正是欧洲社会基督教化的过程,教权与王权达到了某种程度的默契。所以,英雄史诗中的英雄,作为理想的世俗封建君王或忠臣的形象,不可能不拥有上帝的神性,也就是说,人间的"英雄"必须向上帝趋同才能真正成为英雄,成为人间的"上帝",中世纪英雄史诗中的"英雄"也就拥有了双重人文内涵。所以,严格地说,英雄史诗是介于世俗与宗教之间的一种文化范式。

二、骑士文学之人文蕴藉

骑士是中世纪欧洲特殊的封建阶层,属下层封建主,是维持社会稳定的中坚力量,是军事化社会的象征,也是日耳曼文化的象征。不过,这种单纯的蛮族文化在中世纪社会秩序建立以后的欧洲是不存在的,因为中世纪社会成形的过程恰恰是它被基督教化的过程,基督教的"教士文化"把早期从蛮族过来的"武士文化"软化了,可谓是文武相融。骑士文学是骑士制度的产物。骑士文学中的骑士形象尽管有史诗中英雄们那种勇武的精神,却没有史诗中英雄们那么崇高的地位,但又有自己特定的文化与人文内涵。

基督教文化使骑士的责任在原来"忠君"的基础上增添了"护教"的使命,骑士对战争首领的个人忠诚这种古代蛮族式动因受到了更高的宗教动因的影响。11 世纪末,教会发动的十字军东征运动,把骑士阶层与基督教的理想更紧密地联系了起来,从此,骑士不仅是效忠于世俗贵族领主的"英雄骑士",而且是忠于天国圣主并为之而献身的"虔诚骑士"。由是,骑士最终成了受崇奉的人,他们不仅发誓效忠于其主人,而且立誓成为教会的卫士,寡妇和孤儿的保护人……以这种方式,骑士脱离了其蛮族和异教的背景,而被整合于基督教文化的社会结构中。"新的虔诚的宗教美德和扶弱济贫的道德精神,与原来那种武士的荣誉、忠诚和勇敢的品质结合在一起，便构成了中世纪基督教文化中的骑士精神或骑士理想。”[①]在十字军东征的时代，又出现了一种与神圣的基督教骑士理想不一致，也与原初北方蛮族的英雄主义不和谐的世俗骑士理想，其特征是对爱情的崇拜和对礼仪的崇拜，表现为追求罗曼蒂克的典雅爱情和高雅优美的言行，从而使骑士精神进一步世俗化。骑士形象的这种精神品格，显然有古希腊-罗马，尤其是古罗马式英雄的勇武和豪气，也有蛮族武士的勇敢与强悍，但基督教“教士文化”的“软化”作用，又使其带上了希伯来英雄的坚韧、无私和奉献精神，特别引人注目的是骑士爱情，它表达了与古希腊英雄相近而与基督教文化不一致的人文取向。

无论是骑士抒情诗、骑士叙事诗还是骑士传奇，都广泛涉及了骑士的爱情。如果从基督徒的要求看，以效忠基督教为崇高道德之一的骑士，应该奉行禁欲主义，但在中世纪，骑士却因其特殊的身份和社会作用，可以不恪守禁欲的条规。从概括的主导倾向上看，骑士文学表现的骑士爱情主要是一种克制的、典雅的精神之爱，而非古希腊神话史诗中英雄们那种放纵的、自然的情欲之爱。这说明，骑士爱情虽然有背叛禁欲主义的因素，但同时又渗透着基督教精神至上的唯灵主义思想。因而这是一种既有古希腊-罗马文学中的自然之爱的成分，又有别于古希腊-罗马文学中的情欲之爱的爱情；这是一种既有基督教文学对自然之爱欲的抑制，又有别于基督教禁欲主义的情爱观。但是不管怎么说，这种优雅的骑士爱情毕竟萌动着发于人性的自然欲求，其表现的是世俗的倾向。

法国南方的普罗旺斯是骑士抒情诗的发源地，普罗旺斯抒情诗也是骑士抒情诗中影响最大的。这一诗体的形成与兴盛受到“中世纪伊斯兰教苏非派爱情诗的影响，其从北非传到西班牙，然后传播到法国南部和意

---

① 李秋零、田薇：《神光沐浴下的文化再生：文明在中世纪的艰难脚步》，华夏出版社 2000 年版，第 240 页。

大利，影响了极具新时代气息的温柔新体诗派”①。其中著名的《破晓歌》被恩格斯称为“普罗旺斯抒情诗的精华”，它描写的就是骑士与贵妇幽会之后的惜别之情：

一位骑士睡在心爱的女人身旁，
在频频的接吻中贵妇对他讲：
亲爱的，我怎么办呢？
白日正在来到，黑夜即将离去。
啊，我听见放哨人在喊：
离去！起来，
我看见白日已经来临，在黎明之后。②

诗中描写的显然是世俗男女之间倾心相爱的自然情感。这里的骑士不能说是虔诚的基督徒，那贵妇也无疑不属圣洁的圣母玛利亚。这种“频频的接吻”的描写，甚至说不上有什么太多的典雅，倒是明显流露着自然的情欲。

另一首从贵妇的内心视角去抒写对骑士的思恋的诗，其感情的表达是强烈而又率真的：

我陷入极度焦灼之中，
因为一位仪表非凡的骑士热爱于我。
这将使他多么喜出望外啊，
如果他知道——他也是我悄悄地情之所钟。

---

① James Wyatt Cook：*Encyclopedia of Renaissance Literature*，Facts on File，2005，p. x.

② 转引自李秋零、田薇：《神光沐浴下的文化再生：文明在中世纪的艰难脚步》，华夏出版社 2000 年版，第 305 页。

现在可以肯定，我不应该，
当我抑制了对他的情感，
我陷入深沉的苦痛，生活异样黯淡，
生命自身也失去一切光彩。
渴望骑士伴我同眠，
赤身裸体偎依在他的胸前，
让他在我身上小憩，
欢乐无限，忧伤和我无缘，
我爱他超过一切，
爱的滋味，个中人自有同样感触，
我的灵魂、我的躯体，全部归他所属，
我的心意、我的生命，任他摆布。

至爱至亲的朋友，
什么时候你能由我全力在握？
那样就可和你共枕一个钟头，
我爱你，直到生命的最后。
我内心充满情热之火，
亲爱的骑士，给你优厚的殊遇，
占有我，代替我丈夫的地位，
对我热切向往的事，尽力而为。①

这首诗表达的情感不仅是热烈的，而且带有一定程度的情欲的宣泄。它从贵妇角度描写了对婚外爱恋的渴慕之情，可以说它是一首以诗歌形

① C. 沃伦·霍莱斯特：《欧洲中世纪简史》，陶松寿译，商务印书馆 1988 年版，第 277—278 页。

式表达古希腊女神或英雄之情感欲望的诗。

骑士叙事诗中突出地表达爱情之无穷力量的要数取自不列颠凯尔特人的传说的《特里斯丹和依瑟》,描写的是一个忠贞的爱情故事。除真挚、热烈的感情描写之外,故事也描写了青年男女之间强烈的情欲冲动。那特殊而又神秘的饮料,可以说是自然情感与欲望的象征,它标示出这种发自人性的欲望的不可抗拒性。这种骑士之爱是高尚、纯真的,但显然又以男女性爱为根基。法国的骑士文学、骑士传奇以及普罗旺斯诗歌对意大利文艺复兴产生了重要影响,在但丁的《新生》中就可以看见他与普罗旺斯诗歌深刻的渊源。他在《神曲》中提到了系统的不列颠骑士传奇,描述了不列颠骑士特利斯坦和朗斯洛的恋爱故事,这类骑士爱情故事激起了年轻人对爱情的向往。博亚尔多的《热恋的罗兰》和阿里奥斯托的《疯狂的罗兰》把罗兰和亚瑟王两个系统的骑士传奇进行了融合,足以看出骑士文学对文艺复兴人文主义文学的深远影响。

总之,骑士文学固然有对女子的圣母式崇拜,但也体现出自然之爱欲的强力渗透,典雅的骑士荣誉背后萌动着自然生命之活力。因此,骑士文学表达的并不仅仅是一种“做不到的、非尘世的和精神上的爱”,还有“被诗人唱出的肉欲之爱”①。骑士文学是一种双重文化交融的产物,其人文内涵是双重的,与人文主义文学爱情观的双重冲突具有相同的文化本质。

三、市民文学之人文蕴藉

市民文学是中世纪欧洲迥异于教会文学、英雄史诗、骑士文学的一种文学形式,是与主流文化相距甚远的一种文化现象,它表现出更大的与中世纪背离的倾向,因而也表现出人文观念上的相对独立性。市民文学是

① 克里斯托弗·道森:《宗教与西方文化的兴起》,四川人民出版社 1987 年版,第 170—171 页。

随着城市的兴起而形成的。城市的兴起,代表着一种新的经济运行机制的产生,是经济的纽带把人们聚集到城市的。相对西欧而言,中世纪城市代表着新生事物。除去少数例外的情况,这些城市是独立自主的、真正的商业实体,依靠工商业的收益而存在。城市尽管范围狭小,市容不洁,疾病流行,常常内讧,却是西欧第一批具有现代色彩的城市。这种在封建社会母体内产生又与封建母体相异的经济成分和力量,自然也会引发与之相适应的新的文化观念和文化价值体系。市民文学就是以城市市民的思想情感为审美主体的,是适应于新的经济形态而产生的新的文化范式,体现出更为明确的文艺复兴新时代的气息,它在以下几个问题上表现得格外突出。

第一,对教会僧侣的批判,其力度与人文主义文学相比毫不逊色。例如列那狐的系列故事、《玫瑰传奇》等作品,都把攻击的矛头对准了教会。列那狐的系列故事是在《伊索寓言》、东方寓言和法国民间的动物故事基础之上形成的一组寓言故事诗,包括《列那狐的故事》《列那狐加冕》《新列那狐》《冒充的列那狐》等,是民间集体创作的结果。这些故事将矛头对准以罗马教皇为首的整个教会,将他们写成了邪恶与狡诈的好帮手。《新列那狐》中列那狐带兵与狮王在海上交战,列那狐的战舰"以邪恶作底,背叛作舷,钉满了卑劣,涂满了耻辱,桅杆叫舞弊",各种教派的僧侣当水手,教皇掌舵,在"狡诈"的大旗下前进,最后,罗马教皇封列那狐为世界之王,故事情节极尽讽刺。《玫瑰传奇》则主要从经济和道德方面对教会进行揭露。教会口口声声宣扬清贫美德,实则大肆夺取社会财富,而托钵僧还通过乞食获取大量的布施;骑士团的僧侣,则以高利贷者的面目出现,社会财富不断流入教堂和修道院。《玫瑰传奇》表达了对这种教会势力的扩张和道德堕落的强烈的愤慨,揭露了教会的伪善本质。在争夺玫瑰的斗争当中,"伪善"请求加入爱情的战队,爱情要他先做忏悔,"伪善"承认自己就是教会的化身,他说:欲认识伪善的诸君,可往城市寺院找寻,我不会在别处居住,更爱在教会安身。教会僧侣装出穷酸假象却享受着美肴和佳酿,他们劝人安于贫困,却径自中饱私囊,所以教会的本质就是伪善。由于教会霸占着文化教育的特权,教士们能够通过书本明了善恶,他们的道德堕落就更加不可饶恕,知善却不为,蓄意要做邪恶之事,这是更大的堕落。《驴的遗嘱》写的是一个教区的主教控告某教士把一头死驴葬在了教会的领地,侵犯了圣产,亵渎了神灵。教士急中生智,声称驴生前十分节俭,积攒下 20 个银币并立下了遗嘱捐赠给主教。主教乐不可支,于是说愿上帝开赦,饶恕它的种种恶行以及它的一切罪过。20 个银币就买通了上帝,这是对不择手段进行敲诈勒索的基督教教会的尖刻讽刺。

第二,歌颂市民精神与市民价值观。例如市民阶层的机智、勇敢,乃至狡猾、奸诈。市民文学中最典型的代表是以列那狐为主人公的一系列动物故事。它是一种讽刺叙事诗,在动物的故事中隐喻着人的生存状态,形形色色的动物代表着社会各阶层及各种人的个性。伊桑格蓝狼代表残暴又愚蠢的贵族;狮子代表国王,象征着正义或权力;骆驼代表邪恶又虚伪的僧侣;鸡、兔、鸟等代表下层民众,它们往往软弱可欺;主人公列那狐是城市富商的代表,它精力充沛、机智多变,善于用种种机智而又狡诈的手段捉弄力量胜过自己的大动物,又欺凌比自己弱小的动物。它知道什么是信仰,但更重视现实利益;它懂得什么是道德规范,但为了利益可以将其抛在一边;它也知道应该爱上帝,爱同胞如爱自己,但为了自己心爱的东西,它就把"善念"置之脑后。所以,它不仅藐视传统观念中谓之崇高的东西,而且在抨击非正义现象时,又制造着非正义,在否定邪恶的同时,又制造着邪恶。列那狐形象所透射出的新"人"的观念,在日后的资产者身上得到了更充分的体现。显然,列那狐形象在人文意蕴上与主流文化与文学,与英雄史诗、骑士文学等大异其趣。这是有其深层的历史与文化原因的。新的市民意识向唯实主义的现实利益和现实需要的层面发展,新经济形态也需要这种新的市民意识为之助势生威,同时,它也是促进新的市民意识增长的物质力量。所以，市民文学中表现出的唯实原则，是人的自我意识觉醒、个性主义兴起的标志，这在人文取向上与古希腊世俗人本意识相呼应，与文艺复兴初期人文主义精神相吻合。

第三，对爱情尤其是情欲的描写，将矛头直指教会禁欲主义的反人性。例如中世纪广为流传的《玫瑰传奇》，纪尧姆以奥维德的《爱的艺术》为蓝本写了第一部分，让·德·默恩续写了第二部分，以玫瑰象征贵族妇女写了一个诗人怎样爱上玫瑰而受到阻碍的故事，提出为了得到玫瑰(爱情)可以不择手段，有赞颂情欲的倾向。在作品中"理智"女士一改中世纪象征文学中对理智的塑造，言语犀利、世俗，甚至直接讨论生殖器，"那是我天父从前亲手造的，那是人天性的支柱和存续的理由，没有它们，人性早就衰落荡然无存了，是天主为着美好的目的将生育能力放进睾丸和阴茎内，好使种族永存"①，并指出女性就应该及时行乐追求爱情，"女人如果够聪明，就会在年华正当的时候摘下爱的果实"②，否则一旦被年老制服，"就会失去爱的欢乐，再也品尝不到爱情那夺人心魄的滋味"。而最后夺取玫瑰的章节则写得更为泼辣直接，这种对原欲的描述即使放在文艺复兴早期的意大利也是显得大胆而赤裸的。西班牙诗人伊塔大司铎胡安·鲁伊斯的代表作《真爱之书》，是一部包罗万象，集寓言、山歌、古诗、圣母颂于一体的作品，在这本书的序言里，作者指出人类被两种欲望所支配：寻求生存的条件和对爱情的追求。世上存在着两种爱：一种是真正的爱，就是呈现给上帝的崇高的爱；另一种是疯狂的爱，也就是男女之间的世俗情爱。他承认世俗之爱就是人的本性。这部作品反对以神为中心的宗教世界观和中世纪的禁欲主义，成为西班牙文艺复兴的催化剂。

第四，反对封建等级，否定以出身论英雄。《冒充的列那狐》中列那狐

① 洛里斯的纪尧姆、默恩的让：《玫瑰传奇》，李可译，浙江大学出版社 2020 年版，第 119 页。
② 洛里斯的纪尧姆、默恩的让：《玫瑰传奇》，李可译，浙江大学出版社 2020 年版，第 235 页。

是封建制度彻底的反抗者，它激烈地攻击贵族和教会，对强加于人们的什一税、人头税、徭役等表示反抗。列那狐曾经教训贵族：按照你们武断的说法/你们生来有财宝珍珠/但是上帝没有选你们做他的圣徒或者使徒/他在人世羁留的时日/以平民和渔夫为伙伴/又认木匠为他的义父。列那狐还对一个农民进行启蒙，指出他不应该以农夫“vilain”这个名称为耻辱，因为他不是由卑贱“vilenie”和领地“villa”派生而来的，这表达了一种平等的、民主的、人民的立场。法兰西的玛丽的《动物寓言》充满了对市民阶级和劳动人民的同情，对封建社会的丑恶现实的不满。狮子、狼、鹰等贪婪而凶残的动物代表了封建统治阶级，作者称之为“富有的盗贼”，而惨遭欺凌、只知哭求不敢反抗的绵羊则是人民的象征，她还提出受压迫者应该奋起反抗的观念。《玫瑰传奇》则对“因出身而高贵”这样的观点进行了尖锐的批判，中世纪的人们认为彗星预示着王公贵族的死亡，寓言中的角色“自然”说：王公并非那么尊贵/须劳星辰为其报丧/比之农民，文书，马夫/他们身价并无两样/尽管强弱胖瘦有别/落地一般赤裸精光。贵贱不是由出身来确定的，而是由人们的行为、人们的品质来确定的，所以缺乏美德即非高贵。若无优良道德品质，则门第高贵分文不值。

第五，艺术的表现手段通常是嬉笑怒骂的讽刺。这就从基本内容与形式上表现出了与教会文学、英雄史诗、骑士文学的崇高、优雅、严肃等不同的审美品格和艺术趣味，这根本上是文化品格和人文取向上的差异所致。市民文学中那种嬉笑怒骂、蔑视崇高的讽刺风格，那种视狡诈为机智的道德观，那种高雅与粗俗倒置的审美情趣，在一定程度上表现出这种文学在道德上的失范、审美观上的变异，预示着新的价值观、文化观的兴起，并在文艺复兴人文主义文学中得到了发扬光大。

总之，从中世纪欧洲文学与文化所蕴含的双重思想，尤其是中世纪晚期文学强烈的世俗人文主义气息来看，文艺复兴人文主义文学无疑是中世纪的一种“延续”。在中世纪时期，古希腊-罗马文化和希伯来-基督教文化在互相对立中同存共生，在交互融合中为新的时代孕育着一种新质的人文思想。“文学史的过去因现在而改变，正如现在为过去所指引。”①

中世纪文化是多元的，它是一大精神宝库。希伯来-基督教文化不仅孕育了文艺复兴运动，而且为文艺复兴运动提供了精神养料，与主流文化相对的世俗文学，则直接成了文艺复兴人文主义的源头。不过，即便如此，我们也不能否认中世纪基督教文化与文艺复兴人文主义的对抗性特点，这在深层次上和本质上是原欲与理性的对抗，体现的是文化传统之延续性中的非同一性。当我们看到了基督教文化对未来时代的人文指引的时候，也不能简单地把延续性作为同一性，因为那将陷入无视延续性的错误之中。非同一性意味着多元的和对峙中的非同质文化在包容、整合之后形成了又一种新质文化。文艺复兴人文主义就是在整合古希腊-罗马人文传统、希伯来-基督教人文传统以及欧洲各民族文化的世俗人文传统的基础上所形成的非同一性的人文观念，这正体现了文艺复兴时期的人对自我理解的丰富性和多样性。这种包容性与多样性的整合，实际上是从中世纪晚期的作家，诸如但丁、乔叟、皮桑那里开始的，因此这些作家理所当然地属于人文主义文学研究的范畴。

由此可见，虽然中世纪与文艺复兴被认为是两个完全不同的“旧”与“新”的时代，希伯来-基督教文化与古希腊-罗马文化也是两种完全不同的异质文化，但是，文艺复兴人文主义思想之“新”，并不是对“旧”传统的简单否定，而是在接纳、整合与延续其文化之合理的人文元素基础上的再造与重生，是一种包容了“旧”文化基因的新文化。此种“新”与“旧”的彼此融合与人文血脉的勾连，可以在文艺复兴时代众多作家的创作中得到充分的印证。卢卡契就曾经说过：

---

① T. S. 艾略特：《传统与个人才能》，见《现代诗论》，曹葆华译，上海译文出版社 1985 年版，第 112 页。

莎士比亚从来不把这个过程(指中世纪与文艺复兴的交替)简单化为一种机械式的"旧人"与"新人"之间的对立。他看到了新生世界走向胜利的人文主义倾向,同时也认识到这个新世界却促使人类道德的某些方面比较好的,与人民利益关系比较密切的家长制社会的崩溃。莎士比亚既看到了人文主义的胜利,同时也看到,这个正在前进中的世界将会是个金钱统治的世界,压迫和剥削群众的世界,大力放纵个人主义,充满贪婪等等的一个世界……正由于莎士比亚对这种巨大的历史转换时期出现的社会道德的特点具有敏锐的观察力,就使得他能创造出具有极大历史真实性和忠实性的历史戏剧。①

① 杨周翰编:《莎士比亚评论汇编》(下册),中国社会科学出版社 1981 年版,第 484 页。

| 第三章 |

人文主义文学与自然爱欲

通过上一章的追溯,我们可以看到,当中世纪的主流文化——希伯来-基督教文化,尤其是宗教教义和教会为人们塑造了一个理性至上的上帝,并要人们追随他、服从他时,非主流文化以及世俗生活本身却悄悄地唤醒沉睡于人们心底的那个"人",而从人文传承的角度看,希伯来-基督教文学与文化本身也有其特有的和指向未来的人文蕴藉。不过,所有这些人文"能量"的焕发与外显,都有待一个恰到好处的时代与社会机缘;沉睡的"人"的真正觉醒,需要一种外在的文化历史晨钟的震荡,需要文艺复兴历史曙光对中世纪天空的烛照。这意味着只有等到文艺复兴时代到来,人文主义才会闪烁其耀眼的光芒,"人"也才会真正地"醒来"——历史也就进入了"人"的发现的时代。瑞士著名史学家、文化学家雅各布·布克哈特就称文艺复兴是"人"的发现的时代,"人"的发现即"人"的觉醒。那么,"人"又是如何被发现和唤醒的呢?被唤醒的又是一个什么样的"人"呢?这些都是有待继续讨论的问题。

第一节 “人”如何被唤醒

“人”被“唤醒”，这是一种文学性比喻。其实，如前所述，从人文传统的角度看，从中世纪到文艺复兴，其间的人文血脉原本就有某种程度的勾连，因此也可以说，人文传统意义上的“人”从来就未曾“沉睡”。但是，同样从人文传统的角度看，文艺复兴和中世纪的文化与文学中的“人”的形象及其内涵，毕竟又是迥然不同的，那么，我们在看到其间的人文传承与延续的同时，还要仔细辨析这种差异性的存在以及存在的原因。对此，我们首先要做的是，从文化-心理的角度集中探寻文艺复兴人文主义文学的成因，大致弄清“人”是如何被唤醒的。

一、宗教压抑与人性逆反

我们肯定中世纪文化有其特殊的人文蕴藉，基督教文化给文艺复兴带来了人文指引，从而说明中世纪和文艺复兴有历史的延续性，但这并不等于就此承认两者具有完全的同一性，并不等于无视基督教文化与文艺复兴文化之间的矛盾性、对立性与冲撞性。事物的对立性与统一性是相对而言的，是随条件变化而变化的；对立性、矛盾性又不能简单理解为你死我活、水火不容的敌对状态，而是对立中常常隐含着同一性和统一性。作为两个时代的主流文化，基督教文化与文艺复兴人文主义文化（尤以早期为主）之间在特定时期是有其对立和冲撞的，然后才有文艺复兴的文化波澜。这种对立与冲撞的焦点是“人”的观念上的本质差异，即原欲与理性的分野。笔者认为，希伯来-基督教文化与文学的人文传统相对于古希腊-罗马文化与文学传统是异质的。[1] 从这个意义上说，作为一种意识形态，希伯来-基督教文化与文学更强调以理性抑制人的自然情感与感性欲望，在人与上帝、原欲与理性之间，首先强调的是上帝和理性，而且，原欲被看成是一种“恶”，人也是有“原罪”的，需要上帝的垂恩与拯救。所以，这种文化与文学是以抑制人的感性为前提的，它无疑有人性取向上的单维性、片面性，从而导致人性的压抑与异化。

当然，说到宗教对人性的异化时，我们必须采取谨慎态度。原因是，宗教对人确有异化的一面，但通常人们把这种异化现象的存在完全归之于宗教本身，这是失之偏颇的。应该说，宗教的人本意识原本对被社会、被物质所异化的人来讲有心理疏导和缓解之功能，这也是宗教所拥有的伦理价值，是宗教对人的一种人文关怀。但是，严苛而陈腐的教义，组织与管控宗教活动的教会机构未必都是合乎人性的，特别是解说宗教原著与教义的僧侣，以及所有那些所谓沟通上帝与人之间的中介与桥梁的神职人员，因其本身就是人，具有人的秉性，即本身具有感性欲望，因而就有可能被欲望所诱惑和驱使，抛弃上帝滑向魔鬼撒旦一边，从而背叛宗教的原有宗旨，让宗教或者教会的职能走向人文关怀的反面，成为扼杀人性的元凶。比如，教会和僧侣们为了某种自身的利益，曲解教义，把作为人的本质之对象化的上帝推向极端，成为人的异己力量，上帝就丧失了原有的人文性，成为教会控制人、压制人性的工具。正如刘建军教授所说：“上帝作为至洁至圣的精神内涵——真、善、美的内涵，被歪曲成与至真、至善、至美相对立的‘精神暴力’形式；活生生的人学体系被转换成了冷冰冰的神学体系。”[2]这和宗教本身对人的异化不是同一回事。这种现象在宗教史上是屡见不鲜的，也是招致教会内部自我争斗、引发宗教改革的重要

---

① 蒋承勇：《西方文学“人”的母题研究》，华东师范大学出版社 2018 年版，第 115 页。

② 刘建军：《演进的诗化人学——文学视界中西方文学的人文精神传统》，东北师范大学出版社 1998 年版，第 180 页。

原因。

常言道,“物极必反”。由于基督教在人性取向上的单一性与片面性,并在漫长的中世纪一直以禁欲主义的方式制约着人,加之教会和神职人员既违背宗教原意又违背对自然人性的严厉压制,几百年后,到了中世纪晚期,自然会使深受压抑中的人厌弃上帝而去寻找人间的“上帝”,即寻找失落了的人性的另一面,寻找一种新的、合乎人性欲求的文化模式和生活方式。早期人文主义者不是高呼真正值得崇拜的是人自己而不是上帝吗?中世纪宗教内部的改革运动,不就是要让人们接受来自教会内部和世俗社会的人性要求,让宗教世俗化,让上帝更贴近现实中的人吗?可见,“人”的觉醒是与基督教本身存在的对人性的悖逆以及教会对人性的压制有关的,长期的人性压抑必将带来人性的逆反。从这种意义上讲,“人”是在教会与教义的压制中被唤醒的。

二、“酒神精神”对人性之催化

当然,这种由宗教和教会给人造成的压抑所唤起的人们对自我人性的呼唤,主要还只是心理欲望上的,真正让他们感受到新“人”生活之美妙的是灿烂、鲜活的古希腊-罗马文化,特别是古希腊-罗马的文学与艺术。

如前所述,古希腊-罗马文化与希伯来-基督教文化原本就有人文传统上的亲缘关系,只是由于希伯来-基督教的文化内质决定了它对古希腊-罗马的酒神精神(感性原欲)有排斥性的一面,因而只能接纳其日神精神(理性本质)的内容,因此,酒神精神在中世纪的基督教世界中是极为匮乏的,而在文艺复兴运动产生之时,这种酒神精神恰恰是人们格外企盼和向往的。所以,当公元 1453 年东罗马帝国首都拜占庭被土耳其攻陷,那里的大批学者携带古希腊文学与艺术作品流入西欧时,当在罗马城的废墟中发掘出大批古代艺术品时,人们似乎突然感到了一种心灵与情感的惊喜与愉悦:原来他们苦苦期盼中的“人”曾经自由自在地游荡在古希腊-

罗马的艺术之中，这样一种“人”和生活方式原来古已有之！当人们把古希腊-罗马文学艺术中的“人”的生活图景与中世纪灰暗、压抑的生活图景两相对照时，情不自禁地产生了对古希腊-罗马那自由“人”的生活的向往，由此也自然渐渐远离上帝、远离基督教和教会控制下的中世纪式的生活。此时此刻，古希腊的酒神之魂注入了中世纪后期西欧人那人性贫瘠的心灵，犹如一针兴奋剂唤醒了沉睡中的自然之“人”。正如莎士比亚所写的：

> 当我从那湮远的古代的纪年，
> 发现那绝代风流人物的写真，
> 艳色使得古老的歌咏也香艳，
> 颂赞着多情骑士与绝命佳人……
> 所以他们的赞美无非是预言。
> 我们这时代，一切都预告着你。①

古希腊-罗马文学艺术不但让人们看到了新“人”的生活前景，而且成了与宗教文化相抗衡，为社会的既得利益者维护新生活专利权的理论依据。存在决定意识，反过来，意识也服务于现实存在。基督教有其庞大的理论体系并盘根错节于现实生活中，不是强有力的理论就无法与之抗衡，新“人”的立足也是极为困难的。在新的理论未形成之前，内涵丰富、理论严整的古希腊-罗马文化正好作为代用品。那些随着中世纪晚期工商业的发展而首先致富的资产者，是率先在封建领主和教会权势人物的眼皮底下过着撒旦一样快活的世俗化生活的人。他们凭着自己的才智、狡猾和冒险精神，几乎也凭着对上帝的叛逆精神，一个个转眼间从乞丐变成了

① 莎士比亚：《莎士比亚全集》第11卷，朱生豪译，人民文学出版社1978年版，第264页。

富翁。这些充满欲望而又乐观进取的暴发户在古希腊-罗马文化中发现了自己的同时,也赶紧以这一文化理论来武装自己。正如布克哈特在讲到意大利文艺复兴时指出:"意大利人在十四世纪以前并没有表现出对于古典文化的巨大而普遍的热情来,这需要一种市民生活的发展,而这种发展只是在当时的意大利才开始出现,前此是没有的。这就需要贵族和市民必须首先学会在平等的条件下相处,而且必须产生这样一个感到需要文化并有时间和力量来取得文化的社交世界。"①正是在这种情况下,古希腊-罗马文化与文学中的酒神精神迎合了市民和权贵的心理需求与生活需要;这种酒神精神如久旱后的甘霖,让饥渴中的人的人性得以滋润,这也使古希腊-罗马文化与文学艺术自身获得了勃勃的生机。

所以,富有酒神精神的古希腊-罗马文化与文学艺术,是吹醒中世纪后期沉睡中的"人"的一股强劲的东风,文艺复兴人文主义文学中新"人"形象是在新旧文化板块的撞击声中立地而起的。这里,除了希伯来-基督教人文传统的延续之外,古希腊-罗马世俗人文传统的张扬,也就是酒神精神的激活,是至关重要的原因。正因为如此,这个新"人"觉醒了的时代被冠之以"文艺复兴",显然是有历史与人文之合理性的。当然,"人文主义对古代(古希腊、罗马,引者注)的热情不是把自己同古代胡乱地混淆起来,而是批判地同古代拉开距离"②。对此,本书在不同的章节里有较多辨析,此不赘述。

三、科学唤醒了沉睡的理性

如前所述,中世纪宗教文化一方面接纳了古希腊自然哲学的科学理性,另一方面中世纪的经院哲学也培育了科学精神,是西方近现代科学兴

---

① 雅各布·布克哈特:《意大利文艺复兴时期的文化》,何新译,商务印书馆 1979 年版,第 170 页。

② 欧金尼奥·加林:《中世纪与文艺复兴》,李玉成、李进译,商务印书馆 2016 年版,第 104 页。

起的土壤与温床，但是，这并不意味着中世纪就是一个知性社会。基督教在总体上属于信仰的思想体系，而且在根本上是以抑制人的知性能力和感性欲望为前提的，因此，弥漫在整个中世纪欧洲的精神文化以及社会生活领域的，并不是张扬人的理性和人的自由意志的人文主义，而是宗教蒙昧主义，人的理性在相当程度上处于被抑制和沉睡的状态。这种知性意义上的理性的沉睡与自然意义上原欲的沉睡是相似的，都是中世纪人的主体性失落和萎缩的表现。正如英国科学史家亚·沃尔夫说："中世纪对自然现象缺乏兴趣，漠视个人主张，其根源在于一种超自然的观点、一种向往来世的思想占据支配地位。与天国相比，尘世是微不足道的，今生充其量不过是对来世的准备。"[①]在这种观念支配下，上帝是强大的，人是渺小的，中世纪西方社会的人普遍缺少一种追求精神独立的意识，只觉得在上帝妈妈的怀抱里是既安全又满足的，既对自然世界的无穷奥秘缺少兴趣和了解，也对自我的力量缺乏足够的认识。

到了中世纪晚期，在基督教文化母体中孕育出来的科学精神逐渐随着陆续出现的科学成就扩散开来。现实的科学成就——诸如哥白尼发现新天体、哥伦布发现新大陆、约翰·布里丹的运动冲力理论、布鲁诺的"自然是永恒的宇宙"说等——让人们透过宗教的迷雾看到了宇宙的部分真相。此外，诸多科学新成就被应用于社会生活之后，大大地改变了人们的生存条件，促进了社会和经济的发展，如当时的建筑业、造船业、军工业等都有了新变化，经济体制和运行方式也有了变革。这也从另一个角度激发和助长了人们进行科学研究、开发自然和利用自然的积极性。所有这一切都说明了这样一个事实：中世纪晚期的科学研究实践本身体现着人的知性意识的觉醒，而且，这种研究的成果使更多的人在发现了自然宇宙

---

① 亚·沃尔夫：《十六、十七世纪科学、技术和哲学史》(上)，周昌忠、苗以顺、毛荣运等译，商务印书馆 1985 年版，第 6 页。

的无穷奥秘的同时，又看到了人的理性的潜能与威力，人自己可以成为自然的主人，而无须听从上帝的召唤；此外，人用自己的理性能力探索自然，本身是在证明自然之创造者的上帝的伟大。显然，这是人的自我意识、主体性的觉醒。也就是在这种情况下，培根喊出了"知识就是力量"的口号，它表征的是知性之"人"觉醒后的自豪感。

总之，文艺复兴人文主义除了崇尚人的感性本质之外，也弘扬人的理性本质，前者得益于古希腊-罗马酒神精神对人的感性欲望的激励与催化，后者得益于科学精神对人的智性能力的呼唤与开发。就此而论，文艺复兴时期被唤醒的"人"的内涵有其丰富性和多层次性。

第二节　被唤醒者何许"人"

就文艺复兴时期人文主义文学而言，"人"的发现在核心与主导意义上偏于感性或原欲，而感性或原欲中最根本的是"性"，感性生命主要或首先体现为男女之事。所以，中世纪的基督教，乃至一切成体系的文明社会的宗教，都首先从抑制性开始，而且总是把女人视作"魔鬼"。从这个角度看，《创世记》中亚当与夏娃偷吃禁果而犯罪，是性犯罪的隐喻，而且成了人类的"原罪"。蛇就是性的隐喻(以蛇作为女阴或男根之隐喻，乃世界许多民族的性文化隐喻)。正是从这种逻辑关系出发，中世纪基督教文化对人的原欲的抑制，首先是男女性爱。同样在这种文化逻辑上，文艺复兴人文主义文学艺术对基督教的反叛和教会的抨击，首先也是从性爱问题对抗禁欲主义观念开始的，"人"的发现也首先以描写性以及由此生发出来的情欲与爱为侧重点。在这个问题上，最能说明问题的是文艺复兴时期的艺术作品。"虽然我们不能说波提切利、拉斐尔等人对女人体的描绘完全是出于感官的愉悦，是肉体感性的需要，但对人体之美的唱颂则是十分明显的。在他们看来,赞美肉体就是赞美生命,赞美上帝创世的奇功。在这里没有任何邪秽的不健康的东西。因为人体之美(哪怕是女性裸体)给人的不是邪念的满足,而是生命精神的充实。"[①]这种肉体之爱、"生命精神的充实"的观念,显然与基督教禁欲主义教义相左。但是,当人们把人的肉体乃至性本身看成是上帝的造化、上帝赐予人的美与快乐时,一种重新解说的教义,一种不背叛上帝和宗教教义的新"人"观念就产生了,这在早期人文主义文学中表现得尤为突出。人文主义文学也正是在这方面突出体现出了对古希腊-罗马式的原欲型人本意识的传承与弘扬,展现出了醒来后的人的幸福与欢乐,表征了人性自由与解放状态下人的理想与浪漫。本书接下来以意大利、英国和西班牙的人文主义文学为例,讨论其间关于自然原欲与"人"的觉醒的问题。

一、意大利人文主义文学之原欲主题

正因为文艺复兴时期的人在人体、性欲、爱情等方面有了一种神性理论的依托,他们也就敢于大胆而真诚(一定程度上犹如对上帝的虔诚)地表露对性爱的渴慕。由此,我们就很容易理解彼特拉克说出"我同时爱她的灵魂与肉体"这种在当时来说是石破天惊之语的缘由了。对世俗爱情的追求成为贯穿整个意大利文艺复兴文学的一根主线,彼特拉克则是敢于如此发声的第一人。

弗朗西斯科·彼特拉克是意大利人文主义的先驱之一。"如果说他够不上是第一个对人文学表示出兴趣的人,那么他却以一个伟大创新者的所有天资使人文主义有了生命。"[②]他曾勤奋地研究古典拉丁文,搜集散落于民间的古典名著原稿。他的理论和思想一开始包含着双重矛盾:

① 启良:《西方文化概论》,花城出版社 2000 年版,第 368 页。

② 阿伦·布洛克:《西方人文主义传统》,生活·读书·新知三联书店 1997 年版,第 21 页。

一方面,他研究和宣扬古典文化和民间文学;另一方面,他又不否定基督教,并力图使古典文化与基督教契合。一方面,他努力追求幸福和荣誉,另一方面,他又崇尚古希腊晚期斯多亚主义自我克制、清心寡欲的道德理想。他宣称,"我不想变成上帝,或者居住在永恒之中,或者把天地抱在怀抱里。属于人的那种光荣对我就够了。这是我所祈求的一切:我自己是凡人,我只求凡人的幸福"①。"我只求凡人的幸福"成了后来人文主义者的一句格言。他在现实生活中确实追求着"凡人的幸福"。他出入贵族、国王的宫廷,而后又久居教皇宫廷,成为教皇亲信,过着"人"的生活。他渴望荣誉,并为之奔波,曾在罗马元老院贵族议员的簇拥下接受"桂冠诗人"的称号,声誉达到了顶峰。他为拜占庭君主了解他而兴高采烈,为家乡出于纪念他而保护他出生的房子而激动不已。这都说明他已不执着于基督教禁欲、谦卑的教义准则,而倾心于快乐的凡人生活。他无愧于"第一个近代人"的称号。

彼特拉克的这种生活态度和人生准则,都基于他对"人"的新理解,这表现在两性关系上,就是"我同时爱她的肉体和灵魂"。彼特拉克这句响亮的名言标示了他对新的文化价值观念的选择,标示了他对"人"的新理解。雅各布·布克哈特说:"文艺复兴于发现外部世界之外,由于它首先认识和揭示了丰满的完整的人性而取得了一项尤为伟大的成就。"②所以他称文艺复兴是"人的发现"的时代。崇尚人性及自我之丰富性,在当时的意大利蔚然成风,领欧洲风气之先。彼特拉克就是这样的人性探索者的代表之一,是中世纪后期诗人但丁的后继者。

基督教蔑视性爱,爱情自然也在限制之列,所以,中世纪人忌谈性爱

---

① 北京大学西语系资料组编:《从文艺复兴到十九世纪资产阶级文学家、艺术家有关人道主义人性论选辑》,商务印书馆 1971 年版,第 11 页。

② 雅各布·布克哈特:《意大利文艺复兴时期的文化》,何新译,商务印书馆 1979 年版,第 335 页。

及男女爱情的感受。与之相反,彼特拉克则坦露胸怀,追求并以诗歌赞颂爱情。作为热心于研究和倡导古希腊-罗马文化的人文主义者,彼特拉克无疑接受了古希腊式的性爱观念,但是他的理解与艺术表达却颇具现代意味。古希腊-罗马文学对性爱的描写是大胆而直露的,特别是神话传说中所描写的性爱的故事,性的宣泄成分颇重,这既是文化传统使然,也是时代的一种印记。因为神话所表达的毕竟是人类文明初期人的情感与欲望,这种性爱观如马克思、恩格斯和黑格尔所说的,是古代型的。马克思认为,文明程度的不同,对爱情的态度与方式也不同。恩格斯认为,建立在生物性基础上的性欲是“古代的爱”,而建立在爱情基础上的爱是“现代性爱”。黑格尔则更强调爱的双方的情感交流,这自然是“现代的爱”。彼特拉克比古希腊-罗马神话的创造者们接受了更多文明的熏染,因而也是更“现代”的人。这种“文明”很大程度上是基督教文化。基督教是一种对人的原欲带有排斥性的文明范式,在基督教精神文化土壤中成长起来的彼特拉克尽管接纳了古希腊-罗马文化,并因此追求着“凡人的幸福”,但在深层意识中他是无法脱离基督教之精神牵引的。他的“我同时爱她的肉体与灵魂”本身就表达了这种两重性——肉体之爱受理性灵魂的制约,感性原欲一定程度上提升为富有理性意味的爱情。不过,对于他这样一个处于中世纪晚期的人来说,能够公然地一起去爱“肉体”和“灵魂”,已经是很不容易了,这表明了他对统文化的反叛和对新“人”的理解。正因如此,他对男女之爱的描写与颂扬,虽然坦率但又不是古希腊式直露地歌颂肉体,是一种过滤了生物性的性爱描写,或者说,他描写的是一种精神和情感升华之后的情爱,即具有现代人意味的“爱”。

彼特拉克作为文化上的“但丁的后继者”,在个人情感经历上也和但丁有相似之处。他 23 岁时在阿维尼教堂与美貌的劳拉邂逅,对她一见钟情,此后保持着对劳拉的渴慕之情。这种发自灵魂深处的爱的情感与渴望成了他诗歌创作的动力和源泉。其代表作《歌集》就是表达他对劳拉之爱恋的抒情诗集。正是借助这部诗集，彼特拉克“给人类留下了最富启发性的人类爱情和忧伤、狂喜和悲戚的表达方式”①。《歌集》是彼特拉克的代表作，共 366 首诗，大多数为十四行诗，也有一些叙事曲、谣曲、田园诗和六行诗。彼特拉克的抒情诗大多采用十四行诗体。十四行诗源自普罗旺斯，原来是泛指中世纪流行于民间用歌唱和乐器伴奏的短小诗歌。彼特拉克改造了十四行诗体，使之更善于表现人物细腻、曲折而变化的情感，于是十四行诗就被称为“彼特拉克体”。彼特拉克可谓是开创了一代诗风，展现了人文主义文学在形式上的突破。这种诗歌后来传入了欧洲各国，并且适应了各国语言的特点，从而产生了不同的变体。彼特拉克正是以十四行诗大胆讴歌爱情，吐露对幸福和荣誉的渴求，反映出人文主义者热爱生活、蔑视中世纪神学观和道德观的价值取向，成为意大利文艺复兴运动的代言人。他的创作宣告了一个时代的结束和另一个时代的真正开始。

在中古神学思想的影响下，中世纪的旧体抒情诗叙写的世界是抽象的、浮夸的、不自然的，充满了隐晦的寓意和神秘的象征，内容比较公式化，缺乏活力，人物也比较偶像化。彼特拉克则跳出了这一旧框架，在《歌集》中以多姿多彩的色调描绘劳拉之形美和心美，勾画出了这位世俗少女亲切动人的形象。诗人倾诉对劳拉的爱，表达因得不到恋人的回应而产生的痛苦，抒发了劳拉不幸去世后他内心深处无尽的悲伤以及对青春年华的缅怀。《歌集》第一次将世俗生活中的痛苦和欢乐从万物之主套在人们头上的枷锁中解脱出来。在意大利的诗歌创作史上，爱情也是第一回被描绘成现实生活中有血有肉的感情。彼特拉克以到罗马去朝圣来比喻他在人群中寻找自己所心爱的劳拉；以飞蛾扑火，以凤凰浴火来描述自己

---

① 中国大百科全书出版社《简明不列颠百科全书》编辑部译编：《简明不列颠百科全书》(1)，中国大百科全书出版社 1985 年版，第 712 页。

对劳拉的爱。飞蛾扑火，别人笑它自取灭亡，而在爱人眼中它是在火焰中寻找快乐和梦想。彼特拉克认为自己对待劳拉就是去寻找令自己自焚的火光。整部诗集中热烈讴歌爱情的诗句俯拾即是：

可能有人认为我对她的赞美
好像一个圣徒唱诗，有些过分，
因为我把她称为人间最高雅最聪慧、
最神圣最贞洁、最可爱最美丽的女人。

我却不以为然，倒是有些担心
她看不上我的诗体，认为还不够雅训，
对她只能用高雅完美的诗体歌颂，
如若不信，请亲眼看看她的风韵。

（《歌集》第 247 首）

在爱神面前我毫无防范，
从眼睛到心灵全都门扉大开，
双眼变成热泪流淌的通道和源泉。

（《歌集》第 3 首）

爱情的热烈与求而不得，令彼特拉克精神处于癫狂之中，如第 134 首：

我无法接受和平，又无力进行战争，
我害怕中有期盼，热得像火，冷得像冰；
我时而直上云霄，时而坠落地下，

我一无所有，而整个大地却又在我怀中。
我是她的俘虏，她却不把我放入囚囹，
她不放我走，不让我自由行动，
她不处死我，为我打开锁链，
也不让我活，拯救我的苦难心灵。

我无眼却能窥视，无舌也能呼喊，
我渴望死，又请求别人救命；
我怨恨自己一人，又挚爱万物众生。

我狂饮痛苦，又挥泪大笑声声，
我仇视生命，又憎恨死亡，
夫人，为了您，我已变成了这般性情！①

彼特拉克甚至嫉妒埋葬了劳拉躯壳的大地：

我嫉妒你，贪婪而无情的大地，
你拥抱着劳拉，使我看不见她的身体，
她的娇容被你遮盖了——
我的痛苦将在那里被你完全吸释！

（《歌集》第300首）

在彼特拉克的笔下，劳拉是真实可爱的恋人，又是理想化的女性形

① 彼特拉克：《歌集》，李国庆、王行人译，花城出版社2000年版，第200页。本书所涉及其他选自该作品集的彼特拉克诗句，后不赘注。

象，但是整体上并不像但丁那样把所爱恋的女性圣化为天使。劳拉既是高贵的，同时又是尘世的。彼特拉克深刻地探索自己心灵的奥秘，揭示生发于爱情的复杂的内心活动——劳拉带给自己的幸福、欣喜、失望和痛苦以及最终的情感升华，也表达爱情在节制与美德中获得的精神力量。《歌集》是意大利诗歌史上第一次直接地描写爱情的复杂心理，并将爱情的种种体验作为自我精神探索的作品。

在诗歌的艺术风格上，《歌集》清新自然，这既表现在彼特拉克对韵律的运用上，又体现在他将对劳拉的爱和大自然的美描写得浑然一体上。例如以小鸟、流水、花朵、树叶等映衬人的精神世界，“春风回来了，送来明媚的时光，花儿和青草，春的伴侣回来了，燕子鸣啼，黄莺欢唱”。太阳的金辉，天宇的春光，牛角一般的火红光芒，绵长的海岸，鲜花盛开的山岗，都是作者笔下经常出现的意大利风光。他将笔下的自然风景与他的爱情交相辉映，以天上的群星被阳光遮掩这样的比喻形容劳拉之美，情景交融。可以说，《歌集》是西方抒情诗中以描写自然风景见长的佳作。

需要强调的是，彼特拉克如此坦率、直接地描述爱情给他的心灵带来的种种复杂体验，揭示出甜蜜与痛苦相伴的爱情本质，但是他并非完全站在世俗人性的角度去理解爱欲。说他过分强调对爱欲的勇敢表白，不过是读者对文艺复兴人欲解放以及对彼特拉克的期待，这是一种以偏概全的想象。《歌集》中有大量篇章描述劳拉高尚的情怀，“将美德的种子播撒到我的心房，劳拉的心，闪耀的天堂的爱恋，完全不识凡间的恩怨，她是道德完美至极至善的典范，她的音容仪态和炽烈的目光是凡间的人不可能具备的”。彼特拉克的爱情虽然不像但丁那样超凡脱俗不食人间烟火，但是他爱慕劳拉并不在于肉体，而在于美德与克制。因此在劳拉的端庄和威严面前，彼特拉克受到了劳拉完美道德的启发，从而战胜了自我，战胜了内心偶尔不光彩的想法：我感谢她明确和理智的决定，她甜蜜而端庄的面容使我沉思，即使我激动得发疯，却也不再自残自戕。劳拉已经变成了

"美"这一概念的代名词,在彼特拉克的美的概念中,美与德行有关,劳拉就是道德和良善的化身,于是在第345首诗当中,他写到自己的灵魂见她升入天堂与天使共舞,直至至高无上的上帝脚下。这也能说明为何彼特拉克的诗歌始终会有一种矛盾,他常常在对劳拉的爱和对上帝的爱、尘世与上天、个人荣誉与神圣信仰之间徘徊。造成彼特拉克对这种无奈之爱的"渴望"的,不仅仅是因为他的爱只是单向的,劳拉作为有夫之妇,使这种爱永远只是一种无望之爱。另外,彼特拉克与上帝的精神联系,也使他在内心深处对这种爱的欲望产生隐隐的负罪感,于是就不能不对此种欲望施以无奈的扼制。然而天国之爱与劳拉之爱在他的心中时时在激战:"第一个声音又出来了,第二个声音消失,我不知道他们两个谁将得到最终的胜利,但他们确乎已经拼杀了几个上下和来去。"①他试图摆脱这些矛盾,希望能够从旧道德观念之下解脱出来,但是又常常迟疑,这种小心翼翼地对情欲的探索,也是这一时期人文主义者内心矛盾的共性。这种对情欲的矛盾性在他的拉丁语散文作品《秘密》中表露得更为清晰。《秘密》创作于1342年到1343年,共3卷,以诗人同圣·奥古斯丁对话的形式写成。圣·奥古斯丁谴责诗人迷恋世俗生活,追求爱情和荣誉,向他宣扬了为了上帝放弃个人的禁欲主义,启发他进行反省和忏悔。但彼特拉克承认自己犯有某些过失,却为自己的世俗之爱进行辩护。他指出奥古斯丁认为世俗生活是罪恶的,这个观点不切合实际,不符合时代精神。他认为寻找爱情与热爱上帝、追求人间的幸福与追求永恒的幸福是一致的,他不愿意许诺放弃自己的追求。圣·奥古斯丁指出:你与劳拉之恋"只会使你投入更坏的罪恶"。但彼特拉克却坦白地对奥古斯丁说他无法摆脱对劳拉的爱,而且说:"我同时爱她的肉体与灵魂。"不能说一见钟情式的爱都是情欲之爱,主要是这种爱可以发展为情感之爱。彼特拉克与劳拉

---

① 彼特拉克:《歌集》,李国庆、王行人译,花城出版社2000年版,第96页。

只有唯一的一次邂逅，此后，基于欲望的冲动便在扼制的、无奈的渴望中升华出了情感之爱。而他的诗歌表达的主要是这种升华后的真挚的爱之情感。就此而论，爱情之花植根于自然性爱的土壤中，人完全可以把肉体与灵魂之爱融为一体。在中世纪禁欲主义的文化氛围中，彼特拉克的这种爱与爱欲的表达，标示着自然人性之喷薄。新“人”的呱呱坠地，也为文学揭示人的真实的内心世界开了先河。

如果说彼特拉克描写的人的自然情欲还笼罩着圣母玛利亚的面纱的话，那么，他的后继者薄伽丘则干脆扯掉面纱，赤膊上阵，奔走于大庭广众之下，他还说：人欲是天然合理的！他对一切貌似崇高的东西予以纵情的嘲弄，以找回失落的自然人性，找回属于人自己的幸福与快乐。文艺复兴人文主义的反禁欲主义，首先是从反性禁忌开始的，因为，基督教的禁欲主义对性爱的钳制是最严厉的。而在自然人性中，性爱是最恒久不变、最具生命活力的感性成分，它是使个体的人和作为类的人的生命得以延续的自然力量。因此，教会的悖逆人性首先就表现在对两性之爱的精神重压上。中世纪晚期，人们的自然欲望之火经由长期在地下奔突，终于喷发出炽热的烈焰。薄伽丘就如这烈焰之喷射口，他要人们丢弃快乐天国的梦幻，去寻找人间的幸福。他要人们把关注于超现实世界的目光转向现实的人生，转向人自身。他的创作表达了人对自我的新发现，也是“人”的观念由中世纪到近现代的一种重大转折。

薄伽丘是意大利杰出的人文主义者，也是佛罗伦萨第一位通晓希腊语的学者。作为商人的私生子，他有机会出入罗伯特国王的宫廷，与国王的私生女产生爱情，并同大量人文主义者来往，这丰富了其生活阅历，也拓宽了其文化视野，尤其是他在佛罗伦萨结识了彼特拉克，两人一见如故，书信往来频繁，这两位伟大的人文主义者建立了亲密的友谊。薄伽丘致力于古典学研究，在《神曲》的诠释方面做出了重要贡献。而其文学创作体裁繁多，极为多产：传奇诗、史诗、叙事诗、十四行诗、短篇故事集和论文等都取得了不俗成绩。薄伽丘的早期作品大部分是一些以爱情为主题的传奇式叙事诗,例如牧歌式传奇《亚美托的女神们》,寓言诗集《爱情的幻影》,散文体小说《菲亚美达的哀歌》,长诗《菲埃索拉的女神》等。《爱情十三问》是较为充分地表现了薄伽丘爱情观的早期作品。他提倡个性解放,讴歌爱情,同时又注重道德,强调爱情的纯真、忠诚。他笔下的爱情具有非常强的世俗人情的意味,描述了爱情的各种各样的心理,表现了当时新兴的人文主义者对现实幸福的关注,即人性的觉醒。他在《致读者》中写道:我讲述爱情带来的烦恼,爱情的欢乐与雷霆风暴,讲述最能表明爱情的做法,及无论优劣,何种选择最佳;做一番比较,革除鄙陋,找出真正的佳良之举,读者从中将快乐找到,满足他们向善的头脑。这本书的写作背景正是薄伽丘爱上国王的私生女玛利娅,爱情的狂喜、痛苦与无望,都给薄伽丘带来了强烈的心灵震撼。他以此作抒发自己对爱人的无限深情,这位女王菲亚达就正是他所爱慕的意中人的理想化身,也是其诗歌的灵感之泉。例如第8个故事中借人物之口歌颂菲亚达,实则歌颂薄伽丘心目中的爱人:

> 最高贵的女王,我实在无法表达你在我心中的价值。我凝望你的脸庞时,心中充满了美好的思绪,看到灿烂的阳光倾泻在那清新的水泉上,又反射到你的脸上,我想自己仿佛见到那水中有个优雅最美的小精灵,将我的思绪拉回到那里,又使我向你凝望,那精灵仿佛生怕我的眼睛看不清令人如此欢心的美景,便乘着那明丽的光线来到了你的眼睛里,在那里长时间逗留,制造出奇迹般的欢乐,用更明丽的光芒使你的双眸熠熠生辉。我看到那精灵又沿着这束光辉来到了你的王冠上,而他的足迹则留在了你的眼睛里,他与你头顶的光芒汇合,创造出一团新的火焰……在三重的高天上是那亲切神圣的女王,我对她爱慕无比,

她迷住了我的目光，我若是凡胎肉体必会为她死去……我将自己点燃，这样我便能用这火焰显示我这些神镖的力量。①

薄伽丘对意中人的赞美充满了神秘与崇高的色彩，被爱情之箭射中的人即是谦卑，正如在开篇第一段的讨论中，女王菲亚达就指出：无论男女，若是爱上了一个人，爱情的力量都必定会使他更渴望去做恋人喜欢的事，这样的人总是要向恋人赠送礼物，或为恋人服务，以使恋人更亲近自己。作者强调了爱情的奉献本质。而在此书“爱情第二问”中，作者则表达了惜取眼前人、享受爱情、享受现实的及时行乐的现实主义态度，这与基督教告诫人类应该将眼光望向来世的价值观背道而驰。在故事中，有一位男青年就据此提出了反对意见，认为人类正是怀着进入未来永恒王国的希望，才能度过今生的种种苦恼，正如暴君狄奥尼修斯看见头上悬着一根有马鬃拴着的利箭，面前的美味佳肴，以及美丽的音乐，所有的欢乐又能够带给他怎样的快乐？而菲亚达的回答是，应该先享受各种现实的快乐，再去应付现实的苦恼，时间和现实事物皆变化、无常、不可预料，如果苦尽并不一定甘来，那么吃苦又有什么意义呢？已到手的礼物无论何等微不足道，都要重于未到手的礼物，至于未来的事情，到时候再采取补救办法也为时不晚，重要的是不要丧失时机去把握现有的事物。既然好事与坏事都必定会发生，那么追求好事规避坏事便是很自然的取舍，而求坏的人并未遵循天性常理，反倒是愚蠢使然。爱欲无罪，遵从天性，薄伽丘的观点坚定而鲜明。

薄伽丘描写爱情的另一部代表作是《爱的摧残》(又名《菲拉斯特拉托》)，这是作者用意大利的佛罗伦萨方言写的长篇叙事诗，完成于1340年。作品中的菲拉斯特拉托是被爱情击倒的人，诗歌取材于古希腊神话

① 乔万尼·薄伽丘：《爱情十三问》，苏隆编译，华文出版社2004年版，第82页。

特洛伊的王子特洛伊罗斯与祭司卡尔卡斯的女儿克瑞西达恋爱的故事，主旨依然是歌颂爱情，表达对爱情的失望和悲伤，写得哀婉动人，心理描写更为深刻。“你是一道明朗美丽的光，在它的引导下，我生活在这个满是阴影的世界上，你是北极星，我在它的指引下航行，你是我安全的船锚，是我的全部财富与全部欢乐，你即是我的朱比特，也即是我的阿波罗，你就是我的缪斯，我已深知。”这种带着夸张的赞歌，我们在彼特拉克对劳拉的思念中已经十分熟悉，也将会在其他人文主义作家那里发现这种笔法。年轻的薄伽丘被那团爱的欲火日夜折磨，“一天里的每个钟点，都要将爱人的芳名唤上千遍，白天过得格外缓慢，而夜晚更是长过白天”。思念爱人，度日如年，他将爱情描写得热烈、癫狂，爱神带给世人的强烈体验超越世间其他种种。现实生活中的爱而不得，对爱人的深深怀念，可以坦诚地诉诸笔端，再也不遮遮掩掩。他在这部长诗的序言当中明确表白，将此诗献给自己的爱人：“我想到我已无法与你相见，我的思念之火燃烧得就更旺。你宁静的脸使我感到了奇特的欢乐，使我唱出了爱情之歌，使我滔滔不绝地说出洋溢着爱情的话语，使各处的人们都听见我呼唤你美好的名字，听见我祈求爱神的垂恤，听见我恳求死神结束我的哀伤，使我近旁的每一个人都听见了我最强烈的悲叹，眼泪与叹息赋予我足够的时间来赞美你的价值。现在你的潇洒娴雅的举止，女性的高贵气质与美丽无比的姿容，无疑都超过了其他一切女子，我心中无时无刻不在冥思着这一切。然而我更渴望保护你的名誉，而不是随心所欲，因此我克制了去看你的冲动。”薄伽丘所描述的特洛伊罗斯与克瑞西达的故事，后来的人文主义作家曾多次再创作。乔叟的叙事诗《特罗勒斯与克丽西德》，莎士比亚的悲喜剧《特洛伊罗斯与克瑞西达》都是典型代表。只是在莎士比亚的笔下，悲剧色彩更为浓郁，没有薄伽丘那种充满青春的气息和对爱情的美好幻想。这种差异既是作家个性的差异，更多的应该也是黄金时代逐渐远去，后期人文主义者越来越认识到热烈爱情所蕴含的原欲与道德的悖论。但在青春的薄伽丘和彼特拉克这里,不失幼稚的爱欲的昂扬,正成为人文主义最初冲破中世纪神学禁锢时的那一道曙光。

薄伽丘对原欲觉醒的书写,最典型的代表则是《十日谈》,在这部短篇小说集中,薄伽丘极力歌颂人的价值、人的尊严和人的力量,并赋予爱情以全新的诠释,将它视作一种新的道德、新的人伦。纯洁的爱情是男女之间高尚情愫的流露,是人生的积极因素,是幸福的源泉。在薄伽丘看来,男女之间的两性吸引、两性之爱是天然合理的,没有任何力量可以抗拒,因为它们是上帝的造化,而不是什么"罪恶"之源。他在《十日谈》第四天故事的开头曾说:"谁要是想阻挡人类天性,那可得好好儿拿点本领出来呢,如果你非要跟它作对不可,那只怕不但枉费心机,到头来还要弄得头破血流。"这第四天讲的关于"母鹅"的故事,则是对这一道理的形象而有力的说明。一个自出生至长到 18 岁都从未见过女人的青年男子,第一次遇见一群漂亮、美丽的姑娘就被吸引住了,问父亲她们是什么。父亲怕儿子为她们迷惑而走向邪恶,就回答说:"我的孩子,快低头看着地面,不要瞧她们,她们不是好东西。""她们叫母鹅。"而儿子却说:"父亲,您让我带一只母鹅回去吧。"父亲这才恍然大悟,原来自然的力量要比宗教戒律有力得多。两性吸引,两性相爱,这纯属本能,属"天律",硬要视其为恶,人为地去严加制裁,就悖逆了天律。教会的禁欲主义就是这样走向悖逆自然人性的境地的。

《十日谈》中描写了许多关于教会藏污纳垢、荒淫堕落、修女"不修"、教士"不教"的荒唐故事,这自然是反教会、反禁欲主义的有力篇章。不过,在这些描写中,作者否定与抨击的并非教士、修女们荒唐行为的人性动因,甚至不是这些当事人的荒唐行为所要达到的目的本身,而是他们言行不一的伪善以及导致这种伪善的宗教教义。例如第九天故事二中写到,女修道院院长抓住了一个犯了奸情的修女,正要把她严办,不料那修女指出院长头上戴的是条裤子,不是头巾。女院长这才发现自己在匆忙中把情夫的内裤当头巾戴上了。于是，院长从此就为修女大开方便之门，这也等于遮了自己的丑，又为自己开了方便之门。与这个故事相仿，第一天故事四中，小修士犯了戒律，被院长发觉，理应受到重罚。小修士使用巧计，使院长也犯了同样的过失，因而逃过责罚。这两个故事中，作者嘲笑与挖苦的是男女两个院长的伪善。因为，他们俩和年轻的修女与修士一样，有着自然的欲望，而教规长期抑制他们的欲望使他们变得伪善。因此，作者通过肯定年轻修女与修士的“不轨”行为，肯定了自然人性的合理性，并以此揭示出禁欲主义本身是导致教会走向腐败的根由，僧侣的“堕落”也不是由于他们的本性，而是由于悖逆人性的教规。

由教会延及家庭，《十日谈》描写了大量的夫妻双方互相欺骗、另求所欢的故事。初看时难免让人觉得有些庸俗，但这些故事在人性的抒写上有其合理性。作者着力想说明的是，男女性爱不仅发于自然天性，还是人间生活的幸福之源；尤其是夫妇之间，男欢女爱不是什么必须抑制的邪恶，而是互施快乐之途，相反，把它视为“恶”时才生出了许多是非。当然，《十日谈》为“快乐”而互相欺骗的故事，除了流于俗气之外，还有非道德化和纵欲主义的倾向，这和中世纪市民文学中的道德失范有明显相似之处，这种现象在新旧文化价值体系交替时期是必然会出现的。

《十日谈》描写了许多批判歧视妇女、倡导男女平等的故事，因而它们都是有进步性的。值得注意的是，这些故事具有的反封建意义，并非出自作者反封建的自觉意识，也非出自阶级意识，而是出自人的自然天性，出自反禁欲主义的基本目的。在基督教文化世界里，人之有原罪，首先在于女人，因为人之祖先亚当与夏娃之堕落，是由于夏娃禁不起蛇（象征的是性）的诱惑，偷吃禁果，又给亚当吃（被认为是引诱亚当堕落），因此，女人是“祸水”，是“魔鬼”。所以，基督教教义中从来轻视和歧视女性，除非她们成为圣母玛利亚。而如果女性必须是圣母玛利亚，必须是圣女，那么，实质上也就丧失或淡化了性别的意义。蔑视女性，将其斥为“魔鬼”，和推崇女性，将其尊为圣母，都出自同一种心理，基于同一种人性观念，都是为了禁绝两性之欲。薄伽丘则认为，既然两性之爱是天然合理的，亚当与夏娃也就谈不上"堕落"和犯了"原罪"，女人也并非"祸水"或"魔鬼"，而是与男人一样有智慧、懂得爱的天造之物，甚至女人比男人更有智慧，品德更高贵，且能使男人变得聪明。因此，《十日谈》中有不少故事是赞美妇女、赞美青年男女纯真之爱的。第四天故事一讲了公主绮思梦达殉情的故事，赞颂了她的善良、深情和勇敢坚强。第五天故事一，写富家子弟西蒙在得到了一个美丽姑娘的爱之后，他那"顽石般的心给爱神的箭射穿了"，随即由一个愚钝木讷的人变为聪颖智慧、才华出众的绅士。第一天故事五中机智伶俐的侯爵夫人，第八天故事四中那位聪明、沉着、洁身自好的寡妇，都是备受作者赞赏的女性。薄伽丘从自然人性的角度赋予女性以新含义，改变了传统基督教的妇女观，也给男女平等提供了人性方面的依据。

诚然，薄伽丘对人性的理解是过于狭隘的，因为他仅仅或者主要把两性之爱的实现视为人生之幸福与快乐，因而也主要从这一角度宣扬反教会、反禁欲主义。但是，他瞄准禁欲主义的要害，万箭齐发，也不失为一种有效的方法。特别可贵的是，他通过《十日谈》阐述了舒展的人性与人的幸福快乐之间的关系，让人们看到了幸福在人间、幸福在自身，而不在天国、不在上帝身上，从而找回了失落于中世纪基督教文化世界中的那个自然欲望意义上的"人"，这是有重大文化价值和历史意义的。薄伽丘向教会索回失落的自然人性，把人们寻找幸福的眼光从天堂转到人间，转到人自己身上，这是文艺复兴"人的发现"的一个实例，无疑有其进步意义。

15 世纪中叶以后，意大利文艺复兴到了一个更为辉煌灿烂的时期，阿里奥斯托的《疯狂的罗兰》正是这一时期的代表作品。这部传奇史诗是对费拉拉人文主义者博亚尔多的《热恋的罗兰》的续写。"但丁以他的《神曲》预告了愚昧的中世纪的结束，薄伽丘的《十日谈》揭开了欧洲文艺复兴的序幕，那么阿里奥斯托则以他的《疯狂的罗兰》最全面地体现了文艺复兴的时代精神。"[①]卢多维科·阿里奥斯托是意大利优秀的史诗诗人，也是文艺复兴鼎盛时期的代表人物，出生在意大利中部的雷焦·艾米利亚城，跟随父亲迁居费拉拉。费拉拉是意大利文艺复兴时期十分重要的文化名城，在这里他接受了很好的古典教育，曾师从著名的学者格里高里·埃拉迪奥学习拉丁语、希腊语、古典文化，熟读古典文献，他还在费拉拉大学兼学了哲学。由于他父亲工作的缘故，他从小就有机会接触宫廷生活，1500 年开始他在埃斯特宫廷任职，曾经担任卡诺萨城堡的卫队长，后来出任伊波利托枢机主教的随从，经常跟随主教从事外交活动或者参加战争。费拉拉宫廷的文艺复兴文化思想的氛围对他产生了重要影响。阿里奥斯托写过一些抒情诗歌，还有 6 部喜剧，最著名的作品就是这一部用 8 行十一音节诗体写成的厚重的骑士史诗《疯狂的罗兰》，全诗 4842 段 38736 行。阿里奥斯托从法兰克王国加洛林王朝查理大帝的宫廷逸事中取材，描写了一个由爱情、巫术、战争、历险等不同内容交织在一起的传奇故事，热情讴歌骑士的力量，成功地塑造了象征爱情的东方公主安杰丽佳形象，延续并强化了博亚尔多《热恋的罗兰》中对爱情的赞颂。在这部作品中，爱情取代了宗教信仰的地位，成为骑士英勇行为的主要动力，充分体现了人文主义者所宣扬的世俗之爱的力量。《疯狂的罗兰》把中世纪欧洲两大系列骑士传奇故事——加洛林与不列颠两大系列骑士传奇巧妙地融合在一起，体现了古典文化特征和文艺复兴时期的新的时代精神，闪烁着人文主义思想光芒。阿里奥斯托热情歌颂现世生活的欢乐，诗句中展示的男女之间的性爱冲破了中世纪教会宣扬的禁欲主义的束缚。在诗人的笔下，东方美女安杰丽佳成了青春和美色的象征，是整部史诗的灵魂，即使是基督的信徒也为追求世俗幸福而在她身后紧追不舍。在查理大帝

① 卢多维科·阿里奥斯托：《疯狂的罗兰》，王军译，浙江大学出版社 2017 年版，译者序。

人数众多的贴身武士中，罗兰是处世明智、品行高尚、身负重任的英雄，但他偏偏因得不到所恋女子的爱而癫狂，“他曾经被认为大智大勇，却为丧失理智怒而疯癫”，罗兰忘记了不可推卸的捍卫基督教信仰和保护帝国利益的神圣使命，竟然离开战场，单枪匹马满世界去寻找契丹公主安杰丽佳，“奔腾的烈性马风驰电掣”，“很少见疯狂的性爱欲望，用理性能令其转身回返”，没有哪位英雄能真正与爱情抗争，理性与荣誉在爱情面前都丧失了威力。不过，阿里奥斯托相较于薄伽丘描述的爱欲，显得更加节制、典雅。或许是由于宫廷生活的熏陶，又或许是因为他个人的审美品格，阿里奥斯托即使描写罗兰为爱而发疯，其举止也从未冲破理智的堤坝，爱始终不失优雅。罗兰的疯狂意味着中世纪基督教骑士精神让位于人文主义的自然人性追求，这是价值观的转变，这种精神与《十日谈》所主张的思想一脉相承。正面描写情欲的冲动以及合理性，体现了人文主义以人为本的精神。爱情值得追求，人生值得享受，拒绝爱情恰恰是对人性的犯罪，“初开放鲜玫瑰我将采摘，若迟疑节气过花残柳败”。“为爱情鲁杰罗何止愿意，把宗教信仰彻底改变，甚至为此女子获得快乐，他甘愿把生命全部奉献。”我们引用《疯狂的罗兰》译者王军在序言中的话作为总结：“阿里奥斯托在歌颂人对现世生活追求的时候，认为人不应该虚度现世人生，而应抓紧时间享受人生的幸福……安杰丽佳是美色的代表，也是青春的象征，她到处奔跑，从不停歇，或隐或现，犹如青春与美色一样，来去匆匆；所有的男人都被她的娇艳所吸引，都想把她留在自己身边，占有她。这充分体现了人文主义者冲破中世纪禁欲主义道德规范束缚、积极追求现世幸福的新的价值观念。”①《疯狂的罗兰》是一部意大利文艺复兴进入尾声时期时的充满技巧而不失优雅的人文主义作品，这意味着觉醒的“人”有了更清醒的理性意识。

---

① 卢多维科·阿里奥斯托：《疯狂的罗兰》，王军译，浙江大学出版社 2017 年版，导语 liv 页。

二、英国人文主义文学之原欲主题

乔叟是英国文艺复兴文学的奠基人，也被誉为英国诗歌之父，其创作代表了从中世纪向新时代过渡时期英国文学的成就。乔叟的祖父和父亲都是伦敦有名的酒商，家境富裕，与皇室有着较为密切的关系。他随军参加过英法百年战争，曾担任国王的使者出使法国、意大利等欧洲大陆国家，受到了意大利文艺复兴的直接影响。他曾翻译法国著名的传奇作品《玫瑰传奇》，早年的创作无论在取材还是风格方面都明显受法国、意大利文学的影响。后期创作以伦敦方言为基础，提升了英语作为文学语言的地位。他的代表作《坎特伯雷故事集》表现出一定的人文主义思想，尤其是对禁欲主义的批判。乔叟塑造了个性鲜明的人物形象巴斯妇人，她“在教堂门口结过五次婚，年轻时其他有交往的人不计在内”，她的故事以及她讲故事之前那一段长篇大论，主题就是论述婚姻和贞节的关系，“我要一个丈夫做我的债户和奴仆……我活着一天，就可控制他的身子，他却不能控制我”，“我知道主还讲过，我的男人应当离开他父母，来同我生活；至于数目，他从来就没说起过，没说过不能结婚两次或八次。但人们为什么把这说成坏事？……有许多圣人，妻子都不止两个。告诉我，天上的主在何地何时曾公开说过，结婚的事他禁止？……这方面，他让我们自己拿主意。因为如果主规定要守住童贞，那么实际上他就是禁止结婚。清楚的是，如果种子没播下去，哪里会生出守住童贞的处女”。贞洁与否是宗教道德对女性美好与否的评价，也是沉重的枷锁，而巴斯妇人却有意误用宗教经文来反驳贞洁观，体现了乔叟对禁欲主义的批判。巴斯妇人的表白“我愿把我这一生的生命花朵奉献给婚姻行为和婚姻之果”，这是对人欲与现实生活的礼赞，可以看作是早期英国人文主义者自然原欲觉醒的标志，也是人应该追求世俗幸福生活的宣言，在当时的英国显得惊世骇俗，极为罕见，足见乔叟思想的先进性。他的创作预示着英国文艺复兴的到来。

英国文艺复兴的真正兴起是15世纪后期。此时从意大利和法国传来了诗歌，从德国和瑞士传来了新的神学以及新的哲学和科学思想。在欧洲大陆各国的影响之下，一批优秀的人文主义者登上文坛，英国的人文主义文学正式拉开大幕。早期最重要的作家是托马斯·莫尔，其代表作为对话体幻想小说《乌托邦》。莫尔在这本政治性幻想小说中表达了对人的自然情感欲望的态度，既承认身体欲望的健康与正当，同时又不主张一味满足来自肉体的欲望，因为在莫尔看来这并不是值得追求的高尚生活。整体而言，他承认身体享乐的合理性，却无意大利人文主义者那种过于放纵自我欲望的观念。他这样写道："鄙视美观，损害矫健的体力，变轻捷为迟钝，因节食而伤生，糟蹋自己的健康，以及摒绝大自然的其他一切恩典……乌托邦人认为这种态度是极度疯狂，是对自己残忍而对自然忘恩负义的一种心境的标记，这种心境不屑于感谢自然，因而拒绝从自然来的任何好处。"①莫尔认为真正的快乐与感官、身体有关，人应该过合乎自然的真实真诚的生活，如果有人故意受苦自虐，无论是为了获得名声还是为了磨炼自己，都是违背自然的，也就不是真正的快乐生活。因此美观、矫健、轻捷，这些都是乌托邦人视为来自大自然的特殊的令人愉快的礼品而高兴地加以珍视的东西，甚至按大自然的意志为人类所独有的眼鼻之乐，他们也去追求，将其作为生活中的愉快的调味品。但是他们对这一切做出这样的限制：不因小快乐而妨碍大快乐，不因快乐而引起痛苦的后果。乌托邦人认为低级快乐一定带来令人痛苦的后果。精神的快乐在一切快乐中是第一位的。最重要的是，他们认为主要的精神之乐来自德行的实践以及高尚生活的自我意识，至于身体的快乐，他们首推健康。他们并不

---

① 托马斯·莫尔：《乌托邦》，戴镏龄译，商务印书馆1959年版，第81页。本书所有《乌托邦》的译文均来自该译本，后不赘注。

反对官能和正当理性所要达到的天然的愉快。任何事物如果违反了自然,人们若以为它是甜美的,那么这种事物不仅不能产生幸福,还严重阻碍了幸福;许多事物从本身性质上说并不甜美,而且大部分带有苦味,可是由于坏欲望的诱骗,这样的事物被看成至上的快乐,这些都是虚假的快乐。构成幸福的不是每一种快乐,而只是正当高尚的快乐,善的定义就是“符合自然的生活”,上帝创造人正是为了使其过这样的生活,服从理性的吩咐,那就是遵循自然的指导,人的理性与上帝的法则合二为一;合乎自然不是堕落成动物,而是真正的高尚,追求现世的快乐,但不是堕落的快乐。乔叟对人的自然原欲的理解以及在作品中的描写,体现了英国早期人文主义文学的基本思想特征。

16 世纪中期之后,英国的人文主义文学进入繁荣期,16 世纪的最后二三十年,新的文学形式脱颖而出,其间出现了一系列崭新的元素:用新格律写新诗歌,用白话体写新戏剧和新散文。此时,大量的古典作品被翻译成英文,欧洲大陆国家的许多人文主义作品也有了英译本,《圣经》的英译本大量流行。“大学才子派”和莎士比亚登上历史舞台,创造出了一个辉煌的英国人文主义文学的高峰。他们在自己的创作中都不同程度地讨论了人的自然原欲的解放与人性解放的问题。马洛翻译了古罗马诗人奥维德的《恋歌》,也写过一些热情、自然、直接歌颂爱情的诗歌。例如他的《多情牧童致爱人》,开头一句便极为直率,“与我同居吧,做我的爱人”,整首诗歌描述了热烈爱情的甜蜜纯真,“我将为你铺玫瑰的花床,最细的羊毛织你的外袍,芳草和常青藤编你的腰带”。诗人模仿古典牧歌的形式,将自己比作牧童,向所爱的姑娘表达爱情,内容上洋溢着文艺复兴时期的自然清新气息。

莎士比亚作为文艺复兴人文主义文学的集大成者,对人性的探索最为深刻与全面。他深受意大利文艺复兴人文主义思想的影响,反对禁欲主义,肯定人的现世生活的意义,肯定人的自然欲望的合理性。当然,不同时代、不同国家的作家对同一主题的表达会呈现出明显的个性差异，这也正是文学多样性及艺术魅力之所在。与早期人文主义作家不同，莎士比亚虽然也张扬人的自我与情感的解放，但他极少表现出对“人欲天然合理”这种过于肯定人的自然欲望的态度，而是主张让自然欲望接受人智的引导，沐浴上帝之爱的阳光雨露，从而去其粗俗乃至野蛮与疯狂的成分，进而出落得圣洁而高雅，激情而节制，浪漫又美丽。莎士比亚早期的诗歌与喜剧，一般被认为是体现人文主义理想的杰作，唱响了个性自由与解放的赞歌，表现出青年时期的莎士比亚在人文主义理想的鼓舞下对人与世界的那种乐观与浪漫。但即使在这种情况下，莎士比亚对人的理解和他的人文观念也是大大有别于前期人文主义作家的。

在早期的诗歌与喜剧中，莎士比亚笔下出现了被称为人间的“伊甸园”的美丽世界。不过，它显然不是古希腊神话所描绘的爱的乐园。那里，青年男女之间充满了发自自然性爱的激情，这个世界也因此洋溢着生命与青春的气息，尽管时而有乌云蔽日，但美总是战胜恶，自然生命的激情总是展示出无限的美丽。何以如此呢？首先，这个世界中的人每每是通达而明智的，能以自己的人智去辨别什么是偏狭、自私与谬误，然后，以宽厚与仁慈相待，让仁爱去消解一切的仇恨与怨愤，使世界变得美好。莎士比亚早期的抒情诗中，男女之爱不可谓不热烈奔放，但总是热情而又理智。如早期的长诗《维纳斯与阿都尼斯》，写爱神维纳斯追求美貌猎手阿都尼斯的故事，显示了女性之爱的不可抗拒，但又不显得粗俗和过于外露。第二首长诗《鲁克丽丝受辱记》描写了热烈的爱，也歌颂了妇女的忠贞，热情与节制得到了统一。莎士比亚的十四行诗往往让爱情与友谊之花开放于人与人之间的和谐关系的土壤之中，尽显其美丽高洁。爱情与友谊相伴，本身说明了自然爱欲在崇高情感支撑下成为美丽的情感，其中闪现了理智和仁慈的光辉，透射出自然人性的美。这个世界中的人，固然冲破了社会的禁欲主义，但古希腊式的爱欲冲动与个性自由和基督教式的宽厚与博爱是交相辉映、水乳交融的。

莎士比亚早期的喜剧延续并拓展了抒情诗的主题，让爱的小夜曲变成了爱的交响曲。在喜剧中，爱情战胜偏见，爱情融化仇恨，爱情给人智慧，爱情给人勇气，但所有这些爱情，都以善良、无私、坚毅、忍耐、真诚、宽容等高尚的品质与情操为前提，因此，这种爱情是生发于世俗情感的，但又有超世俗的倾向。自然爱欲经理智与仁慈过滤后升华为美的情感。可以说，在莎士比亚的喜剧中，放纵的爱欲从来都是不被肯定的。薄伽丘以"人欲天然合理"来反对禁欲主义，莎士比亚也以"爱情是天经地义"的来反对禁欲主义，但莎士比亚同时又说："仁慈是人间的上帝。"[①]在他看来，离开了仁慈与理智，自然之爱必然走向爱欲的放纵，爱情之美也就消失了。莎士比亚的人文主义理想中的基督教文化的气息是何其浓郁！这说明即使是莎士比亚早期的人文主义和"人"的观念，也无法与前期文艺复兴人文主义同日而语。在莎士比亚的悲剧中，理想的君王仅仅成了哈姆雷特模糊记忆中的父王，而出现在现实中的则是克劳狄斯、李尔王与麦克白之辈。克劳狄斯杀兄而霸其妻，专横于朝廷；李尔王居功自傲，丧失理智，终于被利欲熏心的女儿女婿们逐出宫门，沦为两足动物；麦克白用血腥的谋杀取得了王权，又以血腥的谋杀去巩固它，野心冲垮了理智的堤坝，吞噬了英雄的天良。这里，"残暴"和"仁厚"争夺王位时，分明是那猖狂的"残暴"轻而易举地把它赢到了手中。正如哈姆雷特所说："这贪污的人世，罪恶的镀金的手可以把公道推开不顾，暴徒的赃物往往成为枉法的贿赂。"[②]在这恶欲放纵的时代，"罪恶的匆匆"使世界变成了"荒芜不治的花园，长满了恶毒的莠草"。这是人文主义理想破灭的写照，哈姆雷特也

---

① 莎士比亚：《莎士比亚全集》第3卷，朱生豪译，人民出版社1978年版，第76页。

② 莎士比亚：《莎士比亚全集》第9卷，朱生豪译，人民出版社1979年版，第85页

是人文主义理想幻灭时人们矛盾迷惘的精神状态的一种表征。[①] 放纵原欲的传统则被基督教的节制原则“过滤”后有选择地将其接纳于基督教思想中。

整体而言，英国人文主义文学是在意大利人文主义思想影响下发展起来的，但是，在关于人性及人的自然原欲主题的探索与诠释中又呈现出鲜明的民族个性，更多体现了古希腊-罗马人本意识与希伯来-基督教人本意识的融合，这也标志着人文主义文学的发展与成熟。

三、西班牙人文主义文学之原欲主题

公元 13 世纪，卡斯蒂利亚国王阿尔丰索十世在托莱多创办了翻译学院，延续了阿拉伯人的百年翻译运动。西班牙的文艺复兴是在接受了多元文化资源的基础上兴起和展开的。西班牙穆斯林文化、犹太文明、古希腊-罗马的古典学术、阿拉伯文化、吉卜赛文化、意大利的人文主义等都在西班牙人文主义文学中留下了痕迹。15 世纪，西班牙受到意大利文艺复兴的影响，薄伽丘、彼特拉克的作品风靡一时，西班牙作家们争相模仿薄伽丘的《菲娅美塔的哀歌》所开创的爱情心理小说模式。在这类小说里，恋人们悲戚于不幸的爱情遭遇，绝望、痛苦，乃至死亡的场景，比比皆是，成为风靡一时的故事模式。形式上刻意加工，制作精巧，遣词造句颇为造作，但在当时的西班牙贵族圈内深受欢迎。贵族读者们沉迷于书中的骑士、侍臣的恋爱生活与伤感情调，这种现象也反映出世俗爱情成为文学之时髦主题的新态势。此类作品中也不乏较为出色的佳作，例如胡安·德尔·恩西纳的《克里斯蒂诺和费维阿》。该作品叙述了牧羊人克里斯蒂诺看破红尘，出家修行，爱神维纳斯得知此事就派仙女费维阿下凡前去试

① 蒋承勇：《哈姆莱特：人类自身迷惘的艺术象征》，《上海师范大学学报》（哲学社会科学版）1994 年第 4 期，第 97—102 页。

探。克里斯蒂诺被美貌的费维阿吸引，在爱情的强烈感召下放弃了荒村僻野的修行生活，返回欢乐的城市之中。这与薄伽丘“母鹅的故事”对爱欲的正面赞扬，与莎士比亚《爱的徒劳》承认爱欲的力量，在主题上完全一致，体现了人文主义文学中较为普遍的情爱观念。这部作品通过描绘恋爱激情，表明在西班牙天主教宗教势力占绝对统治地位的社会中也出现了叛逆的新因素——要求个性解放和重视世俗生活的幸福与美好。一对青年男女冲破中世纪宗教思想和封建礼教的束缚，勇敢追求自己的爱情，这种幸福来自灵与肉的一致与融合。

西班牙戏剧之父维加一生写过 1800 部戏剧，流传下来的有 460 部，可谓是产量极为丰富，代表了西班牙人文主义文学黄金时期的成就，其代表作《羊泉村》是一出极具西班牙民族特色的袍剑剧，赞颂了真诚而理想的爱情。剧本的第十场，农民弗隆多索向劳伦西亚求爱，两人感情真挚热烈，洋溢着蓬勃生机，这是一种典型的文艺复兴时期对于世俗情感、男女之爱的讴歌：“美丽的劳伦西亚，我冒着危险来和你相见，听见你说话我便有了生机。你知道我想做你的丈夫，怎么给我这样的奖励？我一个劲想念你，不喝不睡也不吃，你看我这样殷勤难道你能毫不动情？你那天使般的面容难道就这样冰冷，苍天在上我就会发疯，我求你来治我的病，让我俩进过教堂之后能像一对鸽子，嘴对着嘴发出咕咕的叫声。”①维加使用生动活泼的西班牙民间俗语表现农村青年男女对自然、健康的爱情的追求，完全扫尽了中世纪的禁欲色彩。总体而言，“文艺复兴时期西班牙戏剧的总体方向是走向更高程度的世俗化”②。

西班牙文艺复兴时期人文主义文学的杰出代表人物是塞万提斯，他

---

① 维加：《维加戏剧选》，胡真才、吕晨重译，人民文学出版社 1998 年版，第 34 页。本书所有《羊泉村》的译文均来自该译本，后不赘注。

② James Wyatt Cook: *Encyclopedia of Renaissance Literature*, Facts on File, 2005, p. 38.

的小说对人的自然原欲以及个性解放有更为清醒的认识和理性的表达，其思想深度超过了意大利人文主义文学同类主题的作品。塞万提斯一生跌宕起伏，其经历颇具传奇性，犹如骑士故事中的主角一样。当时的西班牙为了收复失地，官方鼓吹骑士精神，就国家利益而言，这有其内在的民族需求之必然性。塞万提斯本人的经历与个性及西班牙时代精神，都与骑士传奇文学的流行结下了不解之缘，也与塞万提斯的创作达成了某种精神契合。正是在这种社会氛围和文化背景下，一本号称“反骑士文学”的作品《堂吉诃德》出现了。堂吉诃德是塞万提斯笔下的一个追怀过去又憧憬未来的理想主义者、信仰主义者。在堂吉诃德身上，我们看到的不是古希腊式个性坦露、原欲冲动的英雄，而是希伯来式充满忧患意识、满怀基督之爱的救世者。正因为如此，塞万提斯作为后期人文主义作家，发展和深化人文主义的内涵，其价值取向更多偏向了希伯来-基督教人本意识。而桑丘则是一个执着于现实利益、追求世俗享乐的现实主义者和功利主义者。作为一个有象征寓意的人物，桑丘的形象是有讽刺意味的，他能够更好地体现出塞万提斯对个性主义、“人”的觉醒的理解。桑丘跟随堂吉诃德出游，不是想锄强扶弱，伸张正义，“恢复骑士道盛世”，而是想当个“总督”，谋个一官半职。与其说桑丘的形象代表了农民和私有者，不如说作者通过他表达了在文艺复兴个性解放影响下产生的一种新的人生观、伦理观，表现了与基督教禁欲原则相左的生活态度。或者说，在精神实质上，这一形象表征着文艺复兴早期人文主义者的“人”的某些观念。他一切从现实原则出发，从自我需要出发，他是“原欲＋人智”型的“人”的形象。桑丘固然不认可堂吉诃德的思想和行为，他追随吉诃德出游有自己的目的，不过他钦佩堂吉诃德的那种百折不挠的精神，并被他的那种崇高理想感动，这才使得他能伴随堂吉诃德将游侠进行到底。桑丘的形象体现的人文取向具有双重性：他既肯定并执着于现实原则，肯定人的自然欲求的合理性，追求个性的自由与解放，又不否定超现实原则，不否定对价值世界和理想世界的追求。整体而言,塞万提斯对堂吉诃德和桑丘都持肯定的态度,但肯定的重心在堂吉诃德一边,对桑丘则持一定的讽刺态度。塞万提斯对原欲型人本意识的态度是矛盾的,这体现了后期人文主义作家对个性主义、原欲解放理解上的深化与重构。

| 第四章 |

人文主义文学与知识追求

文艺复兴运动的时间跨度有300余年，因此，人文主义作为其指导思想不但本身内涵丰富，而且人文主义文学也因其发展时间之漫长拥有不同的人文蕴藉。如果说早期人文主义文学更多体现了原欲和感性意义上的“人”的觉醒的话，那么，随着时间的推移，这个觉醒了的“人”也在不断地“成长”，其理性和智性的内涵日渐丰富。正因为如此，中期和晚期人文主义文学中的“人”的形象在内涵与特征上与早期人文主义文学是有明显差异的。较为突出的是，文艺复兴中期和晚期的人文主义文学中的“人”因其理性和智性因素的增长而显得更加成熟且富有理性精神，这也从另一个角度体现出了人文主义文学在人文内涵上的丰富性。

从概念的本原上看，“人文主义”与教育和知识密不可分，人文主义者最初就是通过对古代世俗文献的整理、搜集、翻译、研究，培养了审视世界的理性精神与意识，点燃了人们探究知识的热情。歌颂理性与人智，反对蒙昧主义，探索自然，强调教育的意义，主张追求知识，主张采用以人为本的教育方法培养全人，这种对知识的追求与推崇，一开始就是人文主义思想的基本内容。“人文主义者拒绝并改进了中世纪经院哲学家的教育模式,提出了一种建立在古人实践基础上的以学生为中心的教育方案。”① 通过积极倡导和兴办教育,人文主义者的思想与观念得到了广泛传播,一批批新型人才被培养了出来。知识的追求关乎人格的完善与人生幸福的实现,也关乎理想社会的建立,正如阿伦·布洛克所说,“对于人来说,最大的欢乐和幸福莫过于认识天空的奥秘,认识自然界内部的契机,认识神的思维和宇宙的秩序”②。在这种背景下,对知识与教育话题的思考,崇尚人文教育,也是人文主义文学的重要组成部分。

第一节 人文主义文学与人文主义教育思想弘扬

中世纪的教育,很大程度上是教会控制下的宗教式教育。教育的主体是僧侣和封建贵族,学习的内容是以《圣经》为主的神学、七艺(文法、修辞学、辩证法、算术、几何学、天文学、音乐),学制漫长而烦琐。学生一旦入学,先修习文法、修辞学和辩证法,简称“三文”,完成后可成为一名文学学士。同时学生也可以再学习其他四门(算术、几何学、音乐与天文学),简称“四艺”,攻读五六年后可获得文科硕士学位。获得了文科硕士学位后,学生可以在大学教授文科课程,也可在法律、医学或神学领域进行长期专门学习。总体上讲,中世纪的这种教会式教育是以神为中心的,忽视和压抑了作为个体的人的发展。这种教育以经院哲学为主,服务于天主教会,培养神职人员是其主要任务。中世纪还有满足世俗封建主需要的封建教育,即宫廷教育和骑士教育。骑士教育虽然学习包括骑马、打猎、投枪、游泳、击剑、下棋、吟诗在内的“骑士七艺”,科目有所拓展,但是教育

---

① James Wyatt Cook: *Encyclopedia of Renaissance Literature*, Facts on File, 2005, p. xi.

② 阿伦·布洛克:《西方人文主义传统》,生活·读书·新知三联书店 1997 年版,第 181 页。

内容强调简单实用。中世纪晚期随着城市的兴起,以培养职业技能为宗旨的教会学校开始出现。中世纪教育最重要的转变是大学的出现,对欧洲近代教育影响深远,但是随着教会日趋专制化,教会力求实现对教育的垄断,经院教育越来越成为阻碍教育和人发展的因素。经院哲学看似博古通今,实则虚华无用、少有裨益,损伤了哲学的思辨性,束缚了人的思想发展。

人文主义教育是文艺复兴运动的产物,是人文主义思想在教育领域的突出表征,也是弘扬人文主义思想的重要途径。这种教育要求教育的各个领域冲破神学的束缚,强调以人为中心,重视培养全人和通才,丰富人的知识和提升人的能力,以满足世俗社会的需要。文艺复兴之前,教会垄断整个教育长达千余年。人文主义者为了反对中世纪教会对学校教育的垄断,积极创办新型的教育机构,在这方面,意大利的人文主义者做出了重要贡献,佛罗伦萨、威尼斯、帕多瓦、费拉拉、曼都亚等重要城市都陆续出现了人文主义教育的学园。例如维多利诺·达·费尔特雷于1423年在曼都亚创办的"快乐之家",招收来自整个欧洲的学生。随后,其他各国教授人文主义的学校也很快建立起来。15世纪晚期,理查德·卡根预计,西班牙在一个世纪内,每个居民超过500人的社区几乎都有一所人文主义拉丁语学校。① 弥尔顿在《论出版自由》中提到,"哪里有强烈的求知欲,哪里必然会有很多争论,很多写作,很多观点"②,这很好地描述了英国文艺复兴时期的人们对知识的追求。在这种活跃的智力解放活动中,人文主义者在教育理论的研究与实践方面都取得了很高成就。张念宏在其主编的《教育百科辞典》中将人文主义教育归纳为以下几点:反对中世

① James Wyatt Cook: *Encyclopedia of Renaissance Literature*, Facts on File, 2005, p. 184.

② David Loewenstein, "Recent Studies in the English Renaissance", *Studies in English Literature, 1500–1900*, Vol. 51, No. 1, 2011, p. 199.

纪封建的经院主义的教育，主张以“人”为中心，把人的思想感情从神学的束缚中解放出来；培养资产阶级新人，强调身心的全面发展，德智体并重；反对封建的“神道”之学，提倡“人文”之学；反对强迫的纪律、残酷的体罚和死记硬背，强调尊重儿童的人格，发展儿童的个性，注意儿童的身心特点和个性差异，启发儿童的学习积极性、主动性。① 总之，人文主义教育思想主张以“人”为中心来发展教育，把人从中世纪教会的禁锢中解放出来，尊重人的本性，顺乎人的自然本质，注重人的全面发展，体现了教育领域里“人”的“发现”与“觉醒”。

人文主义者基于自己新的教育理念与教育目标，在教育实践中扩充了教学内容，创建了新的教学课程体系，即“自由七艺”——文法、修辞学、辩证法、算术、几何学、天文学和音乐。人文主义教育在中世纪教会学校课程的基础之上增加了文学、地理、历史、艺术、政治以及自然科学和哲学，强调对古典文学的学习，要求学习逻辑学，并且进行体育锻炼，而且体育被认为是不可缺少的项目。古希腊-罗马的教育也强调体育，尤其是古罗马，主要是出于军事和体育竞技的需要，而人文主义的体育教育是为了培养人格，磨炼意志，增强体能，促进人的身心自然、和谐发展。

人文主义教育的方法和原则提倡遵循自然。在中世纪，教会学校的教育内容以经院哲学为核心，在教学方法上采取“读课”和辩论的形式。教师读、学生记，过于死记硬背，结果知识倒背如流，却无助于智慧的增长。对此，拉伯雷曾以辛辣的讽刺笔法夸张地描绘教会教育——卡冈都亚在神学家的指点之下，花了 5 年 3 个月的时间认方块字母，又用 13 年多的时间学习《拉丁文语法》《伦理学课本》《宗教考证》，再用 18 年 11 个月的时间读《词义大全》及烦琐的注释，课本倒背如流，结果谁也没法使他说出一句话来，“与其跟这样的教师读这样的书，还不如什么都不学。他

① 《教育百科辞典》编委会编：《教育百科辞典》，中国农业科技出版社 1988 年版，第 327 页。

们的知识只是一些死东西，毁坏善良高贵的心灵，浪费青春的大好时光”。此外，中世纪教育体制允许甚至鼓励体罚，从而使学校变成了令儿童感到恐怖的场所。人文主义者则提倡教育要遵循自然，一方面是教育环境要美好、轻松，另一方面是尊重孩子的自然个性，正如伊拉斯谟所说：孩子都擅长真正属于他本性的活动，因此，要按大自然的规律办学，在学习中消除过度的劳累现象，要尽量使学习能够自由和愉快。蒙田在《随笔集》中也反对体罚孩子，强调教育必须依据学习者的本性来安排教学过程。

人文主义者在教育方法上提倡因材施教，注重个人经验，强调理论联系实际，反对僵化、机械的填鸭式教学。《巨人传》中卡冈都亚的人文主义老师巴诺克拉忒就利用他的好胜心理，采取启发式的教学方法，激励他发愤读书并和别人竞争比赛。为了激发学生的学习兴趣，老师用掷骰子、玩纸牌等游戏活动作为学习计算的方式。每天的教学过程都轻松、愉快：当学生穿衣服的时候就开始温习前一天的功课；用膳的时候，他们谈论各种食物的来源、历史和作用；每天花费一个小时玩纸牌游戏；坚持学数学知识，坚持写字、画图和刻字，坚持户外游戏，坚持学习音乐和关于天文知识，并观察天空；最后重温这一日的功课。这种教育方式使学习的过程变得甜蜜、轻松和愉快，达到了寓教于乐的目的。教育要观察每个人的特长，无论是放牛人、泥瓦匠还是过路人，都各有所长，要懂得学习他人之所长，学习一切有用的东西。教育不能只是背诵书本，还需要进行实践，例如托马斯·莫尔的《乌托邦》认为，理想的教育体制是在学校接受理论学习，在城市附近的田地里进行实践学习。学习不是一味地填充知识，只让学生反复学枯燥的字母、烦琐的文法、无聊的修辞以及空洞的祈祷文，这种学习危害无穷，“没有经过理解的学问等于废物”。蒙田指出：“植物会因为太多的水而溺亡，灯会因为太多的油而窒息，同样，人的思想会因为饱学装满纷繁复杂的东西，以致理不出头绪。”[①]蒙田痛斥当时的学究气，讽刺那些大脑被填得满满而无判断力的书呆子。蒙田在《随笔集》中对机械地学习古典知识这一情形做了否定，他写道：我们总是紧靠在别人的胳膊上走路，致使我们自己也精疲力竭。我们要想找一些道理，我们就要向塞涅卡、西赛罗去借。中世纪的大学教育虽然也要求饱读诗书、精细研读古典，但是这种教育和人文主义教育有本质区别，其中，对待知识的态度就很不一样。人文主义教育强调不迷信古典学术，更不能只是死记硬背机械地学习，也就是“光获得智慧是不够的，还要会用”。蒙田反对经院教育，认为死读书就会使头脑僵化，本该让思想满载而归，却只带回来浮肿的心灵。因此他反对死记硬背，认为教育的重点应该是培养判断力、思考力，造就精神独立的人才，这样学生才能够崇尚美德、疾恶如仇。如果书本教育不能提升学生的能力、认知，这样的书本教育就不如废弃。因此蒙田的观点是：如果我们的思想不健康、判断力不正常，宁可让学生把时间用来打网球，那样至少可以使身手变得矫捷；学问和判断力都不可或缺，两者应该并存，判断力要比学问更宝贵；学习古典文化，应该吸收那些哲学家的思想精髓，而不是死背他们的箴言教诲，忘记那些箴言出自何处，应把它们变成自己的东西，真理和理性是大家共有的，不分谁先谁后。蜜蜂飞东飞西采撷花粉，但酿成的蜜却是它们自己的，受教育的目的是使知识成为自我的一部分，“知识应该同我们合二为一，而不仅仅是我们的房客”[②]。蒙田本人就是一个努力追求各种知识的典范。他从小接受良好的古典训练，中年以后逐渐归隐田园，修建自己的私人图书馆，不断扩大藏书量，不断阅读、摘录、点评。他的《随笔集》涉及天文、地理等很多学科的知识，体现出他本人如蜜蜂采蜜一样博采众家学识而成一家学问的

---

① 米歇尔·德·蒙田：《蒙田随笔全集》，潘丽珍等译，译林出版社 2022 年版，第 202 页。

② 米歇尔·德·蒙田：《蒙田随笔全集》，潘丽珍等译，译林出版社 2022 年版，第 225 页。

特点。

人文主义思想的核心是人,从尊重人出发,发展人的个性与潜力,可是这个潜力需要被唤醒,这需要通过教育来实现,即人不是天生的,是后天形成的。教育就是把人从自然的状态中脱离出来,让他发现自己,这也就是自我和人性觉醒的过程。拉伯雷在《巨人传》中提出了这样的观点:思想需要用知识来充实,正如身体需要锻炼才能强壮一样。拉伯雷深受伊拉斯谟的影响,认为人文主义教育能够培养与塑造在德行、言行、识见以及一切学术、义理、处世、治身之道等各方面都修养成熟、彻底精通的学者。理想的社会不在来世,而在今世,这不是上帝奖励给人的,而是需要人类自己去建造的,并且只能靠理想的人来建造。理想的人又是教育出来的,因此教育最关键。这一逻辑成了文艺复兴时期教育与政治相关联理论的依据。

人文主义者在教育教学的内容方面做了很多拓展,例如重视德育——这种德育教育的内容其实是人文主义与基督教的融合体,或者说,这种人文主义德育融合了希伯来-基督教文化伦理传统。例如托马斯·莫尔认为:在一切财富中,美德占首位,而学问居第二位,“与美德联系在一起的学问要比王国的全部宝藏还珍贵”。如果一个人只有知识,没有美德,他就会陷于傲慢和虚荣之中,“就会利用学问来作恶”。为此莫尔提出了道德教育的纲要:“首先应教会孩子们笃信上帝,对他人慈善、谦虚和具有基督教的恭顺。”意大利作家康帕内拉在其对话体游记《太阳城》中,为培养城邦公民的优秀品质而赋予道德教育以广泛而丰富的内容。人文主义教育注重美育,其中既包括对于美好事物的关注和学习,例如音乐和绘画,又包括使人的心灵及体格越发美好的教育,欣赏人体之美与大自然之美。在《巨人传》中,卡冈都亚除了学习唱歌外,还学习演奏多种乐器,如古琴、键琴、竖琴、德国九孔笛、七弦琴及喇叭等。

此外,人文主义教育还强调自然科学的学习。培根是宣传科学学科学习的代表人物，他在未完成的乌托邦文学《新大西岛》中谈到了科学理念与教育目的。这部作品描写了一艘英国船的船员经历困难的航行之后，在一个陌生小岛——大西岛上度过的七八天的见闻。大西岛上最珍贵的机构叫所罗门宫，也就是科学院，大西岛上的人们希望建立一所教学和科研机构，使之成为“世界上一个最崇高的组织”。在这里，科学创造、教学及学术研究有极大的自由，并会得到极高的奖励，任何发明和创造一项有价值的成果的人，人们便会给他建立雕像，同时给予他荣誉和优厚的奖赏。所罗门宫有两个美好的长廊，“一个长廊陈列着各种十分新奇又有价值的发明模型；另一个则陈列着发明家和重大发现者的雕像”，这足见当时的人们对科学的崇尚与忠实。英国客人们在这里得到了最高的待遇，即听一位所罗门学院派来的老科学家讲课，他们把这次讲课当作给客人的最大的礼物。讲课的内容有四点：第一点是所罗门学院创立的目的，“探讨事物的本原，以及它们运行的秘密，并且扩大人类的认知领域，使得一切理想的实现成为可能”；第二点是介绍工作的设备和仪器；第三点是介绍这个所罗门学院的组织任务和分工；第四点是介绍他们的仪式和惯例等。这四点内容实际上正是培根在现实中建立科学研究院的蓝图，只是这个计划最终并未完成，仅仅是表达了科学协作这一概念，这个概念后来被科学家们所接受并且付诸实践。德国早期的乌托邦思想家安德里亚在其文学游记《基督城》里也描绘了一个高度重视自然科学的国度。为了发展化学，基督城安置了结构精巧的实验室；为了发展生命科学和医学，基督城又设置了解剖室。英国作家约翰·弥尔顿在《论教育》中表达了其关于教育的理想，并提出了非常具体的措施，其中课程以古典人文教育为中心，着重思维思想训练以及实际技能培养，主张学习自然科学，包括算术、几何、天文、地理、物理等，把三角的实用知识运用到建筑、机械、航海等的技术实践之中。

人文主义者重视家庭教育，强调母亲的地位，进而重视女性本身的教育，这无疑也体现了人文主义者的进步思想。他们主张扩大受教育对象的范围，在教育主体方面强调人人平等、机会均等、教育普及，于是妇女教育也就逐渐进入了人文主义者的视野，支持女性接受教育成为大多数人文主义学者的共识。父母是孩子成长过程中最初和最亲密的接触者，是成长过程中的榜样和人性的引导者。伊拉斯谟认为父母常犯的三个错误就是：忽视了子女教育；太晚启蒙子女头脑；将子女交付给糟糕的教师。伊拉斯谟嘲讽了当时社会上流行的对女孩的教育：晨起做头发、化妆，去教堂参加弥撒，然后吃早餐，餐后说长道短；继而吃午餐，餐后闲聊八卦，玩愚蠢的游戏直到晚餐时间到来……年轻女孩之美德的最大危险是懒惰和不适当的娱乐活动。为了避免这种危险，就要培养她们对文字的爱，没有别的东西能比文字更好地保卫年轻女孩纯洁的声誉和无瑕的品德。学习可以使头脑不受危险的懒惰思想之害，可以灌输给女孩子们最好的戒律，对她们进行思想训练，将她们导向美德……以免愚蠢和无知导致其失去贞洁。伊拉斯谟认为女孩有能力学习与男孩同样的科目，他也极为欣赏他那个时代的知识女性，认为没有什么比无知更易让女性误入歧途。他对托马斯·莫尔的女儿玛格丽特赞赏有加，认为她是知识妇女的典范。玛格丽特后来嫁给了博学多才的威廉·罗坡，她成了丈夫的学术伙伴，在19岁的时候她将伊拉斯谟对祈祷文的评注译成了英文，显示出了娴熟的拉丁文技能和充满想象的英文功底，以及高度的神学感悟能力。蒙田也是一位主张男女都应该接受教育的人文主义学者。他指出男人和女人都是从一个模子里刻出来的，除了所受教育、生活习惯和社会阅历的差异，他们之间没有很大的区别。莫尔在《乌托邦》中认为男女都是平等的，在工作方面男女应该被同等对待，也应该拥有平等的受教育的权利，“凡是儿童都要学习”。在学问上，男女之间不该有高低之别，乌托邦人习惯在每天早上开展各种公共讲演活动，无论男女都可以去听这些讲演，“大多数国民，无论男女，都把工作后剩余的时间花在学习上”。莫尔身体力行，用实际行动践行其对妇女及对子女教育的重视。他的家中有图书馆、小教堂和艺术陈列室。莫尔教妻子和家人一起唱歌并演奏各种乐器，他的几个女儿都受到了良好的教育，尤其是大女儿玛丽成了当时著名的女性人文主义知识分子，也就是被伊拉斯谟盛赞的那位知识女性玛格丽特。康帕内拉在《太阳城》中也强调男女享有同等的受教育权，“孩子们从两岁到三岁时就在房屋墙壁的周围游玩，并学习和读念字母”；长到七八岁的时候，男女儿童都要开始学习初等数学和其他自然科学；学习几年以后，他们“不分性别都从事抽象科学的研究工作和某种职业”，太阳城的“妇女们既能懂得军事，也能负担其他一些任务”，在军事训练上女子应与男子等同。

人文主义者普遍关注君主的教育，君主同样需要进行古典人文主义和基督教文化的教育，其目的在于培养为君之道。马基雅弗利的《君主论》力图教导统治者攫取权力，维持权力；而伊拉斯谟、莎士比亚则赞成欧洲的世袭王室制，强调君主仁政德治。伊拉斯谟把自己的作品《论基督教君主的教育》献给登上阿拉贡王位的查理五世，后又献给英格兰国王亨利八世，认为君主只要认识到战争是国家种种不幸的根源，就应该去实施有助于国家维持长久和平的手段，因此强调王子的基督教精神的养成。“必须最深入、最紧要地灌输到君主的心智之中的，就是尽可能好地理解基督。他必须始终全神贯注于基督的教诲……要让他相信，基督的教诲最适用于君主。”①国家的一切都应归功于一位良君，良君则归功于对其正确教导养成的人，“通向人类权力和通向人类知识的两条道路紧相邻接，并且几乎合而为一”②。君主的声望，他的伟大，他的帝王尊严，绝非经由特权地位之宣示，必然来自智慧、正直与良行。君主要摆脱暴君的恶名，

① 伊拉斯谟：《论基督教君主的教育》，李康译，商务印书馆 2017 年版，第 149 页。

② 弗兰西斯·培根：《新工具》，许宝骙译，商务印书馆 1984 年版，第 117 页。

必须凭借仁慈的行动而非恐吓和威胁。爱护民众，反对战争与追求和平也应成为良君的一大追求。

人文主义者推崇的是通才教育、全人教育。培根《新大西岛》中的所罗门宫被称为“六日大学”。按照基督教的解释，上帝在六日内创造了一切，那么六日大学就是要学习上帝这六日内创造的一切事物的学问，目的是要探讨事物的本质和它们运行的秘密，并扩大人类的知识面，以使一切理想的实现成为可能。托马斯·莫尔认为良好的教育就像那匹为摧毁野蛮的特洛伊城而隐藏着武装的希腊人木马一样厉害，可以造就出大批“将愚昧无知连根拔出的人才”。约翰·弥尔顿在《论教育》中谈到了两种教育目的：一是恢复我们前人荒废的东西，恢复对上帝的正确认识，用这种认识去爱上帝、模仿上帝，像上帝一样行事，于是人们的心灵也就更接近真正的德行，并与美好的信仰相结合，使之趋于至善；二是使受教育者成为一个适宜于平时或战时所有公私工作的、公正的、有技能的和宽宏大量的人。两种教育目的共同为培养完整的人而服务。人文主义教育的意义正如培根所讲的：史鉴使人明智，诗歌使人巧慧，数学使人精细，博物使人深沉，伦理学使人庄重，逻辑与修辞使人善辩。那些人文主义作家通常都是涉猎各种知识的博学之人。知识塑造理想人格，“凡有所学，皆成性格”，进而形成理想社会。教育的目的是训练一颗温柔的心，向往荣誉和自由，培养热情勇敢、完全的人——身心和谐发展的人。某种程度上，拉伯雷、伊拉斯谟、蒙田等都是这种人文主义的理想“全人”或“巨人”。

第二节　人文主义教育与“人”的观念之拓展

人文主义之含义的差别，很大程度上是对“人”的理解的差别。在文艺复兴发展的不同历史阶段和不同国家，人文主义内涵理解上的差异，主要体现在对“人”的理解的差异上，这种差异也使诸多人文主义文学作品显现出了思想内涵的千姿百态。教育创新，拓展了人们对“人”的概念的理解：人不仅仅是情感与原欲的，还是理性和智慧的。在上一节中，我们讨论了人文主义者的教育观念，分析了其与古希腊-罗马教育传统的关系，例如人文主义强调“全人”教育理念，重视体育、体能训练，将德行培养置于重要位置，等等，都与古希腊-罗马的教育有着内在联系。人文主义者通过文学创作塑造了一系列符合这种教育理念的新“人”，从而拓展了“人”的观念。堂吉诃德对理想的人的看法就是，通晓天文、地理、法学、神学、医学、数学，即“全人”；哈姆雷特近乎是一个受到人文主义教育的全面发展的“全人”。

其实，中世纪最后一位诗人但丁对知识、理性的看法也已初露新“人”的特点。但丁认为人生的目的就是获取幸福，需要充分发挥自己的才能，应当借助道德与理性的力量，不间断地投身实践活动，获取新的知识，从而使自己不断完善。这种追求知识、渴求自我发展的观念超越了基督教的人生观与价值观。但丁不再将幸福完全寄托于信仰与上帝，而是开始强调人智，强调人在现世的自我努力，这也正是他被认为是“新时代最初一位诗人”的缘由之一。如果人对幸福的理解、对快乐的追求以及对自我的认识仅仅停留在自然人性的舒展上，停留在自然欲望的实现与满足上，那么，人文主义的思想层次就显得太低了。人之为人，还有高贵的理性，人需要理性的提升。在这个问题上，法国人文主义作家拉伯雷对“人”的理解与把握显得更全面，他在看到自然人性的同时，又发现了人智对人的意义。他笔下的“巨人”主要不是被膨胀的自然欲望所驱动的，而是靠人智的牵引。拉伯雷的人文观念，体现了文艺复兴人文主义文学思想的发展与深化。

拉伯雷与薄伽丘的生活年代相距大约 100 年。时间与空间的差异，使两位文学巨匠走向人文主义的道路也迥然不同。拉伯雷作为法国文艺复兴人文主义文学的代表性作家，其人文观念大大超越了早期人文主义作家的观念。在拉伯雷生活的16世纪上半期的欧洲，文艺复兴已走过了200余年的历程，此时的欧洲社会和人的现状，已非彼特拉克、薄伽丘所处的时代和社会可同日而语的。这种时间和空间的差异，本身就意味着“人文主义”不可能是一个一成不变的概念。

特别值得关注的是，16世纪初，欧洲的自然科学在中世纪中后期的基础上又有了长足的发展，取得了惊人的成就，它让人们感受到了人自身能力的强大，即人智力量的强大，相对于彼特拉克与薄伽丘，这在新的层面上提供了让人发现自己的客观条件。拉伯雷人文观念的形成无疑与自然科学的发展有着直接关系。拉伯雷自己就是文艺复兴时期的“知识巨人”，一个百科全书式的作家、学者和科学家。他在数学、法学、天文、地理、植物、考古、音乐、哲学等方面都有较深的造诣，而且精通医学，医术高明。他先后出版过六种以上的医学著作，还开创了法国最早的人体解剖学。从他本人对知识和科学的崇尚就可以看到，他对人和世界所抱的态度，已不仅不同于基督教的世界观与价值观，也与彼特拉克、薄伽丘等早期人文主义者的观念相距甚远。他在代表作《巨人传》中表达的是一种迥然有别于早期人文主义文学的新的“人”的观念。

拉伯雷的《巨人传》是用法语创作的，取材渠道多元，包括通俗的传奇故事、喜剧、闹剧、骑士文学、古典作品、意大利的当代文学作品，等等。喜剧成分浓厚，既有粗俗的戏谑，又有深刻的讽刺和深邃的哲理表达。内容涉及当时的政治、宗教、哲学、法律、医学、经济、伦理、道德、行为准则等方方面面，真可谓包罗万象。在这部作品中，拉伯雷对人文主义教育理念和教育实践也做了非常充分的表述。《巨人传》描写了三代巨人经历的离奇的故事。小说中的“巨人”实际上是人文主义教育思想培育出来的新“人”的象征。作品通过卡冈都亚写给庞大固埃的信强调了科学知识学习极为重要，“至于自然科学知识我要你仔细地学习，要做到没有一处海洋、河流和泉水里的鱼类你不知道;天空中的飞鸟、森林里或是在果园里的一切灌木和乔木、生长在地面的各种草和花卉、隐藏在地球内部的各种矿产,以及世界东方和南方可以见到的各种各样的宝石,所有这一切你都应该知道”。拉伯雷还重视阅读希腊、阿拉伯和罗马各地医学家的医学著作,犹太学者的法典,并重视人体解剖,强调多动手解剖以完全熟悉人体这个微观世界。在小说中,人文主义教师巴诺克拉忒指导卡冈都亚每天进行两次体育活动,运动项目十分广泛,有骑马、打猎、游泳、划船、舞剑、掷标枪、射箭、打手球(乃网球之前身)、跳高、角力等,有时还练习爬绳、哑铃、单双杠。遇到阴雨天气不能外出体育锻炼时,就在家中劳动,如捆草、劈柴、锯木头、打谷、栽种一些植物,劳动是“锻炼身体的良好办法”。智育、体育都重视的教学内容是巨人养成的重要手段。《巨人传》中的卡冈都亚在人文主义教师巴诺克拉忒的教导下,不虚度一寸光阴,“每日清晨四点醒来,有侍者在给他按摩身体,同时又有仆从在一旁为他朗读《圣经》”。巨人们接受人文主义教育,首先是学好拉丁文、希伯来文,以便能轻松自如地阅读《圣经》原文。几百年来,欧洲人生活在基督教文化世界里,自甘渺小,仰视神圣而伟大的上帝。拉伯雷则首次用“巨人”向神圣的信仰发起了攻击,表达了人的自豪与乐观。作品中,格朗古杰、卡冈都亚和庞大固埃祖孙三代巨人,一个个都食量过人、体格强健、力大无比,同时又热情澎湃、善于享受快乐。卡冈都亚一生下来就叫着“喝呀,喝呀”一副无所顾忌的样子。之后,他在巴黎圣母院撒了一泡尿,顿时洪水滚滚。他还把巴黎圣母院的巨钟摘下来当作马铃铛,吓得那些教士战战兢兢,连气都不敢喘。巨人的这种狂放不羁、目空一切的行为,冲破了传统的道德规范,实质上表达了人对自我的一种新理解:神圣与崇高不存在于人之外,而存在于人自身;一个发展完善的人本身就是神圣的,而且完善的人也是自由的。巨人的狂放不羁,表达了人要求摆脱种种精神束缚的自由意志。

《巨人传》通过描述其中的两代巨人接受教育的过程,批判了天主教的经院教育，表达了人文主义先进、科学的教育理念。卡冈都亚最初接受的是经院教育。格朗古杰请了一个神学家来给他做老师，这个神学家让卡冈都亚花了几十年的工夫把各种课文倒背如流，结果是越读越蠢，每天除了吃喝就是上教堂做弥撒，读书时眼光落在书本上，脑子却想着厨房。这说明经院教育只能培养出愚昧无知的人。直到格朗古杰给他换了一个老师，进行了系统的人文主义教育，如钻研数学、天文学、音乐、修辞学等，参加各种体育游戏，接触自然，培养德行，学习烹饪、礼仪等实用技能，卡冈都亚的心智与人格才得到了健全的发展。卡冈都亚的儿子庞大固埃则一开始就接受人文主义教育，自然本性得到了尊重和提升，长大后继续在巴黎接受良好的教育，心智和体能都得到了健全的发展，最后成长为一个学识渊博、视野开阔、能文能武、建功立业之人。拉伯雷通过庞大固埃这个形象告诉读者：只有摆脱令人窒息的经院教育，才能获得精神新生；教育决定着个人和集体的命运，教育与幸福密切相关。每一个人都有受教育的愿望和权利，思想需要用知识来充实，正如身体需要锻炼才能强壮，加以适当的引导，人类就能获得幸福。

拉伯雷主张全人教育，其课程包罗万象，受教育者的身体和精神同时得到完善。卡冈都亚在给庞大固埃的信中提到过一个教育大纲，大纲规定既要进行军事训练，又要学习生产和商业技能，他认为有了全面的知识就可以达到改革社会的目的。这非常接近拉伯雷本人的人文主义教育思想。这个教育大纲强调学习各类知识的重要性，正如拉伯雷本人通过广泛学习各种知识而成长为一个几近“全才”的新人。拉伯雷笔下的巨人在外形上的庞大无疑是一种象征，旨在说明完善的人首先在自然体格上是完美的。自然欲望应得以充分满足，特别是正常的男女之爱。这是对自然意义上的“人”的充分肯定，与文艺复兴初期人文主义对“人”的理解有相似之处。不过，更重要的是，人的精神还需要完善：精神的完善关键在于人智的开发，人智的开发关键在于知识的丰富。人的自由、人的强大、人的力量主要生发于人的智慧。所以,《巨人传》在塑造巨人形象时,特别强调人智的开发。卡冈都亚出生之后,只知道喝、吃、睡,睡、吃、喝,这意味着他像动物,是不完善和不自由的人。后来他在神学院攻读经院哲学长达30多年,尽管能把《圣经》倒背如流,但却依然呆头呆脑,连话也讲不清楚。而在巴黎学习了人文科学并骑马习武后,身心得以全面发展,他真正成了能体现自由意志的完善的人。拉伯雷《巨人传》中的巨人们追寻的理想世界,正是一个培养了"全人"(完人)的世界,在这里不论男女没有一个不是能读、能写、能唱歌、能吹弹各式乐器、能讲五六种语言的人,而且能用这些语言作诗、写文章。显然,作者认为:人的完善和自由是可能的,关键在于开发天赋的人智;人智的开发,在于拥有真正的知识;这真正的知识,就是当时的人文科学,而非宗教神学。所以,在这个意义上,作者认为人不是生性本恶,更不是恶根难断,而是人性向善趋善,因为人有可开发并得以完善的人智,人智完善者必趋善。最后,拉伯雷的《巨人传》通过对"德廉美修道院"这个乌托邦的描写来表达其人文主义的教育理想和社会理想。德廉美修道院的人因为人智得以充分开发而道德完美、人格完善,在这个前提下,这里的人才可以"愿意干什么就干什么",包括对自由的爱情生活的享受。这正是人文主义个性解放的表征,有很大的进步意义。德廉美修道院就是乌托邦式完美社会的象征:周围的环境属于自然之美,树木葱郁,花果繁盛,而内部的设施完备,图书馆、运动场、戏院等一应俱全。这里没有清规戒律,人们能够尊重个性,学习知识,男女平等,没有等级,出入自由,婚姻自由,物质丰富。在这种完美环境中学习的学生,"全都受到扎实的教育,无论男女没有一个不能读、写、唱、熟练地弹奏乐器,说五六种语言,并运用这些语言写诗写文章。从来没有见过比德廉美修士更英勇、更知礼、马上步下更矫健、更精神、更活泼、更善于使用武器的骑士。也从来没有见过比德廉美修女更纯洁、更可爱、更不使人气恼,对一切手工针线、全部正式女红更能干的妇女了","自由的人们,由于先天健壮，受过良好教育，来往交谈的都是些良朋益友，他们生来就有一种本能和倾向，推动他们趋善避恶，他们把这种本性叫作品德”①。有人智的开发，身心的健全，就有了人性的完善，于是也就有了德廉美修道院这样的人间天堂。因此，在拉伯雷看来，天堂不在彼岸，而在此岸；到达此岸天堂的道路，就是开发人智，使人更完善。所以，《巨人传》里三代巨人都在追求知识、真理和正义，也就是追求自身完善和使自我走向完善。与其说，德廉美修道院是描写了理想的社会，不如说是描写了理想的“人”，表达了理想的“人”的观念，这种观念大大有别于早期的人文主义文学。

相较而言，薄伽丘把人的幸福与快乐归于自然人性的舒展，而且主要归于人的自然爱欲的实现，而拉伯雷则在更高更广阔的视野中，提出了人性的全面舒展与完善的新“人”理想。作品最后以寻找“神瓶”为象征，进一步表达了这种理想。在结尾处，庞大固埃等人在经历了千辛万苦之后，终于在“钟鸣岛”找到了“神瓶”。当他们看到“神瓶”时，只听见空中一个声音传来：“喝吧！”于是，他们从“神瓶”那里得到启示：“畅饮知识，畅饮真理，畅饮爱情。”小说中格朗古杰一出世就大叫“喝”，最后又在“喝”与“畅饮”中结束，这是不无含义的。用知识武装头脑，人智得到开发的人，是拥有真理的人，同时也拥有爱情，自然爱欲得以合理实现。这样的人是完美的、善良的，也是自由的。因此，如果说薄伽丘的“人”更多体现的是自然原欲内涵的话，那么，拉伯雷的“人”的内涵则是“原欲＋人智”。无疑，拉伯雷把“人”的观念推向了更广阔的天地，从而大大发展了文艺复兴人文主义的思想内涵。值得一提的是，拉伯雷强调以知识启迪人并使之走向完善，倡导探索真理，这直接影响了 18 世纪法国的启蒙运动，也是欧洲近代科学主义的先声。

在英国，人文主义作家也有他们对世俗知识与幸福人生之关系的独

---

① 拉伯雷：《巨人传》（上），成钰亭译，上海译文出版社 1981 年版，第 202—208 页。

特理解，强调人通过接受教育成为“全人”的人文主义理想。例如马洛在《浮士德博士的悲剧》中塑造了浮士德形象，他总是力图获得世上独一无二的人间霸主的“王冠”，它象征着获得欢乐、权力、荣誉及无限的知识。这一形象带有开拓进取的人文主义者的影子。莎士比亚的作品表现了人文主义思想的多重内涵，强调人性的觉醒离不开对知识的追求，这是区分文明与野蛮的根本因素，这种思想特别鲜明地体现在莎士比亚的晚期创作中。《暴风雨》是他一生带有总结性的作品，全剧不仅以主人公普洛斯彼罗高贵的仁爱之心反照出低劣的灵魂，还通过他对神秘的“魔法”的追求隐喻了以人智去除愚昧与邪恶，使人的灵魂与精神得以提升，进而构建和谐的人际关系的美好理想。普洛斯彼罗孜孜不倦地追求魔法，并依靠魔法呼风唤雨、扬善惩恶，具有“超人”的威力。他的“魔法”可以说是知识与科学的代名词。他说，“我这门学问真可说胜过世人称道的一切事业”。他埋头于书籍之中，还说“书斋便是我庞大的公国”，甚至“比一个公国更宝贵”。在这种苦苦的追求中，他掌握了威力无比的法术，能救善人于危难之际、惩恶者于作恶之时。若由此认定普洛斯彼罗对魔法的执迷意味着他对科学的崇尚，似乎有些牵强，但将其看作对知识的追求、对人智的崇尚并不为过，而且是合乎文艺复兴之时代精神的。追求知识，意味着开启人智、消除愚昧，同时，在莎士比亚看来又是消除邪恶。因为，愚昧使人陷于偏执、狭隘，还会诱使灵魂中的恶欲外现，而人智的开启使人明辨是非，避免偏执、狭隘，甚至抑制恶欲的冲动，使人变得宽厚仁慈。说明崇尚知识、开启人智，是使人性趋善进而解决社会恶欲泛滥问题的重要途径。这体现了莎士比亚对人与世界的新理解，也是他晚年人文主义观念的发展。莎士比亚对人智与知识的崇尚，显然与拉伯雷以及古希腊-罗马文化中崇尚人智(理性)的传统相连接。这种对世俗知识的推崇与渴求，使人不再盲目迷信教条，而是强调自身的经验和自我的能力，是人文主义理想的一种表现。文艺复兴后期的欧洲人，尤其是英国人，在经济利益的驱使下，为寻找新大陆出海远航，翻越高山峻岭开拓新的通商线路，科学知识无疑是具有“魔法”般神奇力量的“法宝”。不仅如此，他们还把目光投向遥远的星空，试图了解天体秘密。这种追求科学与知识和崇尚理性与智慧的风气，与主张全面和谐地发展个人才智的人文主义思想是一脉相承甚至互为因果的。在这种意义上，莎士比亚作为晚期人文主义的代表，其创作既深化了对“人”的理解，更是呼应了欧洲，尤其是英国社会崇尚知识的时代精神。

知识与教育不仅关乎普通人的幸福，更关乎社会政治理想的实现。文艺复兴时期出现了大量的君主之鉴，探讨教育对君主之卓越品性的养成所具有的重要作用。伊拉斯谟的《论基督教君主的教育》就是这类著作中的佼佼者。他认为要塑造一位现实的明君，最重要的就是人文教育。他希望君主能够学习哲学，这里的哲学主要不是讨论元素、本质、运动和无限，“而是要让心智摆脱人民众生之谬见，摆脱不当之欲望，求诸永恒力量奠立之典范，展现正确治理之原则”①。事实上，相对于普通公民，君主的教育无论如何都具有更为重要的意义，事关建立理想的国家。在伊拉斯谟看来，任何通晓常理的父母都不会煞费苦心地教养一个只能继承几分薄地的子嗣，而是期待其有更远大的前程，那么，对于一个生来就拥有广土众民，甚至主掌世界而非三两村舍的人，他要么成就良质、造福万民，要么沦为恶徒、祸害苍生。正是由于君主地位非常特殊，殚精竭虑地对其培育，并使之拥有良好教养与品性也就显得非常必要而正确。但是对君主的教育要注意方法，要善于引导。伊拉斯谟反对严苛甚至惩罚式的教育方式，他主张一种严格但温和的教育方式，这样年轻而稚嫩的心智就可以既不因教师的严苛而受伤害，从而在尚未理解德性之前就开始憎恨它，又不因导师的过分纵容而受娇宠，以至于堕落腐化，因此，对于君主的教

① 伊拉斯谟：《论基督教君主的教育》，李康译，商务印书馆 2017 年版，第 4 页。

育尤其要注意方式。将对知识的追求与对教育的重视同人生幸福和国家政治相结合,是人文主义文学关于人性解放思想的一种表征。

值得关注的是,文艺复兴时期人文主义文学在实现教育与追求知识上,不仅重视男性公民和君主,还重视女性公民,力图通过教育塑造更为"理想"的女性形象。布克哈特认为,文艺复兴时期的上层妇女经历了与贵族男子一样的知识和教育上的重大变化,在文化和政治生活中扮演了重要角色。虽然,根据更为全面客观的文艺复兴女性史的研究,对女性教育的重视并没有成为一种普遍的现象,但是以人文主义知识重塑"新女性"的尝试已经开始。在这一历史时期,编织、刺绣、缝补等女红作为一种强势的文化符号,对培养贤淑、忠贞的女性起到了十分重要的作用。女性角色与身份的定义正在发生改变,饱读诗书、富有才学的女性知识分子形象成为时代的一种新标志。"随着历史学术范式的变化,以及当代女权主义思潮的影响,有关文艺复兴不同阶层妇女生活状况的新数据、新见解和新理论出现"①,从中可以看到,有许多人文主义学者都认识到"传统的性别不平等是有害的,是错误的,女性作为第二性的历史是由男性书写的"②。人文主义学者们还开始思考在教育面前的性别平等问题,并有许多学者积极付诸实践。例如托马斯·莫尔,他以平等的教育观养育自己的女儿,力图将她们培育成具有人文主义视野的时代新女性。法国的克里斯蒂娜·皮桑就是这一时代女性教育观念转变的获益者。她的父亲尽可能地为她提供良好的人文主义教育,她也不负所望,成长为欧洲历史上第一位职业女作家。皮桑在其作品中挑战历史上已成定式的女性刻板形象,塑造了能力与品德都更为卓越的女国民形象。她在许多文本中都讨

① Werner L. Gundersheimer: "Bartolommeo Goggio: A Feminist in Renaissance Ferrara", *Renaissance Quarterly*, Vol. 33, No. 2, 1980, p. 177.

② Werner L. Gundersheimer: "Bartolommeo Goggio: A Feminist in Renaissance Ferrara", *Renaissance Quarterly*, Vol. 33, No. 2, 1980, p. 199.

论过女性教育问题，例如《淑女的美德》就从根本上否定了男女在作为教育主体上的本质差别，认为女性受教育的目的并不是成为一个“功能性的角色”——贤妻良母，而首先是成为一个有理性、有判断力的人。这是一种具有重要革命意义的教育理念，它改变了传统教育中因性别差异而设立的两套教育体系。她认为，判断力对于每一个人都是重要的，只要享受平等的教育，女性的判断力会毫不逊色于男性，并且女性完全可以取得和男性一样的成就，甚至超过男性。为此，女性并不能只满足于学学女红之类，而需要像男性一样学习多方面的知识与技能，例如经济、军事、法律、政治、管理等。在皮桑看来，上帝并没有给人在这个宇宙中安排一个固定不变的位置，而是给了他自由，他可以通过后天的教育与努力，确定他能够达到的位置。在皮桑的作品中，一个自我觉醒的、全新的女性形象被塑造了出来，从性别的角度拓展了“理想的人”的主题。女性的新“人”不是天生的，而是后天塑造的，女人也不是天生的，而是后天塑造的，这成了时代先驱者的共同认知。这在莎士比亚的早期诗歌和戏剧中表现得非常突出。《罗密欧与朱丽叶》中的朱丽叶和《威尼斯商人》中的鲍西亚等，都体现了人文主义新女性形象的特征。尤其是鲍西亚，她的智慧、能力，她在恋爱婚姻上的独立自主意识，她的仁慈善良，无不体现出人文主义新“人”的理念与理想。她的知识与能力完全与当时的男性一样——事实上，在作品中她的思想境界和知识智慧都已经远远超出了身边的男性。所以，文艺复兴时期也可以被称为现代女性主义的萌芽阶段。

第五章

人文主义文学与宗教文化

人文主义文学具有鲜明的反天主教会的倾向，这在众多人文主义者的作品中都有所表现。如薄伽丘在《十日谈》中对罗马教廷的腐败、宗教人员的堕落进行讽刺批判；瓦拉的《论伪造的“君士坦丁赠礼”》瓦解了教会神圣依据的合理性；马基雅弗利将意大利纷争、分裂的根源归为罗马教廷的罪恶；彼特拉克反对宗教禁欲主义，追求人的幸福；拉伯雷批判教会的诸多罪恶，嘲笑基督教的经院教育；蒙田质疑基督教的许多信条，强调人的自我价值；等等。但是，我们不能就此认为人文主义者与宗教是势不两立的，人文主义文学是反宗教的。不过，在我国以往的外国文学史教材和著作中，人文主义文学的“进步”常常表述为反宗教、反神学、以人性反对神性等，这是失之偏颇的。事实上，如果客观、综合地阅读人文主义作品就会发现，人文主义者几乎没有一个是彻底地脱离宗教，站在宗教对立面的。即使那些曾经在某一部作品中激烈批判教会的作家，也没有离开宗教的怀抱，有的甚至会对自己曾经的某些过激言论做自我批评和自我否定。例如晚年的薄伽丘对《十日谈》中的某些过激言论就表达了悔过态度。这不能简单归因于作家晚年时的思想倒退、斗争意志减弱，因为，他批判教会并不意味着否定宗教。从学术研究角度看，宗教与人文主义的关系依然是一个复杂且需要深究的重要问题，这指涉了对人文主义文学的全面而准确的理解、把握与评价。

第一节　人文主义文学对教会的反叛

从文本内容上看，人文主义文学通常有一个鲜明的主题，那就是对教会的批判。薄伽丘作为意大利早期文艺复兴最为重要的人文主义作家，其作品数量庞大。他在年轻时就创作了框架式短篇小说集《十日谈》，它是人文主义文学中的惊世骇俗之作，讴歌人的自然原欲，大谈“偷情有理”等。薄伽丘揭示教会人员也有世俗欲望这一普遍人性，所以他们也一样渴望世俗享乐，但是天主教教义却要求他们禁止一切自然爱欲，于是，欲望与教义就产生了深刻的矛盾，也就导致了教会神职人员心灵的扭曲，伪善、欺骗的行为便是心灵扭曲的表征。薄伽丘从自然人性的合理性出发，反对宗教蒙昧主义、神秘主义和禁欲主义，揭露天主教会的腐败、堕落与伪善。《十日谈》描写了许多关于教会藏污纳垢、荒淫堕落、修女“不修”、教士“不教”的荒唐故事，这自然是反教会、反禁欲主义的有力篇章。作者有力否定与抨击了僧侣们言行不一的伪善以及导致这种伪善的宗教教义的悖逆人性。例如第一天故事四、第三天故事一、第九天故事二，等等，描写的就是神职人员违背戒律寻欢作乐的故事，这些故事既批判了禁欲主义又批判了教会的虚伪、堕落。在《十日谈》的 100 篇故事中，有 21 篇涉及对教会人员言行不一、腐败堕落的描写，“那些神甫都非常愚蠢，却自以为高人一头，什么事情都比别人懂，实际上生性胆怯，躲进教堂，像猪一样靠人养活”。第一天的 10 个故事典型而集中地对天主教进行了整体性批判，揭露了教会的种种恶行。例如故事一，恰泼莱托是一个“古往今来恐怕难以再找得出来的大坏蛋”，他做伪证、图财害命、渎神、抢劫、诈骗等，坏事做尽，毫无廉耻。按教会的教义规定，这样一个邪恶之人死了是不能进教堂墓地的，但是他说，“反正一生都在违背天主做事，犯了太多罪孽，因此临死之前再犯一次也无所谓”，然后临终前假装虔诚，厚颜无耻的他表示忏悔，欺骗了神父，最后竟然被当成圣徒安葬于教堂墓地。更为荒唐的是，这个恶棍还赢得了信众们的敬重，在场所有的人都争相以亲吻他的遗体为荣，他的“圣名”远播。整个故事荒谬至极，被他欺骗的神父也一直被公认为是“十分圣洁，极有学问，精通圣经，被全城敬重”的德高望重的智者。这一讽刺意味极强的故事说明，教会人员的愚蠢、信众的愚昧便是骗子、恶棍存在的土壤。故事二“杨诺劝教”，则把罗马教廷的种种罪恶通过犹太人亚伯拉罕的观察展露无遗。亚伯拉罕在罗马看到教皇、红衣主教、主教以及教廷里的其他主教，从上到下没有一个不是寡廉鲜耻，犯着贪色之罪，一点点顾忌都没有的伪君子；教会内妓女娈童当道，僧侣们个个都是酒囊饭袋，色中饿鬼，爱钱如命，贪得无厌，还借着委任代理的美名盗卖圣职。那里没有一个修士称得上是圣洁、虔敬、有德行的，他们只知道奸淫、纵欲、贪吃贪喝、无恶不作。薄伽丘通过小说将神职人员拉下神坛，大胆揭露了教会和僧侣们腐败与欺骗的本质，揭露神职人员背离了基督教教义从而造成了教会堕落的事实。

法国文艺复兴最重要的作家拉伯雷，花了 20 余年时间写出长篇巨著《巨人传》，这部诙谐幽默、妙趣横生又充满嘲讽的庞杂大书，是人文主义文学的杰出代表。拉伯雷在书中描述了不同身份的众多人物，从农夫到学者，从商人、律师到廷臣，并展现了法语的巨大表现力，有力推动了近代法国民族文学的发展。该作品一出版就在法国民众中掀起了巨大的阅读热潮，但却遭到了教会和贵族势力的强烈不满与抵制，于是很快又成了禁书，其根本原因正是拉伯雷在该书中将天主教会作为主要的攻击对象，笔法犀利，讽刺辛辣。拉伯雷所生活的 16 世纪，法国的王权高度集中，而且王权与神权相结合，法律制度、司法机构在某种程度上就是神权的延伸，其间暴露出了诸多的弊端，这也正是神权介入世俗政治带来的危害。拉伯雷从对神权的批判入手，抨击捐税制度和司法制度。他描述了当时封建法庭的真实状况：宗教司法机关腐败，诉讼程序异常烦琐，法官徇私舞弊。他把法官们描写成穿皮袍的猫，身上挂着一个大口袋，以贿赂为生；法律好比蜘蛛网，专捕捉小苍蝇、小蝴蝶，不敢惹大牛蝇，专门迫害普通百姓；法官们“获取一切吞噬一切，不分好坏地分尸砍头，杀戮关禁，毁灭和破坏，因为对他们来说，邪恶被叫作德行，恶毒被称为善良，叛逆被称为忠诚，盗窃被说成馈赠，抢夺是他们的箴言”。在这个社会中，苛捐杂税则是“财政压榨机”，把葡萄压得这样干净，连一点儿汁水也不会剩下，民不聊生；诉讼则是无限拖延，趁机敲诈，“诉讼的真正含义就是不断让诉状和卷宗堆积如山，使得法官有吃有穿”。可以说，各个阶层的神职人员，各种宗教仪式、宗教活动甚至宗教圣物都成为《巨人传》嬉笑讽刺的对象，于是，天主教会的神圣性荡然无存，其虚伪、罪恶、贪婪、残暴昭然若揭。“如果你懂得一只猴子为什么老是受人家玩弄和欺负，你就明白为什么不分老少全都嫌弃教士了”，因为所有的动物都有价值，狗会守家，牛会拉犁，羊会生产羊毛和羊奶，马会驮东西，而猴子只会拉屎惹祸，那么神职人员就如同这些令人讨厌的猴子，不过是一些酒囊饭袋。他们是身披教袍，胸中既无正义，脑中也无教义，肚子里塞满了面包、灌满了美酒的蠢货，虚张声势正是其维护权威的伎俩。拉伯雷深刻揭露了天主教会为了大肆敛财而发放赎罪券的恶德败行。教皇早已远离基督博爱仁慈的精神，异常残暴，人民稍有异见或者对教皇不敬，就会遭到迫害。整个教会如此倒行逆施，没有一点基督的影子。小说第五部中的“钟鸣岛”指的就是罗马，通过对钟鸣岛的描写，批判了教会的教阶制度，上层僧侣是特权阶层，紧紧依附于王权，搜刮人民血汗钱，过着腐化堕落的生活。拉伯雷还批判天主教的许多神圣观念，例如关于世界起源于挪亚方舟等的神圣传说，他反对禁欲主义，反对斋戒，反对宗教独身，等等，认为这些都是违反自然人性的。他同情受迫害的新教徒,把在宗教裁判所执行酷刑任务的多米尼克教徒和耶稣会士刻画成了可怕的猛禽。拉伯雷还深刻地批判了天主教的经院教育。卡冈都亚接受经院教育几十年,越读越蠢,每天除了吃喝就是上教堂做弥撒,可见经院教育就是专门制造蠢蛋的,推行蒙昧主义是教会的恶行之一。

总之,拉伯雷对以罗马教皇为中心的欧洲天主教会全方位的揭露与批判,表现出了文艺复兴时期思想的进步倾向,《巨人传》也因其闪耀着人文主义的光辉而在当时产生了巨大的反教会作用,并因此流传后世。

伊拉斯谟的讽喻作品《愚人颂》对天主教会的抨击也极为深刻。伊拉斯谟的名字在16世纪是完美和顶峰的同义词,他被称为博学多才的大学者和探索真理的大学问家、学术研究之父、诚实神学的捍卫者以及“世界之光”。他在自己所处的时代不只是一个杰出的人文主义学者,还是一种精神文化的象征。《愚人颂》写德国人从罗马朝圣归来,目睹了罗马教皇和红衣主教们过着与文艺复兴时期世俗君主一样奢侈放荡的生活,见此情景,这些虔诚的德国教徒才猛然醒悟,开始痛恨罗马教廷背弃基督精神的行为,强烈要求教会进行彻底改革。《愚人颂》借愚人之口,以戏谑讽刺的方式,将教会的累累罪行公之于众,对当时罗马天主教会的弊端和劣迹展开了猛烈的抨击。作品指责教会发放赎罪券的荒唐行为。教会为了敛财,炮制出人们的各种“罪恶”,然后让人们通过购买免罪符这种简易的方式予以“赎罪”。这样一来,任何臭名昭著的江洋大盗、打家劫舍的兵匪、受贿赂的法官,都会支出他们非法所得的一部分用于购买赎罪券,从而心安理得地认为他们所有严重的不敬之罪就从此可以得到赦免。许多假誓、淫欲、酗酒、争吵、杀戮、欺骗、背叛,以及所有其他种类的骄奢淫逸和飞扬跋扈的罪恶,都可以因为与教会这个代理人签订一份新赎罪合同而一笔勾销。正是这种荒唐的行为,使教会成了最大的渎神者。神职人员在操作购买天堂入场券的过程里中饱私囊,利用人们对上帝的最后一点敬畏而大行欺骗之道。伊拉斯谟愤怒地抨击基督教会的愚蠢与狂热，嘲讽那些竟然相信通过每天反复念诵诗篇里的七节诗句就可以使人进天堂的人。伊拉斯谟告诉人们：如此愚蠢和荒谬的行为却被很多人躬行推崇，不仅那些俗人，那些被认为拥有更多聪明才智的宗教专职人员也在践行此种愚蠢，并那么推崇它，这说明教会正在成为傻子和骗子的集中营。所谓“愚人”正是伊拉斯谟的代言者，正是他对牧师大加讽刺，将基督徒描述成一群异常狂热、执着的人；教徒们丝毫不允许人们有异见，如果有人起来反抗，就会被贴上异教徒的标签，以残忍手段将其打压或逐出教会，这就是他们痛击那些反对者的有力武器，宗教成了这群身披教袍的人的障眼法。

伊拉斯谟对教会的批判不只是上述这些表层现象，还上升到对教会空洞无物、荒唐无比的哲学论辩的嘲讽中，从而切中了经院哲学、经院教育的致命弱点。教会推行的基督教信条越来越僵化，并且背离基督本义。修士们用许许多多半清不楚、专横霸道的定义、结论、推论、假设，把自己包装得严严实实，这样他们就能永远立于不败之地。他们喋喋不休地说出许多振聋发聩却佶屈聱牙的术语，似乎这样就能把对手吓倒，实际上这些术语不过是故弄玄虚、虚张声势而已。他们所争论的一些问题貌似艰深，其实都非常荒谬，根本就没法回答，没有结论，也没有争论的意义。例如：耶稣作为上帝之子是否也具有他的上帝父亲和处女母亲的双面特征？第一个三位一体的人厌恶第二个这样的人，这种假设是否正确？那个常常把自己打扮成男人的上帝，是否同样能够把自己变成女人、魔鬼、野兽、羔羊或一块石头？如果上帝的代言人曾经以任何一种无生机的物质的面目向我们显现，那么他怎么能够宣传他的福音呢？或者他怎么会被钉在十字架上呢？在我们的救世主仍然挂在十字架上的时候，如果圣彼得祭拜那个雕像，神圣的面包送进他的肚子里，是否还会被消化呢？在耶稣复活之后，我们是否还能够像现在这样沉迷于吃喝玩乐之中呢？此外还有千千万万的概念、关系、本质、仪式、实质等貌似深奥的问题，都是无法回答的，但教会人员却为了证明它们而乐此不疲、喋喋不休，以便确立自己的圣人地位。又如：圣餐什么时候开始，什么时候结束？在天堂里，在十字架上，在享受圣餐时，耶稣的特征是各不相同的，那么它们有什么分别呢？这些论辩都荒唐可笑，而基督徒们还就此分成了不同的门派，论辩得热火朝天，但对真正的宗教义理、信仰净化等却全然无知。他们不是将耶稣基督发扬光大，而恰恰是从本质上背叛了宗教的神圣本质。于是伊拉斯谟以反讽的口吻建议，在基督徒下一次的圣战远征中如何能够“出其不意”地制胜，那就是带上那些大喊大叫的司各特主义者，顽固透顶的奥卡姆主义者，死不服输的阿尔伯图斯主义者，以及所有那些强硬粗暴、吹毛求疵、高深莫测的争论者。因为，在那盛大的、壮观的军容面前，有哪一个敌人敢于不把自己掩饰得严严实实呢？有哪一个土耳其士兵不会把他们的弯刀扔掉呢？有哪一个半圆的月亮在他们面前不会立刻退隐消失呢？伊拉斯谟真是优秀的讽刺文学家，通过这种嘲讽手段，把罗马天主教在义理方面的虚假与错误统统抖搂了出来。伊拉斯谟对宗教义理有深刻的研究，因此他对宗教的批判与薄伽丘等意大利早期的人文主义者相比更加深刻而有力，没有停留在表面，也没有局限在个别修士的犯戒行为上，而是深入宗教的义理本质之中。伊拉斯谟对宗教义理的看法非常明确而富有启发。他认为把宗教搞得如此艰深，这比亵渎神明、绝不信神好不到哪里去，因为宗教本来就是一种谦卑的、无矛盾的信仰，而不是一种细致入微、花里胡哨的教条。可是那些教士在喋喋不休的论辩中浪费时间，还认为自己在为天主教教会提供推理演绎的依靠和支柱，靠着这些把戏，他们把自己的脑袋塞得满满的，“塞得比朱比特的脑袋还多，朱比特的脑中还怀着雅典娜，实在不堪重负，诸位用不着惊奇，这些牧师在公开的争论中，为什么总是戴着一层叠一层的帽子，这是用来保护他们的脑袋的，以免包扎不严,把脑袋给弄破了"①。伊拉斯谟把没有真才实学,不过是填充了一堆唬人把戏,只靠虚张声势欺骗普通信众的教士们的遮羞布给揭开了,这些教会人员也就成了丑角。这些牧师激烈地进行争论,口齿不清,漏洞百出,反正听众也听不懂他们在讲什么。他们的拉丁文非常随意,句子的结构和章法也是混乱不堪的。伊拉斯谟对准确使用拉丁文与净化教义怀着虔敬之心,从某种程度上说,"文艺复兴时期的人文主义,本质上是一种阅读经典和《圣经》文本的方法,而不是一种特定的哲学立场"②。伊拉斯谟写这类讽喻文学的意图正在于此,而不学无术的牧师们使出三段论法,使用结论、推论、假设等拿手好戏,只是唬住了底下的听众,却无法使他们增加信仰。

伊拉斯谟认为罗马教廷的堕落是可怕的,罗马教皇、红衣主教以及普通的主教,最大的恶就在于背离教旨、教义,他们根本忘记了自己的主教名字所包含的意义——智慧、劳动、痛苦、勤奋,他们无耻地订立买卖圣职的合同,完全堕落为这一词含义的相反面。教皇们都特别擅长一种精细的技术,就是"挣钱的技术",他们对于什一税、接受布施、索要额外津贴等格外轻车熟路。正是如此,罗马教廷成了藏污纳垢之所,是罪恶的渊薮。僧侣们公然地在教皇选举会议期间拉帮结派购买选票,那些精通行贿或其他迂回方式的人将会坐上教皇的宝座。他们甚至为了确保自己的宝座安稳,使用了手枪、毒药和暴力,教廷正堕落成地狱的模样。伊拉斯谟指出,"教会最嗜血最残暴的敌人就是那些不虔诚的教皇"。人文主义者批判教会和神职人员,实际上就是在批判这些宗教的罪人,他们败坏了神圣教义,他们分配人员从来不是为了基督的布道,而是赤裸裸的金钱贿赂和

---

① 伊拉斯谟:《愚人颂》,刘曙光译,北京图书馆出版社 2000 年版,第 124 页。本书所有《愚人颂》的译文均来自该译本,后不赘注。

② George M. Logan: "The Relation of Montaigne to Renaissance Humanism", *Journal of the History of Ideas*, Vol. 36, No. 4, 1975, p. 615.

买卖，把人类获得拯救的希望和结果败坏得一干二净。连同教皇在内，将自己的臆断和败坏的传统强加进对教义的解释，“用自己的淫乱和邪恶刺伤圣灵的心，使救世主的伤口重新流血”。基督教本是讲求忍耐、苦难与救赎的，现在则成了使用拳头和暴力的宗教，以至于人都成了野兽。如此放纵、狂热、肆无忌惮、残酷无情的行为，阻止了一切公正和诚实的进步，显然与福音的明确规定正好相反。然而教皇们是不管这一切的，他们为了自己的权力、私欲加入狂暴的战争中，导致世间再无和平、安宁。教义成了被教皇们随意解释的东西，成了满足他们野心的工具，因此教义在他们的曲解之下，漏洞百出、前后矛盾。一个人既能够抽出他的刀剑，把它刺入别人的肚子，又能够不违反“爱邻如己”的戒规，教会就将这种声名狼藉的疯狂行为解释成热情、虔诚和坚韧，从而鼓动基督徒们诉诸暴力。由于伊拉斯谟本人能够熟练、准确阅读希腊文和拉丁文《圣经》，潜心研究基督教教义，因此他比一般的人文主义者更能够看得到教会的谬误与荒唐，在批判教会之恶时更能够切中要害。他的作品体现了文艺复兴时期人文主义与教会之争的思想高度。

整体而论，人文主义文学从各个方面对教会展开了批判：教会人员几乎犯下了森严戒律所禁止的各种罪行；整个教会上至教皇下至普通修士，无一例外都是劣迹斑斑的；中世纪的教会组织还曲解教义，使之成为教会作恶的工具；修道院的教育也愚蠢至极，空洞无物。因此，反对教会、批判教会成了人文主义者的主要任务，也成了人文主义文学的重要主题，人文主义文学的积极意义由此可见一斑。

第二节　人文主义文学对宗教的接纳

人文主义作家们对教会进行过激烈的批判。虽然人文主义与宗教有冲突的一面，但两者并非完全对立，而是互相渗透、互相依存的，在冲突中又达成了融合与互补，即使那些激烈批判教会的作品，也包含了丰富的宗教人文元素，具有浓厚的宗教色彩。即便是人文主义者与教会之间，也不是完全敌对的关系，而是在对抗中又有互相合作的一面。

首先，我们从人文主义者与教会的实际关系来看，许多人文主义作家虽然抨击教会的腐败，但并不否定教会存在的合理性与必要性，教会也并没有将人文主义者完全视为异类。人文主义者和教会的关系是非常复杂的，需要具体分析每一个人文主义者的特殊性。罗马教廷聘请了许多人文主义者为教廷服务，并推动了文艺复兴运动在意大利的发展，甚至出现了人文主义教皇尼古拉五世、庇护一世等。多数人文主义者也和教会关系良好，彼特拉克、瓦拉、布拉丘利尼、曼内蒂、布鲁尼等人都是如此。许多人文主义者在教廷担任要职，甚至依赖教会，在教会的支持下开展古典学术研究。安吉罗吉奥·特拉维萨里，是第一批精通希腊语的人文主义者之一，但是他是一个本笃会的僧侣，他的主要精力都用在研究早期教会神父的作品上。作为神职人员，他却又致力于人文教育。因此我们无法给他贴上一个非常简单的标签，这也是许多人文主义者与教会关系复杂的一种表征。而 15 世纪教会人文主义的崛起，更是表明教会离不开人文主义者提供的知识基础，人文主义者也并不必然与教会为敌。[①] 教会为

① 弗吉尼亚·考克斯：《灿烂的再生：意大利文艺复兴三百年，1303～1607》，付稔、伊娜译，化学工业出版社 2022 年版，第 65 页。

人文主义者的生活提供物质保障，例如彼特拉克、拉伯雷、伊拉斯谟等都曾拿过教廷俸禄。伊拉斯谟与教皇利奥十世私交甚密，而彼特拉克在教会获得的俸禄使其拥有了较好的物质条件，从而保障了他优越的生活，并给他们提供了搜寻古典遗迹的经费开支。教廷还为人文主义者提供了施展才华的空间和机会，如米开朗琪罗受雇于罗马教廷，完成了西斯廷教堂壮观的天顶画，拉斐尔则受雇于教皇尤里乌斯二世，达·芬奇也曾服务于利奥十世。这些人文主义艺术大师的理想正是在教堂这样的恢宏空间里才得以实现的。对于教会为何允许人文主义这种看来有些异端的思想存在并壮大，布克哈特认为，在中世纪晚期，“宗教已经站稳了脚步，异教已经被消灭……和异教接触并对它加以研究而没有什么危险了”[①]。而且，人文主义者攻击的矛头显然不是指向整个教会，否定教会存在的价值，而是希望去除教会中出现的腐败现象，涤荡尘垢，恢复宗教本身的清白，回到基督教原创时期的真义上去。在某种程度上，人文主义者在寻找一条拯救教会、重塑教会权威的道路。实际上，古希腊-罗马的典籍和思想、《圣经》的宗教教义，是人文主义者的理论根据，而他们在学习古典文化过程中获得的治学方法，也有助于校勘基督教文献。从人文主义者与教会的这种多方面的事实关系看，人文主义思想、人文主义文学与基督教在文化基因上是有密切关联的。

其次，从作品本身的内容上看，即使是批判宗教最为严厉的人文主义文学作品，也不乏浓厚的宗教气息，甚至某种程度上是对宗教信仰的捍卫。乔叟的《坎特伯雷故事集》描写了不少揭露教会和神职人员腐败的故事，但整体上并不与宗教背道而驰，而恰恰对宗教的纯净与虔诚满怀敬意。例如：他在《牧师的故事》中对宗教道德的说教和劝善悔过的教诲；在

---

① 雅各布·布克哈特：《意大利文艺复兴时期的文化》，何新译，商务印书馆 1979 年版，第 203 页。

《梅利比的故事》和《僧士的故事》等篇目中，宣扬容忍、宽恕的人生哲学。本书第三章有关人文主义文学与自然爱欲主题之关系的阐释中，分析了彼特拉克《歌集》的成就，侧重强调其在颂扬世俗之爱方面的进步意义，但是，《歌集》并不只是讴歌世俗男女的爱情，也远非仅仅体现了“我同时爱她的肉体与灵魂”的勇敢。事实上，彼特拉克同但丁一样，将自己的爱情经历逐渐神圣化，劳拉的形象也逐渐成为精神之爱的化身，趋于道德化，体现出了作者对世俗恋人的宗教式崇拜。在《歌集》的后半部分，彼特拉克对自己将一生诸多时光消耗在世俗爱恋上表达了悔意，并再一次礼赞了爱情的美好恰恰在于它不染尘埃的圣洁，劳拉的美好也在于她始终保持着道德上的白璧无瑕，诗人的灵魂也因这一高尚的道德而升华。他对劳拉的歌颂，事实上极少侧重于爱欲，而是着眼于她高尚的情怀，因为她将美德的种子播撒到“我”的心房。劳拉的心灵闪耀着天堂的光辉，完全不识凡间的恩怨，她是道德完美、至极至善的典范，她的音容仪态和炽烈目光是凡间的人所不可能具备的。在劳拉的端庄和威严面前，彼特拉克受到了完美道德的启发，战胜了自我，战胜了内心偶尔不光彩的想法：我感谢她明确和理智的决定，她甜蜜而端庄的面容使我沉思，即使我激动得发疯，却也不再自残自戕。劳拉已经变成了“美”的代名词，是道德和良善的化身。在第345首当中，彼特拉克写劳拉升入天堂与天使共舞，直至抵达至高无上的上帝脚下。另外，《歌集》除了书写人间之爱外，还书写浓厚的天国之爱，尤其是随着时光飞逝，诗人越发远离当初痛苦而又甜蜜的爱情，转而寻求灵魂的安顿。于是诗人写下这样的句子：

> 如今我已疲惫，我指责我自己
> 一生中做了不少错事，不可原谅，
> 几乎使我的善性窒息而死，如今我要把
> 我的残生献给上帝，万能的上天之王！

……

我为我失去的岁月而哭泣和悲伤，
我为爱一个美丽的血肉之躯而消磨了时光；
我本来可以为世人做出高贵的榜样，
我曾有翱翔的翅膀，但我没能飞到天上。

天主，凡人看不见，永恒的主啊，你
看见了我可耻的行为和不应有的失足迷惘，
快来拯救我迷途、脆弱的灵魂，
用你的恩典弥补我的过错与失当。①

从以上诗句可以看到，彼特拉克内心有两种力量在交战：世俗爱情与宗教信仰。他既渴望人间幸福，又渴望宗教救赎，这种复杂性与张力是《歌集》的特点与魅力之所在。同时，我们也可以根据《歌集》在彼特拉克的著作体系中所处的地位，去理解世俗情欲的追求在彼特拉克思想中的分量。虽然彼特拉克的十四行诗在欧洲有广泛的影响，但在时人的心目中他的成就并不在于写了《歌集》。彼特拉克本人也更看重自己的拉丁文学术成就，他获得"桂冠诗人"的称号也是因为他的古典学问。彼特拉克从年轻时起就醉心于古典文化，为了寻找、复活这些古老的手稿不遗余力。他四处游历，在古老的修道院图书馆搜寻失落的古籍。为此他曾到达莱茵地区、弗兰德、布拉班特和法国，寻遍各处的图书馆，并大有收获。这是他在古典学术复兴之路上做的贡献，例如他发现了西塞罗的演说抄本以及书信，这个发现也推动了彼特拉克在书信写作上的成功，他有意识地保存、搜集和编辑自己的书信并出版。他在给友人的信中详细介绍了

① 彼特拉克：《歌集》，李国庆、王行人译，花城出版社2001年版，第478—479页。

自己的拉丁文手稿,只字未提意大利语的《歌集》。他这样写道:在众多的学问当中,我虔心古典知识,我身处其间的世道,总令我感到乏味,要不是因为在古典知识中寻得挚爱,我倒宁愿生在其他任何一个时代。他寄希望为后世所铭记的是他"虔心古典知识"的一面,而不是他的意大利诗文。[①] 他在书信中有意识地塑造了一个理想的自我——对古典学问孜孜以求的学者而非一个抒情诗人。他热爱圣·奥古斯丁胜过劳拉,更准确地说,是两种爱一直在他心中交战,这种矛盾性才是他更为真实的形象。他思考的"核心问题是关于基督徒生活的真实本质,以及古典学习和基督徒之间的正确关系"[②]。可见,张扬爱欲、歌颂爱情仅仅是彼特拉克人文主义者的一个层面,而不是全部。因此,如果忽略了虔诚于宗教和古典学术的彼特拉克,那么,我们也就片面地理解了彼特拉克的人文主义思想。

《十日谈》是薄伽丘流传最广的作品,笔调诙谐、辛辣,其中有大量讴歌爱情的故事,但这种爱情不再是但丁、彼特拉克那种道德化的情感,而是自然欲望的相当直接的袒露。薄伽丘也成了颂扬情欲,追求世俗享乐,对抗封建道德与宗教禁欲主义的斗士。但是,薄伽丘创作的思想同样是丰富且复杂的,他的作品中不只有歌颂自然欲望这一不可遏制的原始力量,还有大量批判情欲放纵、弘扬美德的篇章,晚年时他甚至对自己年轻时所写的世俗故事心生悔意。我们过去的文学史通常认为薄伽丘到了晚年思想趋于保守,遗憾于这位鼓吹情欲的旗手晚年时思想倒退。事实上,综合薄伽丘一生的创作与思想的复杂性来看,这个评价难免有主观臆断之嫌。同彼特拉克一样,薄伽丘一生用力最深的是古典学研究,他首先是个严谨的学者,他把大量的精力投入古典文献的收集、整理和研究中,尤其是塔西佗的发现,主要归功于他。薄伽丘还把李维的作品翻译成了意

① T. E. 蒙森:《中世纪和文艺复兴研究》,陈志坚等译,上海三联书店 2018 年版,第 72—73 页。

② George M. Logan: "The Relation of Montaigne to Renaissance Humanism", *Journal of the History of Ideas*, Vol. 36, No. 4, 1975, p. 614.

大利文,编纂了《异教诸神谱系》,还曾编著过一部古代的地理学。另外,薄伽丘的宗教态度比较复杂,他于1360年选择成为一名神职人员,因此他的思想绝不只是反教会这一层面。在创作《十日谈》之前,他就完成了大量描写爱情故事的作品,例如《菲拉斯特拉托》《爱情十三问》《菲亚美达的哀歌》《亚美托的女神们》等。在这些作品中,他将爱情与宗教想象融合,礼赞道德与忠诚。在薄伽丘创作思想的成熟期,深刻的神学根基就显现了出来。他自己多次讲过,神学是上帝的诗。于是,他的作品从内容到形式都带有很浓厚的宗教神学的色彩。至于以反教会著称的《十日谈》,其宗教因素也是十分显著的。例如:作品中讲故事的十位年轻人是三男七女,这就很容易联系到基督教的神圣数字三与七;全篇多次出现对神的呼唤,这并非一种反讽,因为在他的序与跋中他以真诚口吻感谢上帝的引领;即使在乡下避难,这十位年轻人也严格遵守基督教的仪式;等等。这些都意味着我们不能以偏概全地去理解一个文艺复兴时期的作家的宗教立场与态度。

随着文艺复兴运动的发展,宗教气息在人文主义文学中日渐浓郁。文艺复兴晚期,欧洲社会的各种动荡因素增多,早期那种对人欲的讴歌也逐渐式微,宿命论色彩增强。1494年,法国入侵意大利,15世纪下半叶的和平与繁荣随之为各种天灾人祸所取代。1527年,罗马遭洗劫,那不勒斯和佛罗伦萨相继遭遇围城之困,接着又发生了饥荒和鼠疫,其他国家也逐渐陷入教会分裂、民族征战、内忧外患之中。文艺复兴早期的"个性自由与解放又在相当大的范围与程度上导致了纵欲主义和享乐主义"①。这是一个灾祸频发、人欲泛滥的时代。在这样的背景下,人文主义者也经历了一个思想逐渐走向低潮的时期。此前人文主义者的那种信心——认

① John P. Mckay, Bennett D. Hill, John Buckler: *A History of Western Society*, *3rd ed.*, Houghton Miffin, 1987, p. 490.

为人可以掌握自己命运，人的勇气与理性的结合能够战胜逆境的信心——开始消减，而一种悲剧气氛日渐浓郁，于是，宗教再一次成为人们的重要精神抚慰。这正是马基雅弗利、圭恰尔迪尼的晚年时代，也是蒙田、莎士比亚占领文坛的时代，他们的创作显然伴随着浓郁的宗教色彩。后期人文主义者大多头脑更清醒、冷静，他们不再一味地信奉早期人文主义的准则，并对基督教文化做了重新的认识。如前所述，许多人文主义者从一开始就未曾放弃对基督教的信仰，而在人欲横流、道德失范的现实面前，他们往往重新从基督教文化中寻找医治现实病痛的良药。例如堂吉诃德并不是古希腊式个性坦露、原欲冲动的英雄，而是希伯来式充满忧患意识、满怀基督之爱的救世者。

特别需要指出的是，文艺复兴后期人文主义之所以能与宗教神学高度契合，其中更为深刻的原因是：中世纪宗教文化本身就蕴含着人文主义的思想元素，尤其是原始基督教在对人的关怀、救赎以及人的平等观念方面，其实是与人文主义相通的(参见本书第二章“人文主义文学与中世纪文化”)。

第三节　人文主义文学的双重价值取向

从思想观念上看，几乎没有一个人文主义作家是完全脱离基督教文化传统的。人文主义作家在批判教会的同时，不仅没有完全否定教会价值，还从基督教文化汲取人文养料。他们通常是从人性的角度去重新审视人与神的关系，揭示新“人”的价值与意义。中世纪可以说是以神性来对抗人性，或者说压抑人性，而人文主义则是人神的和谐统一①，二者在抵牾与合作中为欧洲人提供了一种双翼并行的价值序列。

① 周春生：《文艺复兴史研究文集》，商务印书馆 2022 年版，第 118 页。

宗教思想与人文主义表面上看是一对矛盾：一个要将人的目光引向永恒的来世，一个则让人紧贴世俗创造现世之价值。这两条道路也是人生的双重真理。试图定义宗教思想中的文艺复兴趋势是一项艰难的任务，就像试图定义人文主义精神本身一样，在这个充满了思想交锋的过渡时期，各种各样的思想趋势随处可见，所以，研究这一时期不同作家的人文主义与宗教思想不可能有一个通用的公式。① 但对于这一真理的苦苦思索，在中世纪就吸引了众多的思想者，但丁就是最突出的代表。在中世纪的文化思想领域，占主流地位的是教会神学中心论。教会将教皇比作太阳，而皇帝、国王只是月亮，后者凭借太阳而获得光芒，居于权力与价值序列的第二位。但丁在这一问题上的探讨居于非常先进的地位，他批判中世纪的"日月说"，而提出两个太阳说。他认为实现人生终极幸福的目标必须有两个引导者——皇帝和教皇。皇帝依靠哲学的指导，获得现世之福，而教皇遵循的是神圣的真理，引导大家获得永恒之福，这两者都非常重要。所以，但丁在《神曲》中提出了地上乐园和天堂的两个引导者——维吉尔和贝雅特丽采，他们分别象征着理性哲学和神学信仰。但丁在《神曲》的"地狱篇"中将多位宗教人士甚至教皇也罚入地狱，但他批判的不是宗教本身，而只是堕落的教廷，他坚信人类获得最终的救赎必须在两条道路的共同引导下才能实现。他的这种"两条道路"的概念基本上代表了人文主义者对宗教信仰与哲学理性的共同认识。皮科在《论存在和单一》中也指出，哲学知识只能够引导我们在通往上帝的道路上达到一定的位置，超越这个限度，就必须由宗教来指引。宗教是哲学的充分发展，宗教有助于我们达到最终的目的，而哲学只能为我们达到这个目的做好准备。这与《神曲》的观念完全一致，在他们看来，如果有人企图只凭借

① Wallace K. Ferguson: "Renaissance Tendencies in the Religious Thought of Erasmus", *Journal of the History of Ideas*, Vol. 15, No. 4, 1954, p. 499.

理性就穷尽三位一体的全部真理，那就是一种疯狂的妄念。

“两条道路”的观念强调：在重新理解神性的基础上追求人性解放。这恰恰是人文主义者比较普遍的思想，也是他们对“人的解放”的一种新的理解。例如，彼特拉克的思想中就有这样双重真理的内涵，爱情与禁欲主义、荣誉与宗教信仰、人文主义与中世纪的观念在他的内心既互相冲突又彼此交融。代表了彼特拉克古典学成就的作品《秘密》就是这对双重道路的正面辩论。这是一部用拉丁文写的对话体作品，创作于 1342 年至 1343 年。诗人同中世纪基督教神学的主要代表人物圣・奥古斯丁之间展开对话，这个对话持续了三天。两人围绕着宗教思想与世俗幸福的冲突、禁欲主义与肉欲爱情的矛盾等问题展开了深刻的讨论。圣・奥古斯丁谴责诗人迷恋世俗生活，追求爱情和荣誉，向诗人宣扬为了上帝放弃个人欲望的禁欲主义思想，启发他进行反省和忏悔。彼特拉克承认自己犯有某些过失，然后又为自己进行了辩护。他指出奥古斯丁认为世俗生活是罪恶的，这个观点不切合实际，不符合时代趋势。彼特拉克明确表达了自己的立场：爱情同热爱上帝、追求人间的幸福，同追求永恒的幸福是一致的，因此他不愿意放弃自己的世俗追求。在这部作品中，对话的两人代表了人文主义思想与基督教教义之间的激烈交锋，诗人的人文主义理想处于矛盾之中。奥古斯丁指出了彼特拉克的过错和弱点，鼓励他从惰性和倦怠中摆脱出来，并给他指明了一条通向理想境界的道路。彼特拉克袒露了自己心中有两样世俗欲望，对劳拉的赤诚之爱以及在文学创作上企求功名的愿望；但是，他却缺乏足够的勇气向圣人立誓彻底抛弃人生道路上的这两个最大的追求。彼特拉克第一次运用文学形式毫不隐匿地公开自己心灵深处的隐痛和秘密，恰如其分地刻画宗教思想与生活欲望在他身上的冲突，他坦承“对上帝的爱，对夫人的爱，多年来，犹如两条铁链紧紧缠住我的心”。但在他的思想深处，宗教信仰和宗教虔诚又居于核心地位，“我的心灵的最深处是与基督在一起的，当这颗心灵思考或谈到宗教时,即在思考和谈到最高真理,真正幸福和永恒的灵魂拯救时,我肯定不是西塞罗主义者或柏拉图主义者,而是基督徒。为了真正地进行哲学探讨,我们首先必须热爱和崇拜基督。做一个真正的哲学家,就是做一个真正的基督徒"①。

彼特拉克一生中有一次特别重要的"旅行",即1336年登临旺图山,这一登山行为,是效仿古人之举,具有一定的自我塑造之意。当他到达山顶望着对面的佛罗伦萨时,内心思绪万千,悔恨于自己曾深陷情欲而不能自拔。最后他开始阅读圣·奥古斯丁的《忏悔录》,并深深为之感动。他一直随身携带此书,于是他翻开书页,恰好读到如下的字句:人们登山远眺,或到海边观潮,或沿河溯源,或惊叹大海之阔、星际之奇,却唯独忘记了自我。② 他将这一随机翻到的句子当作某种神启。奥古斯丁的言论作为对他的一种警示,使他认识到精神信仰的生活才值得追求。总之,彼特拉克从古典学术中汲取思想养料,同时在中世纪基督教传统中获得灵魂安宁,如同但丁在求索之路上需要维吉尔与贝雅特丽采两个导师的引领一样,彼特拉克也在西塞罗与奥古斯丁的共同指引下前行。双重道路、双重思想、双重真理的思想是文艺复兴时期人文主义者的共同特征,他们既渴望世俗生活的欢乐和幸福,又不与中世纪旧文化传统彻底决裂。彼特拉克曾经将自己比作雅奴斯,这一形象确实象征了他在历史上的地位,也真实地反映了彼特拉克世界观、价值观的双重内涵,属于两个时代,或者说,他的人文主义思想是具有人与神的两重性的。

在处理神性与人性的关系时,人文主义者基本秉持这种平衡论。拉伯雷不遗余力地批判天主教、神权,以及由神权所涉及的封建法律制度,然而拉伯雷的著作中并没有实质性渎神的异端邪说,他也并没有直接否

① 保罗·奥斯卡·克利斯特勒:《意大利文艺复兴时期八个哲学家》,姚鹏、陶建平译,广西美术出版社2017年版,第12页。

② 于润生:《论彼特拉克登旺图山》,《文艺研究》2019年第2期,第130—145页。

认上帝。他的理想是将人文主义与基督教结合，建立理想的全人教育，在培养理想的人的前提下建立理想社会。16 世纪的法国社会的文化被天主教意识所浸透，拉伯雷对教士们的胡作非为是无比痛恨的，他起初支持宗教改革，试图革除教会弊端，但他又发现日内瓦的新教主张比传统宗教更违反人的本性，所以他认为新教是有罪的，因而对加尔文抱敌视态度。他本人接受人文主义思想，承认生命冲动的合理性与重要性，所以赞叹巨人们的惊人食量与强大的生理欲望，但同时他又肯定神的超越性力量，他的理想的"人"也不是停留在感官欲望的解放中的人。这一平衡观念的最有力的体现就是提倡建立德廉美修道院的若望修士，这个人物表达了拉伯雷的人文主义理想。德廉美修道院的自然环境优美，内部设施完善，对修行者没有清规戒律，可以充分发展人的个性与才艺。而若望修士本人不禁欲、不节食、敢反抗、会战斗，他与普通的僧侣阶层的人截然不同的是对宗教禁欲主义的反叛。拉伯雷并没有把若望修士塑造成天主教的敌对者形象，而是把他塑造成一个更懂神学义理的理想僧侣，是一个融合了人文主义的世俗理想与宗教神圣信仰的完美的"人"的形象。

总体而言，人文主义者批判的重心主要集中在教会人员的生活腐化及道德堕落上，并未从根本上否定神学体系和宗教本身，至于描绘教会人员犯错与堕落，这是人文主义者批判教会虚伪的一种叙事策略。教会的堕落，并非源自宗教思想体系及观念主张，而是源自教会人员对宗教的不虔诚。他们是表里不一的伪善者，这些教会人员本身不过是打着宗教幌子的伪教徒，同时也说明恪守这些教义，对普通人而言原本就是一条艰难的道路，并不适合每一个普通人的灵魂，而只适合那些更为坚定、强大的苦修者。显然，人文主义者主要强调坦然面对人性和人性中的不足，不以唯一的高标准要求所有的人走修行之路。因此，皮桑在《淑女的美德》中提出，到达上帝面前的路有两条，严苛苦修进而涤除人性弱点的道路与作为一个普通人积极承担世俗职责的道路，上帝对这两者同样喜爱，每个人只能根据自己灵魂的特性和能力选择适合自己的路。如果一个并不够强大的灵魂却不得不走上苦修之路，那么往往就会埋下灵魂犯错的隐患，这就是中世纪大量教会人员犯戒的根本原因。就此而论，不是戒律本身必须被革除，而是僧侣职业本身就不是一条适合所有人都走的路。当然，这么说也仅仅是问题的一个方面，我们并不能因此就无视和否认宗教戒律也有人为的和违背人性的成分。人的自然欲望在根本上是与宗教戒律相抵牾的，对此，人文主义者也是有所揭示和批判的。

此外，在人文主义者看来，教会的错误还在于对《圣经》有意无意地进行错误的解读，而人文主义者借用人文科学的知识重新校勘《圣经》等宗教文献，重新阐释教义，这成为宗教改革的出发点之一。人文主义思潮越过了阿尔卑斯山之后与欧洲北方各民族本土文化相结合，各国人文主义的发展最初都是受到了意大利的影响，随后又表现出明显的民族特征。这些国家的宗教道德气息更为浓厚，人文主义知识被运用于净化教会。黑格尔认为宗教改革之所以能够在日耳曼民族和北欧民族那里发生，这与他们的民族特点有关。德国和北欧人在宗教信仰方面比意大利人和法国人更加虔诚，道德风气也更加淳朴，因此他们对于罗马天主教会的堕落更为愤慨。正是由于这种道德化追求，北方各民族的人文主义者较少强调以解放人的自然欲望的方式对抗教会的腐败，也不以教会人员的犯戒作为原欲解放的合理依据，而是试图使教会纯洁，恢复基督教最初的神圣与庄严。这恰恰是人文主义思想与宗教信仰深度意义上融合的表征。因此，这些国家的人文主义作家既叹服意大利文艺复兴的伟大艺术成就，又对其道德堕落极为不满。例如英国文艺复兴时期的人文主义者罗杰·艾斯卡姆在其代表作《教师》中写道：对于英国的旅客来说，意大利是最危险的国家。他描述了自己曾经一度到意大利旅行，“谢谢上帝，我只待了 9 天，可是在那短短的时间内，我在一个意大利城市里看到的队伍，比我在高贵的伦敦城 9 年里听说的还多”①。对于受意大利的影响变坏了的英国人，他创造了一个名词叫“意大利式的英国人”，这些人去意大利时是骡子和马，回来就变成了猪和驴，到处都是阴险多变的狐狸，而在他们能够放肆的地方就变成了心肠歹毒的狼。之所以会发生这么多坏的变化，是因为罗马教士破坏了基督教教义，在生活上腐蚀别人，用邪说去缠住心灵最美好的东西，诱惑人的心智。作者以夸张而极具讽刺意味的描写表现了罗马教廷的腐败堕落，认为其最大危害在于腐蚀原本纯洁的好人。1511 年，马丁·路德拜访意大利后，对整个罗马的堕落感到无比震惊，认为假如有地狱，罗马便是建立在地狱之上。罗马教会让人们可以通过善功（朝圣，成为十字军，购买圣徒遗物、赎罪券等）和教会人员的中介作用达到获救的目的，这只不过是为了增强教会作为中介敛财、滥施权力的目的，从而使基督教世界的人的道德日益坠入泥潭。马丁·路德认为真正的得救之路应该在每个向善的基督徒内心，与上帝的沟通根本就不需要教会这个中介，他因此而提出“因信称义”，把得救的钥匙由教会和神职人员之手转到了每一个拥有真正信仰的基督徒手中，从而把人从外在性的所谓善功的枷锁中解放出来，使人获得了精神上的自由和灵魂得救的自主权。马丁·路德这一救赎理论，给了人更大的自由，在本质上与皮科从哲学层面确定人的自由这一思想是相通的，正是凭借这一自由，人类选择了自己的位置。能否得救进入天堂，依赖的是人自身的选择与行为。这正是宗教改革与人文主义在思想上的密切联结。宗教改革者通过把信仰的权力还给个人，削弱了教会的特权，有力遏制了以特权大肆敛财的罪恶行为，从而为净化教会做出了重大贡献，也大大促进了宗教的世俗化，也就让人在一定程度上从旧宗教的束缚中解放了出来，获得了新的自由——人的个性的自由与自我的解放。这又从另一个层面上抵达了人文

① 王佐良、何其莘：《英国文艺复兴时期文学史》，外语教学与研究出版社 2018 年版，第 45 页。

主义者追求"人"的自由与解放的初衷。

鹿特丹的伊拉斯谟是北方最卓越的人文主义者的代表,他在《愚人颂》中借愚人疯癫之口对教会的黑暗进行了鞭挞,可是如果据此就判断伊拉斯谟是反对宗教、反对神本身的,那就过于想当然了。从伊拉斯谟的个性来看,他脾性温和,思维缜密,反对一切过激行为,认为激烈的改革其实际效果往往事与愿违,所以他会回避一切斗争,既不站在天主教一面与新教论战,更不会与马丁·路德同仇敌忾试图瓦解天主教。可以说没有任何一位思想家如伊拉斯谟一样"将中世纪和现代思想的混合体如此牢固地熔铸于自身,在他身上囊括了那个时代所有思想的趋势"①,他小心翼翼地在各种激烈的立场冲突中寻找他所认可的真理。因此,《愚人颂》在揭露教会的堕落之后,愚人立即就卸下了小丑的装扮,对宗教提出了要求:基督教教义以温顺容忍、鄙视世俗为根基,即基督真正要求的是应按基督意愿修身养性,脱鞋履,舍钱袋,解除一切服饰,随身佩圣灵的护卫之剑履行使徒职责。因此伊拉斯谟的理想不是对基督教权力的反叛,而是实现宗教的复兴,重塑基督教的理想。他认为教会需要改革,但他小心翼翼地选择坚持走温和的中间道路,运用自己的古典学问为神学服务,这是一条和马丁·路德完全不同的净化教会之路。他在《论基督教君主的教育》中提到,神父在为战争煽风点火,主教们频频造访兵营而不以为耻,完美圣洁的象征被带入这些嗜血的冲突之中,更为荒唐的是对阵双方都抬出了耶稣基督,仿佛基督正在和自己交战,战争在基督徒之间横行无阻,并被授予至高的荣誉。但是,真正智慧的神父的责任则是让民众和君主远离战争。他对宗教本身正是怀着最为诚挚之心,试图革除弊端,重振宗教正统。他在写给多普的信中解释了他创作《愚人颂》的原委,从中可以

---

① Wallace K. Ferguson: "Renaissance Tendencies in the Religious Thought of Erasmus", *Journal of the History of Ideas*, Vol. 15, No. 4, 1954, p. 499.

看清他的真实心态:两三个冒充神学家的可耻家伙,认为我是冒犯了整个神学界,其实我只不过做了这样一件事,即我给予我认为是唯一真知的神学知识以应得的地位。① 伊拉斯谟指出古代神学的圣洁与可敬,在精神上契合神圣的基督教实质。《愚人颂》谴责那些将诡辩看作神学的人,他们沉迷诡辩,沉迷于唇枪舌剑,以致他们根本没有时间阅读福音书或者《圣经》中的各种预言书以及早期基督教著作家们的著作。这些都可以视为伊拉斯谟为自我所做的辩护。

关于伊拉斯谟与宗教的关系,茨威格在《一个古老的梦——伊拉斯谟传》中的评价比较中肯:伊拉斯谟的《愚人颂》使他的同代人深切地认识到在教会内部进行彻底改革的迫切。在这方面,这本书比当时的任何论著都做出了更大的努力,更为坚持不懈,人们对这场改革也有更深刻的了解和认识。伊拉斯谟作为一名人文主义者,其理想不是对基督教权力的反叛,而是实现宗教的重新开花,即宗教的复兴,回归早期基督教派的纯洁性,重塑基督教的理想。② 文艺复兴人文主义者通过对古代经典的学习为文艺和科学注入新鲜活力,伊拉斯谟则是将古典学的知识用于帮助陷入泥沼的教会摆脱混杂失真的教义,直接聆听基督本身的教导,重新发现被掩盖的真正的基督,使教会面目一新。他通过对古典学术的研究指出天主教钦定的拉丁语《圣经》中的拙劣错误,真理不容许有丝毫的玷污,这正是他重译《新约》的动机。他还将这一部《圣经》重译本献给了支持人文主义运动的教皇利奥十世,并获得了教皇的首肯。伊拉斯谟重译《圣经》为路德出版德语版《圣经》铺平了道路。回归真实信仰的源泉,回归未遭教条玷污之前的圣洁原貌,这就是伊拉斯谟以及其他一些宗教人文主义者的要求。

---

① 伊拉斯谟:《愚人颂》,刘曙光译,北京图书馆出版社 2000 年版,第 230 页。

② 茨威格:《一个古老的梦——伊拉斯谟传》,姜瑞璋、廖彩胜译,辽宁教育出版社 1998 年版,第 2 页。

随着文艺复兴的发展，昂扬的早期人文主义渐渐失去曾经的乐观与激奋，逐渐从巅峰下沉，人文主义文学也逐渐体现出浓郁的怀疑主义和悲观主义情绪。例如英国的文艺复兴戏剧就充满了怀疑与反思之声，“生活是一部激情的戏剧”，“我们不停地演戏”，“整个世界是一个大舞台，所有的男人女人都是演员，各有上场和下场的时间，扮演许多角色”①。这种思想转折的出现，主要来自现实与理想的矛盾冲突。文艺复兴晚期，各个国家都逐渐陷入社会矛盾冲突中，例如法国 1562—1598 年间爆发了天主教派和胡格诺派的宗教战争。这场延续了 30 多年的宗教战争，给法国带来了严重的灾难，引起人们对眼前一切的现行政策和宗教信仰的怀疑和不满，人文主义也被抹上了一层怀疑论色彩。在这种思想情绪的影响下，上帝更容易被人们视为最高的创造者与世界最高的秩序。许多人文主义者开始尝试将人放置在一个更为合适和平衡的位置，蒙田就是这方面的代表。

蒙田是法国文艺复兴后期十分重要的人文主义者，他深受斯多葛派哲学和怀疑主义的影响。英国历史学家彼得·伯克曾从八个方面对蒙田代表作《随笔集》的思想内涵进行了分析，其中人文主义与宗教观是两个重要方面，蒙田对这两个方面都进行了反思。蒙田的家庭与宫廷保持着较好的关系，他从小受过良好的拉丁文训练，在父亲去世之后继承了爵位，并出色担任过许多重要政治职务。中年之后，他返回家乡，在庄园里建了一个图书室，不断扩充和完善藏书，研读古典著作以及当代人文主义者的作品，评注并摘录许多警句和箴言。他还坚持写日记，把每天有意义的事例记录下来，所有这些读书心得与每天的生活思考，构成了其《随笔集》的一些材料。《随笔集》中最长的一篇即《塞邦赞》，主要讨论怀疑主义，对宗教的许多说教，例如基督教的宇宙论、圣战的合理性、人天生的优

① 海伦·海克特：《英国文艺复兴戏剧简史》，顾春芳译，化学工业出版社 2018 年版，第 4 页。

越性等都提出了质疑。蒙田的怀疑论的产生除了因当时社会的动乱之外,科学的发展带来的观念变化也是重要因素。科学进步和新大陆的发现,打开了人们的眼界,动摇了千百年以来形成的旧观念。蒙田说:3000余年来人人都相信地心说,直到哥白尼发现地球在环绕太阳转动,才打破了这种迷信;以前的神学家认为地球只有眼前这么大,而今天一条无边无际的路径刚刚被发现,所以盲目信奉的时代一去不复返了。他质疑人类是否天然比动物高贵,表达对宗教战争的看法。他认为人并不比动物更具备先天优势,不过是人类自我中心主义的观念对动物产生了误解。事实上,在许多方面人都不如动物。例如与动物相比,人类更加缺乏忠诚和友爱,这是人类天生的最大弱点;人类不但找不到真理,反而导致了战争。正是出于这种深刻的怀疑思想,他认为通往真理(上帝)的道路并不只有一条,异教徒也有自己的神,因此,他主张宗教宽容。虽然他并不主张宗教改革,但既然改革了,天主教会就应该给新教一席之地。渗透了怀疑主义的蒙田的宗教观,其中有不少思想几近异端。早期人文主义者“人是宇宙的精华”的观念受到古典哲学人本主义与基督教创世思想的双重影响,而蒙田从怀疑论哲学角度入手否认了人比动物更优越的观点,放弃了早期人文主义将人类置于宇宙的中心的乐观(甚至盲目)观念,否认人因为拥有高贵的理性和不朽的灵魂从而成为宇宙的精华、万物的灵长。他对人的思考的着眼点在于自我探索,提出灵魂之问:我们知道什么呢?假如我们连我们自己都不知道,我们还能知道些什么呢?自我是一个变化的概念,过去的自我和现在的自我并不相同。蒙田的这些思想极具现代性色彩。

整体而言,蒙田的怀疑论哲学代表了人文主义纵深发展之后的思想成就,既不像无神论者那样否认上帝的存在,也不像新教徒那样否认天主教会有解释《圣经》的权力。他批判刑罚、种族偏见、殖民战争等不合乎人道的制度,他小心翼翼地在天主教、新教、人文主义等各种思想形态中保持审慎的态度。彼得·伯克认为蒙田拥有两副面孔,是一位一脸虔诚的异端分子。这恰恰也是蒙田在神性与人性之间努力展开平衡探索的具体表征。

如何以理性的态度去面对世俗人性和神性,从而达到一个平衡,使人从宗教禁锢中解放出来,同时又谨防道德滑坡,这是后期人文主义者思想探索的核心。莎士比亚作为人文主义文学的集大成者,其作品就体现了这种探索,从而彰显了更为完整而理想的“人”的观念——将宗教博爱主义与世俗人本意识、人性与神性融为一体。在莎士比亚看来,人是上帝照自己的模样造出来的,所以才有“高贵的理性”“伟大的力量”“优美的仪表”“高雅的举动”,才像“一个天使”“一个天神”!上帝创造了自然之后,又创造了人,并把自然世界的一切都交给人去管理,而且在所有的所造之物中,只有人是按上帝的模样造出来的,人当然就成了“宇宙的精华,万物的灵长”。尤其是人有“高贵的理性”,它能看护灵魂,使其不受贪欲的侵蚀,从而沦为冲动的恶欲的奴隶。这种“理性”无疑有上帝之神性的附着,意味着“节制”与明辨善恶。而现实中的人,因理性的堤坝被私欲的洪水冲垮,从而走向了堕落。由此可见,莎士比亚要追寻的显然不是高呼“人欲天然合理”,然后“想干什么就干什么”的“人”,而是理性的、仁慈宽厚的“人”。哈姆雷特就是这种“人”的一个实例。尽管他犹豫甚至软弱,但在道德和神性上,他完全是一个理想的“人”。还有霍拉旭,《李尔王》中的考狄莉娅和爱德伽,以及人性复归后的李尔,再有《奥赛罗》中的苔丝德蒙娜,等等。他们均是具有宗教博爱人格与道德规范的理想的“人”,是上帝的“选民”,也是莎士比亚理想中的“人”。在强大的恶势力面前,莎士比亚并不主张用以恶抗恶、以暴制暴的方式对待邪恶。这种思想在他早期的喜剧和历史剧中表现为对人和世界的描写的理想和浪漫,在悲剧中则表现为善的力量的柔弱及由于柔弱造成的悲剧。可以说,莎士比亚一直都在思考人性的善与恶的矛盾,寻找解决矛盾的方法与途径。而到了晚年,他更强调仁慈、宽恕、忍让对恶的感化作用，这成为消解矛盾的必由之路。在此时的他看来，人既有难以抵挡的趋恶倾向，又有天然的向善的秉性；遏制邪恶并不是毁灭造恶的人本身，而是用善的力量、用爱去化解和消弭恶，使邪恶者弃恶从善，而不是在肉体与精神上毁灭作恶者。在其晚期传奇剧中，和解、宽恕、博爱、道德感化成了基本主题。

莎士比亚对当时的人和社会的认识有其特定的文化视角。他从基督教的观念出发，认为人是上帝的造物，因而人有“神性”的附着，这表现为人有“高贵的理性”，因而是“宇宙的精华，万物的灵长”。“神性”“理性”即意味着人的善性，善性与人同在，因而善的力量最终将战胜邪恶。这是莎士比亚相信人类有美好未来的人性依据，是一种源于基督教文化的“神性论”，而这种“神性”在本质上依然属于人性的范畴，神性即人之理性与善性。莎士比亚同时又看到了人趋恶的秉性。人在失去“神性”或理性制约时，在欲望的驱使下，“罪恶的匆匆”会使他走向邪恶的深渊。麦克白就是一个有雄才大略、忠君爱国的英雄，在欲望驱使下沦为杀人恶魔的典型。尤其是，即便堕落之后，麦克白也并不是十恶不赦、丧尽天良，因而其内心深处才有罪恶感和无尽的矛盾痛苦。所以，世界的美好，主要靠“神性”去抑制趋恶的欲望，并用“神性”去拯救已经趋恶的人，使其弃恶从善，从而建立和谐的人与人之间的关系。因此，邪恶是存在的，而且是强大的，但又是可以抑制的，其法宝是人之“神性”，即人智、爱与理性。

莎士比亚的传奇剧不再像喜剧那样，凭着几个才智过人、道德崇高的人物就能够轻而易举地制服邪恶，建立人间乐园，而是要善良的人们经过种种磨难，与邪恶势力艰苦抗争之后才能取胜，而且往往是善良者的道德感化使邪恶者弃恶从善，双方握手言和，矛盾便得以解决。那一个个因嫉妒、贪欲、仇恨而造成分裂的家庭，在度过了严寒的冬季之后，最终在宽恕、悔悟的心境中破镜重圆，迎来了祥和欢乐的春天。如《辛白林》中，辛白林的固执、狭隘、刚愎自用、抱残守缺造成了年轻人的磨难，但在经过一系列的艰难曲折后，宽恕与和解战胜了渺小的仇恨、欺骗与纷争，辛白林在道德上被感化后，精神得以升华，迎来了和平欢乐的大团圆结局。《冬天的故事》中，西西里国王里昂提斯的专横、武断、猜忌、残忍，使他几乎丧失理性，干出了种种恶行，使忠实的波力克希尼斯险遭杀身之祸，蒙受了16年的不白之冤，但波力克希尼斯宽厚仁慈、不计前嫌，使里昂提斯回心转意，化解了多年的冤仇。被称为莎士比亚“诗的遗嘱”的《暴风雨》，更是以象征、寓言的手法，探讨人性的善恶问题，完整地表现这种道德理想的压轴之作。在这个剧本中，邪恶的势力不可谓不强大，安东尼奥篡夺了兄长普洛斯彼罗的爵位，勾结那不勒斯王将其父女流放到荒无人烟的孤岛上。12年后，当自己被一场暴风雨刮到荒岛之后，仍不忘争权夺利，唆使西巴斯辛去谋杀那不勒斯王，企图窃取权位。全剧可以说是贪欲驱使下的人争权夺势的斗争故事，这既是对当时人欲横流的现实的隐喻，又是对人性恶的深刻解剖。作为善的力量的代表的米兰公爵普洛斯彼罗，他在被弟弟篡夺权位并流落荒岛之后，依然心怀仁慈，对加害于他的恶人们充满同情：“虽然他们给我这样大的迫害，使我痛心切齿，但是我宁愿压伏我的愤恨而听从我的高尚的理性的安排。”于是，他不计旧恨，宽恕了所有人，包括欲置他于死地而后快的卑劣的兄弟安东尼奥，展示出了宽厚仁慈的胸怀。人由于是上帝的造物因而必然有“神性”，有仁慈宽厚的品性和高贵的人智，因此，恶欲终将受到抑制并向理性“称臣”，人类之途尽管难免有艰辛曲折，但前景是美好的。所以，莎士比亚借剧中女主人公米兰达的口，说出了与“宇宙的精华，万物的灵长”相类似的称赞之语：“人类是多么美丽！啊，新奇的世界，有这么出色的人物！”

可见，莎士比亚晚期戏剧中表达出了浓厚的宗教救赎宽恕意识，他的人文观念明显与基督教文化有着血缘关系；他的仁慈、宽厚、节制、博爱，不以恶抗恶，等等，使他的胸怀拥有了基督般的宽广与深沉。莎士比亚既沟通了人文主义与古希腊-罗马文化的联系，又延续了中世纪希伯来-基督教文化之血脉，他的创作是世俗人本意识与宗教人本意识相融合的典型范例。而且，他对基督教文化合理成分的接纳，主要是基于对文艺复兴后期人欲横流的社会现实的深刻认识，是基于对前期人文主义放纵自然欲望、个性解放这种对人的极端化理解的反思与反拨。于是，以肯定个人世俗欲望的合理性为起点的人文主义，到了莎士比亚这里，又融入了基督教人本意识，文艺复兴人文主义步入了新的境界。

莎士比亚晚期的创作，基本上反映了当时英国的社会状况以及思想矛盾。此时英国面对宗教改革的冲击，再加上他们目睹人性解放所带来的一些社会混乱，许多人文主义者呼唤秩序，更看重宗教意识的合理性，例如约翰·弥尔顿在《失乐园》中描述了亚当被创造之后的觉醒，一种新生的喜悦，“时而走，时而跑，尽兴而为之”。但在这里，弥尔顿更多的是赞美伟大的创造者。在英国，人文主义发展到 17 世纪，就不是片面地、乐观地夸耀人的伟大，而是转向歌颂神圣的造物者的伟大以及宗教在社会和文化中扮演的重要角色。虽然培根作为文艺复兴时期彻头彻尾的经验主义者的代表，但他并不嘲讽、否定宗教，他只是认为神学是神学家的领域，而不是科学家的领域(反之亦然)。1624 年，在重病期间，他将《圣经》中的《赞美诗》翻译成了英文。[①] 弥尔顿本人则最初学习古典主义，后来皈依了清教，成为虔诚的清教徒。在当时，可以说“文艺复兴的人文主义和宗教改革在他身上达成完美的结合，古典的学问让他文艺技巧非常地精湛，而宗教热忱又让他的思想很崇高”[②]。弥尔顿既延续了人文主义者对自我的关注，又超越了这个小我，进入政治的、民族的、时代的甚至宗教的宏大思想领域，其作品的格局得以大大拓展。

---

① James Wyatt Cook: *Encyclopedia of Renaissance Literature*, Facts on File, 2005, p. 42.

② 王佐良、何其莘:《英国文艺复兴时期文学史》，外语教学与研究出版社 2018 年版，第 461 页。

哲学理性和宗教道德的平衡原则，也体现在一系列优秀的乌托邦文学中，乌托邦的理想与观念或许各有不同，但核心都是讨论人类何以获得幸福的问题，人性与神性兼顾的道路是此时乌托邦主义的共识。例如托马斯·莫尔谈到人生的两种幸福之路——更理性的道路和更具宗教性的道路。这方面的典型是两种人：一种是独身汉，他们不近女色，摒弃了人世的享乐，他们来到今世主要就是为了来世；另一种人则同样爱好劳动，但是他们赞成婚姻也重视享受家庭之乐，认为人有义务结成配偶，有义务生育儿女。后一种人更明智，而前一种人更圣洁。莫尔并不在宗教道路和世俗道路中区分优劣，而是强调每个人根据自己的特性选择适合自己的道路。人文主义的现世幸福和基督神学的永世之福并行不悖，并不需要二者只取其一，以人性反对神性，以今生取代来世。皮桑在《淑女的美德》中也充分论证过这一观点。皮桑的几部女性作品带有某种程度的女性乌托邦含义，她试图为自古至今一直处于边缘地位的女性虚构一个“女儿国”。她指出对女性而言通往天堂有两条路径，一种是在上帝的脚前安静等候地生活，另一种是为上帝忙碌的生活。在安静等候上帝的生活当中，一个人全然忘记她周围的世界，忘记父母、孩子、她自己，将所有的爱慕都倾注在造物主身上。于是，她对世俗生活非常蔑视，从尘嚣中退身而出，她心中只有上帝，在上帝面前沉思，思考着天堂的奥秘，她不再是她自己，她获得的快乐是无可比拟的。而另一种为上帝忙碌的生活，是另一种服侍上帝的方式，在这种生活中一个人因上帝的爱，甘心为每一个人消耗她的时间和精力，她总是做善事，从不空闲，在这些事上她投入了全部的力气。这种为上帝忙碌的生活比前一种对世界更有用，这两种生活都非常美好。这两条路径都是服侍上帝的真理之路，个人凭借对自我的了解选择一条适合自己的路，殊途同归，都能到达至福。那么如何选择呢？最重要的一种能力是良好的判断力。皮桑认为首先要考虑身体的状况以及自己经常会感到软弱的地方，要诚实面对这些问题，如果意识到不可能像那些最伟大的女人那样抛开世俗的一切，离开家人，那么就选择为上帝忙碌的生活，将世上的工作处理妥当，也是一件幸福的事。量力而行，选择适合自己的路，这是对待宗教的一种无比真诚的态度，“根据我自己的能力跑好我当跑的道路”①。宗教神性与自然人欲并非对立，以自己能做到的方式去靠近宗教，宗教才能如同人性升华时的指路明灯，在这个意义上，宗教更类似于一种道德要求，而非森严戒律的束缚，可见宗教是有其人文性的。虽然皮桑给予为上帝献身这条道路更高的敬意，但敬奉上帝并不必然要求弃绝世俗人性、人情，对两条道路的认识，体现了皮桑思想的包容性、进步性与平衡性。

皮桑有关两条道路的思考，还涉及财富与美德的问题。在皮桑看来，教会曲解教义，对于《圣经》所讲的“富人进天堂比骆驼钻进针孔还难”只做了字面意义的解释，将财富看作进入天堂的障碍，号召世人献出自己的财富。皮桑认为这种解释本身是错误的，其目的正是满足教会敛财，可以名正言顺地占有信徒的财富。她认为两条道路并非只能选其一。对此，她这样解释：上帝并没有叫所有人抛下世俗的一切跟随他，财富只是为那些追求最理想生活的人预备的，上帝以不同的方式拯救每个人，“富人不能进神的国”指的是那些空有财富却缺乏美德，也不将他的财富分给穷人的人，这样的人把所有的快乐建立在钱财上，上帝毫无疑问痛恨这些人，他们如果不改变就不能进入神的国度。至于上帝所祝福的穷人指的是虚心的人，即便一个很有钱的人，如果他不以地上的财富夸口，或者用这些钱财去救济穷人或服侍上帝，也不因他的财富自视过高，他就是虚心的人，天国就是他的。皮桑勇敢质疑神学教条，赋予人在现世追求财富、追求世俗幸福的部分权力，这代表了人文主义文学对人神关系的新思考。

---

① 克里斯蒂娜·德·皮桑：《淑女的美德》，张宁译，江西人民出版社2009年版，第26页。本书所有《淑女的美德》的译文均来自该译本，后不赘注。

总之,人文主义与宗教神学思想并不是决然排斥的,而是相辅相成的,具有对峙而共生之辩证意义。① 文艺复兴运动不仅反教会,当然也有反宗教之严苛教义与戒律的倾向,但这并不等于说人文主义对宗教的态度是敌对性否定和反抗,因为,宗教在本原上也拥有人性内涵,因而具有人文性。人文主义者是在教会势力对欧洲社会的控制力无限膨胀,上帝所代表的理性力量被解释成至高无上的"神力",从而违背初衷,走向反面,由人类生命存在之"保护神"演变成制约人性的异己力量,对人类文明的发展产生阻力时,才打出"以人为本"旗号的。他们所反对的"以神为本"的"神",主要指被教会所异化了的那个"上帝",而不是基督教本原意义上真善美和理性之代表的上帝,因而,其矛头所指的往往是教会和那些伪善、堕落的僧侣。所以,文艺复兴人文主义要反对的并非本原意义上的基督教或《圣经》本身。"以人为本"旗号中的"人"当然是原欲、理性与人智意义上的人,提出这一旗号的真正目的是,祈求上帝关怀人、体恤人,使人性得以发展,让上帝自己为人解除被异化了的"上帝"。由此而论,文艺复兴实际上又是一个纯洁宗教,特别是纯洁教会、纯洁乃至圣化上帝本身的一项文化清理运动。文艺复兴后期的宗教改革运动就是最好的例证。西欧的宗教改革就教会机构内部而言好比"清理门户"、扫除败类、纯化僧侣队伍、净化僧侣灵魂,使之合乎上帝之意愿。就宗教本身而言,是清除歧义,还上帝以本来面目。当然这种对宗教的"清除歧义",同时又是结合现实中"以人为本"之要求,让宗教教义更贴近人生、更切合人的自然本性,即更关怀人、更具有人文性的过程。路德和加尔文的宗教改革,"打破了天国理想与人间生活的截然对立,使虚幻遥远的彼岸世界建立在世俗

① 参阅蒋承勇:《现代文化视野中的西方文学》,上海社会科学院出版社 1998 年版,第 73—74 页。

的此岸"①。他们的心理事实上使他们在行动上无法做到"彻底地反宗教"。实际情形是,他们"批判完了之后,灵魂仍然存在,对圣母还是像过去那样迷信"②。有的人文主义者往往以原初形态的《圣经》去反对现实的基督教教义,路德和加尔文就是如此;许多人文主义者既有反宗教倾向,同时又是虔诚的基督徒,如但丁、彼特拉克、埃拉斯克等。正如布克哈特所说:"一个奇怪的事实是:这个新文化的某些最热心的提倡者是最虔诚地敬上帝的人乃至是禁欲主义者。"③这些都说明人文主义者并非与基督教决然对立。实际的结果是,在他们批判宗教的过程中,又接纳了基督教文化中的人文性养料。或者也可以说,他们本身是在吸取了基督教文化养料的过程中成长为人文主义者的。正因为如此,人文主义文学在人性与神性的取向上是双重的。

① 李秋零、田薇:《神光沐浴下的文化再生:文明在中世纪的艰难脚步》,华夏出版社 2000 年版,第 395 页。

② 丹尼斯·哈伊:《意大利文艺复兴的历史背景》,李玉成译,生活·读书·新知三联书店 1988 年版,第 174 页。

③ 雅克布·布克哈特:《意大利文艺复兴时期的文化》,何新译,商务印书馆 1979 年版,第 490 页。

| 第六章 |

人文主义文学与国家政治

16 世纪的欧洲，社会动荡，政治晦暗，最具权势的王室野心勃勃、互相争斗，引发了社会的道德恐慌。面对错综复杂的现实环境，人文主义者社会责任意识增强，他们学习人文科学知识，积极参与社会活动，随时准备为所在的城邦政治服务，把为公众谋利益视为最高的道德风范。他们纷纷著书立说发表自己的见解，讨论政治的本质，辩论何为最好的统治者，如何培养优秀的君主以实现城邦或国家的卓有成效的治理，等等。例如，意大利的人文主义者多数都在城邦政权或者教会供职，他们发表过许多对后世影响深远的政治理论著作。这就涉及人文主义思想中的国家政治问题，这些内容成为人文主义文学的重要组成部分。与民族政治密切相关的便是语言问题，因为这涉及民族国家的形成。拉丁语作为官方语言，是神圣教权的体现，与之相对，民族语言便是实现民族统一与民族身份认同的重要工具。因此，在当时人文主义者的政治主张中，必然有一个民族语言的议题，他们提倡用民族语言和俗语从事文学创作，旨在促进民族国家的建立与治理。就此而论，在文艺复兴时期出现的拉丁语与俗语之争，并不是一个纯粹的语言学问题，而与民族身份的确立以及统一的民族国家的建立相关，民族语言问题也是民族政治问题。

关于人文主义文学与国家政治关系的讨论，大致上涉及两部分文本：一部分是政治著作，显示了人文主义文学中散文、政论类文体的繁荣；另一部分则是虚构作品，通过人物形象、故事情节来传递作者的政治观念，这是大多数人文主义文学作品中会涉及的议题，也是本章讨论的重点。

第一节　人文主义文学与民族国家意识

进入 14 世纪，意大利出现了一批积极将古典知识与城邦共和制结合的人文主义者。巴伦于 1955 年发表的经典著作《早期意大利文艺复兴的危机：古典主义和暴政时代的公民人文主义和共和自由》，用"公民人文主义"一词来描述文艺复兴时期佛罗伦萨共和政治中的爱国主义、民选政府和公共服务的理想。"公民人文主义作为一种政治和道德意识形态，旨在使学术和学习承担起建立维护公民社会所必需的美德的任务。"①这些从古希腊和罗马共和国继承下来的思想，被公民人文主义知识分子和教育家重新发现并推广开来。为了保家卫国和捍卫共和自由，佛罗伦萨市民在以萨卢塔蒂、布鲁尼为代表的公民人文主义者的宣传鼓励下，通过设立人民政府机制、市民积极参政等措施培育效力于城邦的市民精神。② 这是一种摆脱了神秘主义、抽象主义而强调世俗价值的政治观念，在意大利的人文主义思想中具有比较重要的地位与价值，也影响了人文主义文学，尤其是散文、论说文类的写作。人文主义者利用他们对古典文献的研究，以罗马共和政体为蓝本，为佛罗伦萨构建了一个帝国神话，其目的是强化

① Mark Jurdjevic: "Civic Humanism and the Rise of the Medici", *Renaissance Quarterly*, Vol. 52, No. 4, 1999, p. 999.

② James Hankins: *Renaissance Civic Humanism: Reappraisals and Reflections*, Cambridge University Press, 2000, p. 3.

佛罗伦萨统治的合法性，激发新的佛罗伦萨臣民的忠诚。这种政治思想与强调人的尊严、强调积极生活的人文主义主张密切相关，提倡对人生之意义进行新的探索。萨卢塔蒂是这一思想举足轻重的代表人物，被视为佛罗伦萨人文主义运动的发起人之一。他运用自己的权势和地位，在佛罗伦萨有力地推动了对古典文化的研究，使该城成为人文主义活动的中心。萨卢塔蒂对共和政府政治、经济事务的积极参与，为后来的人文主义者树立了效仿的典范。他在注释奥古斯丁的著作时，坚持把人间的城同天国的城充分结合，指出热爱世俗生活正是人的天性，人们只有在今世的生活中进行了战斗，完成了自己的事业，没有虚度年华，才有资格颂扬为来世而过虔修生活的光荣。他把人文主义活动和政治生活结合在一起，把古典学术研究与他所处的现实世界联系起来，强调作为一位共和政体公民的自豪感和责任感。

另一位公民人文主义的代表阿尔贝蒂，提出了闪烁着文艺复兴思想光芒的格言——“德行战胜命运”，他重视人的认知能力和行动意识，体现出文艺复兴发展至顶峰时期人文主义者对“人的命运”的崭新诠释。他这里的所谓“行动”，指的是以服务城市共和国为宗旨，积极参与公共活动和政治生活。阿尔贝蒂曾说过：“我相信人不是生来虚度慵懒岁月的，而是要积极地去建立丰功伟业。”①公民人文主义帮助佛罗伦萨精英将自己的政体看成是一个由有美德的贵族领导的主权世俗国家。布鲁尼也是公民人文主义者，他是佛罗伦萨的政治家、史学家和重要的人文主义学者。他不仅是美第奇家族的家庭教师，还先后担任过罗马教皇秘书和佛罗伦萨政府文书长等公职，积极参加以萨卢塔蒂为首的人文主义学者开展的活动。他认为真正的人文主义者“必须以建设性的方式运用知识来改善和

① 加林：《意大利人文主义》，李玉成译，生活·读书·新知三联书店1998年版，第301页。

造福社会”[①]。他曾用拉丁语翻译过不少古希腊著名哲学家的著作,并运用人文主义的观点对亚里士多德和柏拉图的几部重要作品做出精辟的评价和解释。他用拉丁语撰写的代表作《佛罗伦萨人民史》继承了古典史学家的传统,以著名人物演讲的形式,把佛罗伦萨的历史写成佛罗伦萨人民继承和发扬古罗马传统,在政治、经济、文化各方面取得辉煌成就的历史,打破了中世纪史学家把历史看作按神意而活动的陈旧观念,开创了以世俗的政治观点撰写历史的近代史学之风。布鲁尼以批判的眼光对收集的大量史料进行比较和查证,强调必须从历史的角度审视过去,切不可用当代人的观点看待历史,要在可靠的事实基础上,强调共和制度和古典文化对城市繁荣发展的贡献。布鲁尼发展了萨卢塔蒂积极生活的思想,认为财富本无好坏之分,因为它只是道德的基础,一种外在的幸福或力量。他强调人的使命是为了国家荣誉而工作,人若想达到完美的程度,只有将自己融合在城市生活中,因为城市不仅是促进生产和商业活动的保证,而且是教育人和培养人的理想的场所。他的史学观在佛罗伦萨另外两位著名人文主义史学家马基雅弗利和圭恰尔迪尼的作品中得到了进一步的发扬光大。曼内蒂也倡导公民人文主义思想。他是一个坚定的共和主义者,认为人不应该消极地期待上苍的恩赐,而应该为追求自身的理想而斗争,高度赞扬人的尊严,主张人的积极行动,即使是去“认识”大自然也非常有意义。他认为大自然是一个充满着人类创造的和谐世界,而人的作用就是“行动和认识”,“人活在世上的意义在于行动起来,认识世界。所谓行动起来指的是积极参与社会政治生活,一心为共和政府效劳”[②]。

人文主义以人为中心的概念,在历史观上表现为强调以一种现实的、自然的、历史的眼光来审视社会发展,突破以神学为中心的历史概念,反

---

① Mark Jurdjevic: “Civic Humanism and the Rise of the Medici”, *Renaissance Quarterly*, Vol. 52, No. 4, 1999, p. 1000.

② 张世华:《意大利文学史》,上海外语教育出版社 2003 年版,第 108 页。

对神权，强调君主权力和强者政治。马基雅弗利也是公民人文主义的重要代表，他的《君主论》是这方面的典型作品。《君主论》指出，就治国这件事而言，政治必须完全地超然于道德之外，如果战争是为了保全或者巩固社会，那么战争就是好的。一位作为统治者的君王不需具有各种美德，但他要假装具有各种美德，这对统治非常有用。因此，君王应貌似仁慈、忠诚、仁道、信仰宗教、守信义，实际上具有这些美德固然好，但更重要的是他的脑筋要灵活，必要的时候他可以变成一个相反的人；他的一言一行必须谨慎，不要说出与美德不相符的话来，一个成功的君王，必须善于掩饰，成功地做一个奸猾的骗子。这是因为，人们一般而言是庸俗的、肤浅的、缺乏慧眼的，而且容易上当受骗，多数人只看到表面，只有少数人才能洞察真相，而少数人是不敢反对多数人的意见的。马基雅弗利认为君主应该奸诈、欺骗，可以无视道德，这种观点极大地挑战了世俗观念。事实上政治家们几乎一致地全都践行了他的理论，但表面上又必须对马基雅弗利进行批判。马基雅弗利的世俗的君主政治思想，象征着世俗异教精神对正在衰微的基督教君主论的挑战，神权与宗教道德不再是唯一的“太阳”，事实上国家和世俗君主才是“上帝”。在群雄争霸、政治动荡的时代，人文主义者们积极著书立说塑造自己心中的理想君主，既有马基雅弗利式的集狮子与狐狸于一身的超越道德的君主论，也有始终强调道德仁政的君主理想，例如伊拉斯谟，他的观点就与马基雅弗利观点迥异。伊拉斯谟在其代表作《论基督教君主的教育》中强调君主的美德，他指出良君应当以公共利益来衡量一切，否则他就根本算不上君主，他无权将民众当作牛马驱使。建造一座美好的市镇，要比摧毁它困难得多，因此建造市镇的行为也更加令人敬重。要想成为合格的君主，需要依靠教育，人文主义教育和基督教的启蒙必须并行不悖（参见本书第四章“人文主义文学与知识追求”）。伊拉斯谟在“君主的诞生”中指出：“国家的一切都应归功于一位良君，但君主本人却得归功于那位以正确的教导养成君主现状的人。”连普通人都花那么多精力教育自己的儿子，何况国家未来的君主，那么承担教育君主任务的人文主义者就格外责任重大，因为“为你的国家提供一位将会广施恩泽的仁者，还是降予她一场致命瘟疫的毁灭”①，这都要看对未来的君主实行怎样的教育。君主之所以必须施仁政，与伊拉斯谟的最值得重视的政治理论——君权民授概念有关。因为君主所行使的政治权力来自臣民的正式授意，国家和君主是两个概念，“由那么多出类拔萃的男男女女组成的国家，其价值要远远高于首领个人，也就是君主本人。即便是一个缺少君主的国家，也依然是一个国家。有许多广袤的帝国即使没有一位君主也走向了繁荣昌盛，比如在民主制下的罗马与雅典”②。因此他推导出这样的结论：国家承纳了君主，而不是君主承纳了国家。臣民授意，正是君主合法性的依据，这一政治观在此后西方政治学中得到了更深刻的论证。

文艺复兴时期人文主义者的政治理论观点分歧很大，表面上甚至严重对立，但其核心都是在关注人的自由、权利、个体价值这一思想背景下形成的，对政治领域强调捍卫公民的自由权利起到了积极作用。这些概念也一直延续到欧洲的启蒙时期，对现代国家政治思想的形成影响深远。

政治思想、民族问题在人文主义文学中占据重要位置。从但丁开始，政治意识就已经成为其文学创作的重要动机，他“描绘出了新旧交替时期的现实生活和政治斗争。他的诗篇和著作，充溢着丰富的社会内容和强烈的政治倾向”③。但丁作为中世纪向文艺复兴过渡时期的作家，其政治观既体现出文艺复兴时期的进步性，也带有很强的中世纪的历史痕迹。他认为人生的最终目的就是幸福，其政治思想以此为出发点，渴望意大利统一、和平、安宁，从而对意大利各邦国统治者的昏庸、残暴、践踏法制、贪

---

① 伊拉斯谟：《论基督教君主的教育》，李康译，商务印书馆2017年版，第12页。

② 伊拉斯谟：《论基督教君主的教育》，李康译，商务印书馆2017年版，第123页。

③ 吕同六：《地中海的灵魂——意大利文学透视》，社会科学文献出版社1993年版，第54页。

婪等等进行有力批判。在《帝制论》《论俗语》《神曲》等作品中，但丁提出了在当时非常先进的政治观点，认为法律和政府必须为人民服务，行政长官的存在就是为市民效力。这种观点极具现代性价值，突破了中世纪神学有关君权神授、君权神圣的观念，并抛弃了中世纪劝诫大家摒弃现实生活，只追求精神救赎这样一种消极的政治观，承认世俗幸福的必要性。但丁写作的目的正是引导人们如何从现实社会的泥泞之中走出来，建立人间天国，他把目光转向现实，要求人们积极向上。但丁的政治思想虽然没有摆脱神学传统，但已闪烁着以人为本的新思想光芒。基于这样一种已经包含了重要现世观照的政治观，但丁积极宣扬统一的意大利的概念，而与他同时代的多数学者并没有意大利这样一个整体的民族国家的概念。在当时，意大利既不是一个具有文化完整性的概念，也不具备社会意义上的统一性，学者们只有各个城邦国的概念，对于意大利四分五裂、群雄割据的堕落的状况其实是没有什么太多感慨的。但丁则对此深感痛苦，他认为要想让意大利摆脱苦难就必须使其走上政治复兴之路。他寄希望于英明君主，认为神圣罗马帝国正是世俗人间帝国的模板，而意大利作为罗马人的后裔，尤其是佛罗伦萨人作为“真正的罗马人后裔，罗穆卢斯的子孙”，最有可能传承这一帝国衣钵。他通过追溯罗马帝国的光荣历史，赞颂庞培、恺撒、屋大维等这些能够执掌帝国大权的伟大君主的功勋以激励意大利各贵族，希望意大利能够像曾经的罗马那样统一和强盛。但丁在党派斗争与被流放的过程中，深刻认识到意大利统一道路上最大的障碍是教权，是罗马教皇，所以他更加坚定地主张政教分离、政教平等。

《帝制论》和《神曲》互相呼应，完整地展现了但丁的政治主张。但丁首先批判中世纪的“日月说”，提出了“两个太阳说”，强调教权和王权应该各自独立。教会杜撰了“日月说”“长兄说”和“撒母耳罢黜保罗说”等作为教权来自上帝的依据，“教会用它自己的精神传统统一了罗马文化的社会传统，并因而在一个既需要社会领袖又需要宗教领袖的社会中起着双重作用”[1]。《圣经》讲到上帝在第四天创造两个光体，这就是“两个太阳说”，但被教会解释成教权凌驾于王权之上。而但丁力主提升世俗王权的地位，“造福世界的罗马向来有两个太阳，分别照亮两条道路，一条是尘世的道路，另一条是上帝的道路”[2]，但是一个太阳（教权）却要把另一个太阳（王权）熄灭，要把宝剑和牧杖都放在同一个人的手里面。但丁反对教权对政权的侵犯，他指出这两个光体都出现在上帝创造人类之前，它们并非指两个政府，而且就算月亮反射了太阳的光芒，那也是由于月亮自身的属性。但丁主张两个光体的观点，力图说明人类为了摆脱灾难，实现终极幸福这个人生目标，必须有两个引导者——皇帝和教皇。皇帝依靠哲学的指导，获得现世之福，而教皇遵循的是神圣的真理，引导大家获得永恒之福，这两者都非常重要。所以《神曲》基于此而设计地上的乐园和天堂的两个引导者维吉尔和贝亚特丽采，各自分别象征着理性哲学以及神学信仰。正因为皇帝和教皇是同样重要的，因此，背叛世俗君主恺撒和背叛人类救主耶稣是同样有罪的，但丁将这样的人打入地狱第九层，使之与撒旦永远同在。权力集中于教会甚至教皇，同时也把教会拖进了罪恶的泥潭。但丁真正批判的不是宗教本身，而是无比堕落的教廷。他勇敢、激烈地谴责教会的黑暗和罪孽，其批判锋芒并不亚于此后文艺复兴时期的其他作家。例如他在《神曲》中写道：教会使牧羊人变成了豺狼，把绵羊和羔羊都引入了歧途。他描述了僧侣们荒淫无度、迫害基督徒的恶劣行为，他们犯下了种种罪恶，例如买卖圣旨、虚伪、怯懦、贪婪，但丁将之打入地狱，还把当时仍然在世的卜尼法斯八世打入地狱第八层，让他倒栽葱式地扎进地狱深处的岩缝，承受脚心里点火的火刑之苦。总之，但丁的政治理想就是政教分离，他认为权力有两个中心，人类能够在这两条道路的共同引

---

① 克里斯托弗·道森：《宗教与西方文化的兴起》，长川某译，四川人民出版社 1989 年版，第 25 页。

② 但丁：《神曲·炼狱篇》，田德望译，人民文学出版社 2002 年版，第 154 页。

导下获得最终的救赎。但丁在其政治理论著作《帝制论》中阐述了帝国和教廷两个最高权力机构之间的正确关系,上帝为人类设计了两种目的:其一是享受现世生活的幸福,这种幸福以地上乐园的形式表现出来;其二是享受永恒生命的幸福,以天上乐园的形式表现出来。尽管这是两种不同的目的,但是这两种目的却有深刻的内在联系,因为人类只有在一统的政体下才能生活得最美好。在《神曲》中但丁以“伟大的康斯坦斯”隐喻罗马帝国皇权直接来自上帝,“这位旗手促使世界普遍处于和平状态”,所以“罗马政府完全不应该服从罗马教廷,因为在某些方面我们追求尘世生活的幸福就是为了得到不朽的幸福”。

但丁有关理性和信仰的看法,以及政治思想中的“两条道路”,以法律为基础建立民族国家的政治观念,直接影响了彼特拉克和马基雅弗利等人文主义者。如同其他人文主义者一样,彼特拉克也被深深卷入当时的政治中,他曾著有《论统治者应当如何进行统治》。这是彼特拉克写给帕多瓦的一代枭雄弗朗切斯科的一封长信,信中全面阐述了他的政治见解。他强调要想成为一名合格的统治者,需要对人民友善、慷慨,如果让人民感到恐惧,这并不能够使政权永恒。他反对战争,对弗朗切斯科针对威尼斯发动的一系列战争颇为不满,认为君主需要维护和平。他进而论证了政府的职能,那就是负责建设国家,使人民安居乐业,这都是对新型世俗政治的进步看法。而《名人传》则是彼特拉克用拉丁语撰写的一部历史著作,通过对从罗马创始人罗穆卢斯到恺撒大帝的 21 位名人的生平介绍,把历史上强盛的罗马同现实中分裂动荡的意大利两相对照,抒发爱国情怀,表达了一种渴望重建强大而统一的人间帝国的政治理想。本书在第三章中分析过彼特拉克《歌集》的自然爱欲,但该诗集不仅仅是对劳拉之爱的赞歌,其中的政治抒情诗也非常重要,体现了彼特拉克渴望意大利统一的政治观,他将意大利作为整体,强调其民族国家之意义,这在人文主义者中是具有先进性的。彼特拉克著名的诗歌《我的意大利》,抒发了强烈的爱国情感。在他所生活的时代，意大利是四分五裂的，他在此诗中表达了自己的希望，那就是结束君主之间的争霸，让意大利能够免受创伤；他对于异族的入侵，满怀愤怒，呼吁争取独立和统一，美德一旦拿起武器向野蛮宣战，胜利的日子就不再遥远：

各位诸侯，美丽的意大利
的命运已经交到你们手上，
仁慈并未打动你们的心房。
为何从外国引来这么多的剑影刀光？
意大利绿色的田野为何
染上了野蛮人的血浆？
徒劳的欲望诱惑着你们
在贪婪的人群中寻找出善良，
自以为高瞻远瞩，实为近视目盲。
谁拥有的雇佣军多，谁周围的
敌人也就越是众如飞蝗。
啊，你们从遥远的沙漠
召募来的游民和流氓
践踏着我们的国土和地疆！
如果这是我们自己一手造成，
那么又有谁能把我们解放？
大自然赐给我们得天独厚的条件，
雄伟的阿尔卑斯山像不可逾越的屏障，
在意大利和野性的日尔曼之间隔起一道墙。
但是瞎子的盲目和顽固的贪婪，
不顾我们的利益，它使意大利

健康的肌体长满了痈疽和疥疮。
如今在这高山环绕的笼子里，却把
凶残的野兽和温顺的绵羊圈在一个地方；
…… ……
啊，高贵的拉丁民族的血液，
摆脱这毁坏一切的处境和周边，
不要在虚妄而又毫无价值的
荣誉面前折腰伏拜。
因为癫狂而固执的日耳曼人
欺骗了我们，而并不是因为
我们的智慧所不逮。
…… ……
除了上帝，只有你们能给他们
带来和平，而且只有你们
能表现出一些怜悯和仁慈的情怀，
还能带领人民奋起反抗残暴，
使战争的钟表早一点停摆。
因为在意大利人的心目中，古老的
传统还没有完全消亡亦或死殆。①

拉伯雷作为法国文艺复兴时期最重要的代表作家，其鸿篇巨制《巨人传》蕴含了丰富的人文主义思想。本书在前几章中讨论过其中的教育问题、人性解放问题等。在这部作品中拉伯雷同时还表达了鲜明的人文主义政治思想，主要是关于国家扩张与战争问题的，体现了明确的反战立

① 彼特拉克：《歌集》，李国庆、王行人译，花城出版社 2000 年版，第 187—190 页。

场。作品中描写了一个反面人物——国王毕可肖，他野心极大，妄图建立世界帝国，对邻国不断地发动战争，把所到之处劫掠一空。这个形象中有多位国王的影子，例如查理五世、弗朗索瓦一世等。拉伯雷反对战争，希望贤明君主能够保家卫国。他所描写的格朗古杰就是这样的国王，面对敌人入侵能够调兵遣将，进行自卫，保护臣民，“因为我靠他们的劳动而得以维持，我靠他们的汗水而得以温饱，不光我，还有我的孩子们和我的王室”。主张真正贤明的君主不会轻易发动战争，战争是为了保护臣民而进行的自我防护，他呼吁和平，反对战争，这是拉伯雷在政治问题上的明确立场。

在宗教战争之前，欧洲人对于“国家”并没有十分确定的概念，王朝国家的版图随着君主们的婚姻状况和继承状况以及教皇册封而不断改变。由于宗教改革和宗教战争的作用，王朝国家逐渐让位于民族国家，不同的宗教信仰和 1555 年奥格斯堡宗教和约规定的“教随国定”原则，在很大程度上增强了人们的民族意识和爱国心。在宗教战争期间，宗教情感和爱国心相互激励。新兴的国家主义和科学理性精神成了现代西方国家发展的主要动力。人文主义文学并不仅仅是古希腊-罗马文化复兴之后与希伯来-基督教文化的对话，也体现了民族意识获得独立从而参与文化整合的状况。在人文主义的政治观中，民族独立与国家统一是重要内容，这和中世纪的政治观形成明显差异。如萨卢塔蒂所说：“世界上最美好的东西有两个：祖国和朋友。关心、爱护你的家庭、孩子、亲戚、朋友以及包容一切的祖国，并为他们效劳吧！这样做，你的灵魂就不可能不升入天堂，并为上帝所喜爱。”[①]民族意识、国家意识成为人文主义文学出现的重要政治背景，它们也是人文主义文学的基本主题。例如在英国利用民谣创作进行政治和宗教宣传，影响公众舆论，在伊丽莎白之前的都铎王朝尤其如

① 加林：《意大利人文主义》，李玉成译，生活·读书·新知三联书店 1998 年版，第 27 页。

此。威廉·伯奇创作了一首描写女王陛下和英格兰关系的歌曲，将贝茜(伊丽莎白一世)和英格兰描绘成一对恋人，将女王描写成地球上最高贵的人之一，强调其政权合法性。[①] 爱德华·霍尔是16世纪英国最早的编年史家之一，于1542年出版《兰开斯特和约克两个贵族和显贵家族的联姻》，审视了都铎王朝的崛起和胜利。历史著作成为这一时代的政治需求，剧作家也自然转向了霍尔和霍林希德的编年史，从中寻找素材，具有重要政治功用的历史剧就成了一种时髦。马洛的代表作《帖木儿大帝》，满怀激情地刻画了主人公帖木儿，描述了一个特别具有精神力量的人物，他并不是传统意义上的英雄。马洛通过他表达了一种政治家的野心、决心和意志力："我用铁链把命运紧紧地拴牢，用我的手在指挥人生的变迁。在太阳从天体坠落之前，我帖木儿绝不会被征服或受伤害。"1588年英国与西班牙的海战，是英国历史上的大事件，在海上取得的胜利振奋了英国人的民族精神，促进了现代英国的迅速发展，其历史和前景也成了人们关注的焦点。人文主义的思潮唤醒了英国人对人的尊严和个性的重视，同时，英国的民族自豪感被激发起来，英国人的民族身份认同也逐渐形成。这种民族意识影响了威廉·莎士比亚历史剧的观点，可以说这一政治背景构成了莎士比亚戏剧的重要隐线。若忽视文艺复兴时期的英国国家意识，就无法真正读懂莎翁戏剧。莎士比亚在1589—1599年这11年之间写了9部历史剧，将这些历史剧连贯起来看，它们展示了从13世纪到15世纪共计300年的英国大事，包括了英法之间的百年战争，英国国内的红白玫瑰之战，这些历史剧展现了英国历史上非常重要的一个时期的风貌。因为这一历史时期正是英格兰向统一的民族国家迈进的关键时期，莎士比亚的历史剧承载了作者重要的政治意图，表达了深刻的英国身份意识，

---

① James Wyatt Cook: *Encyclopedia of Renaissance Literature*, Facts on File, 2005, pp. 70-71.

也表达了多种政治伦理思想,例如民权、血统至上、君权神授等。1588 年之后英国开始加速向外扩张,海上贸易逐渐崛起,一个全球性的殖民帝国正在建立之中,民族认同感和自豪感成为时代强音。莎士比亚在剧本《理查二世》中借人物之口赞美自己的国家,表达爱国热情——华贵的大地,战神的故乡,伊甸园里的小天堂,大自然创造了这个堡垒,是为了不让它遭受污染和战争的袭击,里面住着一群快乐的人,这都是莎翁对英国的热情洋溢的赞美,表达了他对英格兰的强烈的政治认同感。在莎士比亚心目中,英格兰从来没有,也永远不会倒在骄傲的征服者脚下。正是在这种政治热情之下,莎士比亚在历史剧中塑造和赞美英明有为的君主,这些作品拥有明确的政治意图和政治理想。将莎士比亚的历史剧连贯起来作为一个整体,可以看到莎士比亚比较完整的关于英国历史的看法,这是一个生活在伊丽莎白王朝强盛时期的英国人的看法。他厌乱思治,渴望一个平定战乱后强有力的中央集权国家能够出现在历史舞台上。莎士比亚的历史剧,指涉了英国 300 年的历史,而其间所表达的不仅仅是莎士比亚一个人的政治理想,还体现了这一时期英国人普遍的政治观念。[①] 因此莎翁历史剧中涉及各种复杂的政治问题,体现了现实政治的需要。

统观莎士比亚的戏剧,他塑造了形形色色的君主形象:兼具马基雅弗利和基督教君王形象的亨利五世,恶魔暴君式的理查三世,诗人君王理查二世,等等。在激烈的权力纷争的环境里,具有雄才大略的政治家亨利四世是莎翁塑造的重要君主形象,但他不是莎翁理想的君王,而只是一个有才干的野心家,因为他虽有帝王之才,却缺少了帝王之德:仁慈、宽厚。亨利五世则是一种鲜明的对照,他不像父亲亨利四世那样靠不正当的手段夺得王位,而是通过合法的继承权登上国王的宝座。莎士比亚首先在道

---

① 王佐良、何其莘:《英国文艺复兴时期文学史》,外语教学与研究出版社 2018 年版,第 184 页。

义上确立了亨利五世王权的合法性,也确立了作为国王的他在道德上的合法性。他的治国才能比起他父亲有过之而无不及,在道德上更是远在他父亲之上。他虔信上帝,胸襟开阔,宽厚待人,从不居功自傲,处事公正严明,所以上至王公,下至庶民,都把他奉若天人,对他敬若神明。莎士比亚对亨利五世道德上的描写显然是理想化的。在强权相争、野心家四起的时代,仅有道德的感召力往往是无济于事的,而莎士比亚却说:"在'仁厚'和'残暴'争夺王权时,总是那和颜悦色的'仁厚'最后把它赢到手。"(第二幕第六场)这不啻为一种道德说教与安慰。不过也正由此,我们可以看出莎士比亚看到了并否定了权力诱发的贪欲及由贪欲导致的争斗,但他认为抑制贪欲和战胜邪恶主要仰仗仁慈宽厚的美德。莎士比亚希望人间的君王有上帝与耶稣的秉性,亨利四世与亨利五世的根本区别就在于前者不具有这种秉性,在他看来理想的君王应是人间的上帝。当然,要成为理想君主,政治才干也是必不可少的,例如亨利六世也被莎士比亚认为是有高尚道德目标的统治者,他是一个真正虔诚的人,满腔热忱,私德方面无可指摘,一心想要给国家带来和平,但是这位虔诚的国王,却由于缺乏足够的政治才能,反而把国家拖进血腥的内战中。对亨利六世的态度,体现了莎士比亚对国王的公共领袖身份与私人品德方面双重身份的思考。①

亨利七世继承英国王位之后,为了巩固都铎王朝的统治,提倡和鼓励文学中描写历史题材,以强化两方面的内容:一是代表兰开斯特家族的亨利七世和约克家族联姻,结束了长达 30 年的内战——红白玫瑰战争,这是天意;二是将亨利七世和他的继承人塑造成 6 世纪英国国王亚瑟的化身,试图用神话和英雄史诗的方式来讴歌这段英国历史,这就导致亚瑟的

---

① Irving Ribner: *The English History Ploy in the Age of Shakespeare*, Routledge, 2005, p. 110.

故事在都铎王朝极为流行。莎士比亚的历史剧都对此做出了回应，展示了英国封建社会由动乱纷争到中央集权的历史过程。作者虽然以理想、乐观的态度去描绘这一动荡时代，谴责昏君，呼唤贤明君主，反对封建割据，拥护中央集权，但在这样危机四伏的时代，野心勃勃的政治家未必不感到危机重重，这是一个铁与血的时代，君主时刻恐惧自己的权力不能永固，亨利四世担忧的正是“戴王冠的头颅不能安于枕席”。赤裸而残酷的权力之争使英雄变得贪婪凶狠，宽厚仁慈难以扼制膨胀着的野心，治乱安邦的君主必须勇敢、机智、果断，还须狡诈、冷酷乃至残忍，一如亨利四世，凭借老练精明的政治手腕和勃勃的治国雄心与出众的才能，短时间内就平息了战乱，使国家走向安定统一。在这样的一个时代，仁政是理想，却极难成为现实，因为现实充满了混乱与黑暗。莎士比亚描写了理想的“人”，他们生活于其中的社会本应有“美好的框架”，是顶“壮丽的帐幕”，是一个“金黄色的火球点缀着的庄严的屋宇”，如同上帝创造的伊甸园。只可惜乐园的理想在现实中已经无法实现。由于人自身的堕落和恶欲的放纵，这个世界变成了“不毛的荒岬”，变成了“一堆污浊的瘴气的集合”。莎士比亚在《理查二世》中描绘自己的祖国：这一个统于一尊的岛屿，这一片庄严的大地，这一个战神的别邸，这一个新的伊甸——地上的天堂，这一个英雄豪杰的诞生地，这一个镶嵌在银色的海水之中的宝石，这一个幸福的国土，这一个英格兰，这一个保姆……这一个孕育着许多伟大灵魂的国土，这一个声誉传遍世界，亲爱又亲爱的国土。莎翁的历史剧中已经蕴含了浓厚的悲剧气氛，政治需求造就了历史剧这样一个特定的剧种，当这种政治需求消失的时候，历史剧也就完成了它的使命，莎士比亚也基本终止了历史剧的创作。然而政治话题是莎翁戏剧难以绕开的话题，因此从政治的角度解读其戏剧也是重要的切入点。他的悲剧也继续着历史剧的政治问题的讨论，莎士比亚多次描写不同类型的君主，有仁慈君主老哈姆雷特，也有野心勃勃篡位杀兄的克劳狄斯，有伊拉斯谟主张的基督君主李尔王，也有马基雅弗利式的高纳里尔和里根姐妹等，对这些不同君主的塑造，暗示了莎士比亚对君王的褒贬与政治观点。

正是由于莎翁戏剧中的政治内容与政治叙述，当代莎士比亚研究者也较多聚焦于其中的“政治”，并提出了各种解释范式，例如文化唯物主义、共和主义、政治哲学等。[①] 莎士比亚晚年的传奇剧《暴风雨》则拓展了政治问题的新角度，例如殖民问题，还有乌托邦问题。他在这部戏剧中描述了一个无为而治的黄金时代：我将用相反的方式来处理事物，不允许任何贸易，没有管理，没有学问，没有贫富。不允许雇用仆人，没有契约继承国界地界，没有店铺也没有果园，不采金不产粮不吃酒和油，无所事事。一切男人全闲着，女人也闲着，但又贞静纯洁，总之没有人管人。这段描述来自蒙田的随笔，被莎士比亚借用来表达其政治理想，这种所谓理想社会其实就是过去哲学家笔下所描述过的黄金世界，因为在这样的一个小岛上没有人对人的管制、统治，全靠丰饶的大自然在养育着人，这些言论听上去好似子虚乌有，但是代表了文艺复兴晚期人文主义者对于灿烂新世界，一个和平、光明而充满德性的世界的渴望。

爱德蒙·斯宾塞模仿意大利诗人用长诗来赞美国家的做法，创作了鸿篇巨制《仙后》来歌颂英国。他整合了不列颠的伟大骑士故事来表达英格兰民族的伟大精神。《仙后》实际上是一个寓言，如同阿里奥斯托的《疯狂的罗兰》和塔索的《被解放的耶路撒冷》一样，整个作品使用复杂的象征技巧，将中世纪的艺术手法与人文主义的思想表达相结合。不同的人物象征着不同的道德品质，如圣洁、温和、友好、公正等，这是典型的中世纪文学的技法，表明了斯宾塞对欧洲文学传统的继承。当然他也有重要的创新，那就是将英国的历史纳入寓言，试图在他的《仙后》中创作一部新教

---

① 彭磊：《何谓莎士比亚的政治——论当代莎士比亚政治批评的四种范式》，《戏剧（中央戏剧学院学报）》2021 年第 6 期，第 85—96 页。

民族史诗，以多层次的寓言来颂扬都铎王朝，尤其是表达对伊丽莎白女王统治的赞扬。[①] 青年王子亚瑟梦见了一位仙后，醒来就上路去寻找光荣女王。这位女王就是伊丽莎白女王的化身，武士们的英雄事迹正是为了扬英国国威。他还特别提到了英军在荷兰与西班牙作战的胜利和苏格兰女王玛丽想夺取伊丽莎白王位的失败。伊丽莎白统治时期，捍卫王位、强调其王权的神圣性，是女王最重要的政治诉求。苏格兰女王玛丽·斯图亚特与西班牙王菲利普二世是王权最重要的竞争对手，斯宾塞创作《仙后》正是为了迎合女王的这一政治诉求。他以仙后隐喻伊丽莎白，却用"谎言"象征玛丽，以"暴君"代指菲利普二世，政治讽喻意味十足。约翰·弥尔顿作为英国文艺复兴接近尾声时期的重要作家，在现实中积极参政，并在文学作品中阐发其政治观。他的《失乐园》将新教的宗教信仰、天选之国的英国信念、反封建的斗争精神等贯穿其中。

戏剧家洛佩·德·维加是西班牙文学黄金世纪的代表作家、西班牙民族戏剧的奠基人、西班牙戏剧之父，其著作数量之多不仅在西班牙，而且在全世界的作家中也是首屈一指的。据传，他总共写了 1800 部作品，文学史家对他的统计是 1500 部左右，流传至今的有 470 余部。维加曾经参加过西班牙的远征军，经历了攻占亚速尔群岛中唯一尚未归顺西班牙的特尔塞拉岛的战役，根据这次经历，他写出了喜剧《受到惩罚的美男子》。他还曾经参加过无敌舰队与英国的海战，经历过无敌舰队的溃败，因此他的一生与西班牙海外扩张荣辱与共，追求政治理想自然是他生命中的重要内容，也是其戏剧创作的重要主题。他在文学方面最突出的贡献是开创了西班牙的民族戏剧，最著名的代表作就是以捍卫个人荣誉为主题的《羊泉村》，该剧塑造了新颖的女性形象，并表现了鲜明的政治立

---

① James Wyatt Cook: *Encyclopedia of Renaissance Literature*, Facts on File, 2005, p. 119.

场。该剧描写的是真实历史，剧情一开始就突出了羊泉村的历史背景和时代特征。15世纪70年代，卡斯蒂利亚的伊莎贝拉女王和阿拉贡国王费尔南多联姻后，统一的西班牙王国即将正式形成，以天主教君主为代表的力量同大封建主割据势力之间的斗争是社会的主要矛盾。在剧本中，羊泉村的领主、卡拉特拉瓦骑士团的队长费尔南·戈麦斯是后者的代表，国王代表了前者，这两派势力之争是剧本展开的重要背景。队长极力怂恿他的上司——骑士团团长攻打雷阿尔城，支持葡萄牙国王阿方索及王后胡安娜与费尔南多国王、伊莎贝拉女王争夺卡斯蒂利亚王位。这个领主在羊泉村鱼肉百姓无恶不作，村里的人都对他恨之入骨，他对少女劳伦西亚及其未婚夫弗隆多索的迫害促使了羊泉村人的迅速觉醒，于是羊泉村村民团结起来，向暴君复仇，最后杀死了领主。故事的矛盾冲突又转为费尔南多国王如何处理羊泉村村民，而涉及的正是此时西班牙最为重要的两大力量的较量。国王从戈麦斯走狗的报告当中得知了发生在羊泉村的造反行径，于是就派人来调查和处理，尽管严刑拷打逼供，但村民们都异口同声地说:是羊泉村干的。法官无奈只好将村民们带去见国王，村民们向国王控告他们的领主戈麦斯凶狠得令人难以忍受，列举他犯下的千百条罪行，请求国王宽恕官逼民反的行为，表示愿意归顺于“天赐于我们的国王”，最后国王同意了村民们的请求，不再追究责任，并将羊泉村划归自己管辖。剧本的这一结局表达了维加支持西班牙统一的政治立场。这部作品写于1612—1614年，是作者创作的民族戏剧中的优秀之作，它独具匠心，对史实做了精心的安排和组织，生动反映了西班牙历史上收复失地运动接近尾声时的激烈斗争。农民拥护主张民族统一的国王，支持国王的削藩政策，在民族统一过程中，农民相互支持取得了胜利。作者歌颂了农民的反抗精神，讴歌了民族统一，抨击了独霸一方的封建贵族，谴责了他们企图分裂割据的行径。维加创作这部戏剧的主要目的就是宣传对王权的绝对支持，以及他自己的宗教价值观，这一政治思想也在他的其他多部作品中呈现，体现了一种强烈的政治诉求：只有维护国王的权威，才会有和平正义和社会的安宁与团结。戏剧结尾处村长艾斯特万表达的希望国王直接管理羊泉村的愿望，充分体现了作者的这一政治主张。

塞万提斯的《堂吉诃德》中也有明显的政治主题，表现了作者的政治观，即对骑士道与人文主义进行整合的政治理想。堂吉诃德认为，骑士道盛世是一种理想，那里没有邪恶，没有以强凌弱，而只有公道、正义和自由，所以，他要为之赴汤蹈火而在所不辞。这似乎是他的幻想，他也一直都生活在这种幻想之中，所以与现实发生冲突；有了这种冲突，才有喜剧性情节的推进，但悲剧的崇高也寓于其中。因为，当我们撇开堂吉诃德之理想社会实现的可能性，仅仅以其合理性、正义性看问题时，他就成了一个不屈不挠的、为理想而献身的斗士，一个英雄。堂吉诃德见一个 15 岁牧童被主人绑着挨打时便拔刀相救，他那同情弱者的仁慈心怀表露无遗。堂吉诃德把囚犯当作受害的骑士去营救，还说“人是天生自由的，把自由的人当作奴隶未免残酷”，表达出他对自由平等的向往。堂吉诃德视除暴安良、扶贫济弱为己任，他曾不断慨叹：“世道人心一年不如一年，建立骑士道是为了扶助寡妇，救济孤儿和穷人。”“老天爷特意叫我到这个世界上来实施我信奉的骑士道，履行我扶弱锄强的誓愿。”这里，堂吉诃德想建立的与其说是“骑士道”，不如说是《圣经》中耶稣描绘的末日审判后人人平等、自由幸福的彼岸天国。这虽然虚幻而缥缈，但表达了一种美好而崇高的社会政治理想。这种带有乌托邦色彩的政治建构，是塞万提斯充满悲情色彩的政治理想之象征性表述。

通过以上对不同国家人文主义代表作家与作品的分析可见，民族国家、开明政治是文艺复兴时期欧洲各国的共同呼声，自然也成了人文主义作家最关切的文学话题。就此而论，人文主义文学通过对民族国家与政治理想主题的表达，呼应和展示了欧洲近代史上民族国家形成时期的历史发展总趋势。

第二节 乌托邦文学与人文主义社会理想

人文主义者在复兴古典文化的同时,从现世的人出发,重新审视人与神的和谐关系,在政治学中就出现了各种乌托邦的理论。托马斯·莫尔的《乌托邦》是文艺复兴时期的典范,而理想社会是文艺复兴时期作家心中的一个重要主题,我们在拉伯雷、马基雅弗利和纽卡斯尔公爵夫人玛格丽特·卡·文迪什、伊拉斯谟、培根、康帕内拉、皮桑等迥然不同的作家作品中可以看到这一主题的发展,[①]甚至《十日谈》中十位品行卓越的青年在躲避黑死病时暂时形成的小型团体,也是文学对社会理想的一种乌托邦式的表达。

托马斯·莫尔的乌托邦思想和著作是15、16世纪人文主义乌托邦潮流中的重要代表,备受学界关注,其乌托邦思想富有浓厚的基督教人文主义色彩,体现出他作为一名坚定的基督教徒特有的政治情怀与社会理想。"乌托邦的定义通常与拥有共同财产、通过各种措施减少经济方面的不平等等特征联系起来。"[②]在欧洲文学中,从人文主义之父彼特拉克开始,将完美的个体与人神和谐境界关联在一起的想法是文艺复兴时期人文主义的重要特征之一。[③] 莫尔在《乌托邦》中讨论了众多议题,例如财产公有、生产劳动、务农为本、城市规划、卫生健康、学术研究、宗教信仰等,还展开了关于欧洲各国政治制度的讨论,批判了英国君主专制制度和严酷刑罚,他在政治观念上非常先进。莫尔笔下有关"花园城市"的概念、共产制度、

---

① James Wyatt Cook: *Encyclopedia of Renaissance Literature*, Facts on File, 2005, p. 425.

② 格雷戈里·克雷斯:《乌托邦的观念史》,张绪强译,商务印书馆2023年版,第1页。

③ 周春生:《文艺复兴史研究文集》,商务印书馆2022年版,第105页。

反对战争、朴素的乌托邦宗教等政治理念被后继的乌托邦文学的作者们一一继承。① 人文主义者们所提出的乌托邦设想都带有基督教社团的性质,或者是以基督教社团为原型的,如康帕内拉的太阳国、安德里亚的基督城等。这些基督教社团在一定程度上确实是乌托邦历史的实践,主张财产共有,人与人之间相互尊重、相互帮助,人人参与社会公共管理等。莫尔的乌托邦思想就是从中世纪基督教社团引申而来的,宗教观念是其乌托邦思想的重要来源。他把完美的人及其道德当作政治社会的基础,从这一立场出发批判现实社会,改造现实社会,这种理想政治在当时并不能成为现实,但作为一种理想政治模型的探索,推动着近代西方文明的发展。

莫尔的乌托邦思想还有第二个来源,那就是柏拉图主义。柏拉图有关理想国的诸多观念影响了莫尔,例如柏拉图的"哲人王"理念就启发了莫尔。这种理念强调理性政治家,即治国必须以理性为指导从而为社会管理找到最佳结构,优秀政治家应该是完善而理性的人。莫尔还论述了这种完善而理性的人的核心素养——判断力、笃信上帝、良好的教育、健康的身体,即人的自然性、理性与宗教超越性的结合。他认为,人生的目的是追求幸福,理性是对上帝之爱的基础,一个人在追求什么和避免什么的问题上,如果服从理性的吩咐,那就是遵循自然的指导,而理性首先是在人们身上燃起对上帝的爱和敬仰。总之,莫尔认为关于幸福问题的研究需要把哲学的理性和宗教的原则联系在一起,没有这些原则,理性本身就被削弱到了不足以对真正幸福这一问题展开研究的程度。柏拉图提出的公有制、社会分工等,也在莫尔的《乌托邦》中得到了体现。莫尔明确提出,要想让社会有序发展,就要少养活好吃懒做的人。莫尔提出了一个大

① Brian R. Goodey: "Mapping 'Utopia': A Comment on the Geography of Sir Thomas More", *Geographical Review*, Vol. 60, No. 1, 1970, p. 17.

胆的建议,即“共产”,他认识到只要财产是私有的,只要金钱最有威力,国家就几乎不可能治理得公正,各行各业也不可能繁荣。除了柏拉图之外,在奥古斯丁的天国理论中也可以看到“共产”主张这一方案的构想。莫尔对历史上这些“共产”概念做了进一步论证和完善,视其为社会改革的根本之计。

莫尔的《乌托邦》通过对“乌托邦”社会的考察,认识到私有制是建立人类理想社会的最大障碍,只要私有制存在,所有的人就会凭金钱价值衡量所有的事物,产品就不可能公平分配,人类就不可能获得幸福,一个国家就难以有正义和繁荣。乌托邦之所以美好,正是由于人人参与劳动,且分配平均,从而人人物资充裕。如果不彻底废除私有制,人类中绝大多数将始终背上沉重而甩不掉的贫困灾难的担子。由于在乌托邦社会人人劳动,不养闲人,人民生活以简朴为美,所以乌托邦人就不需要太多的劳动任务,每天只安排 6 小时的劳动就足够了,睡眠时间占 8 小时,工作、睡眠以及用餐时间当中的空隙,由每个人自己掌握使用,比如按照个人的爱好搞些业余活动,一般是用于学术探讨或者提高自己的技艺。虽然劳动依然是乌托邦人生活的基础,但劳动不是乌托邦公民的异化,他们可以从繁重的劳动中解脱出来。“劳动”这一观念,是公民人文主义所讨论的一个重要思想:劳动是文明生活的支撑点。将劳动作为人的天赋进行赞誉,世上美好事物皆因劳动而创造,人的尊严寓于劳动中。在文明社会中,道德和幸福共存,如果有的人不愿勤学技艺,不愿努力工作,不愿付出辛苦的劳作,那就无法赢得威望和尊严。人生下来不是为了躺着让自己腐烂,而是为了站着做事情,不是为了在无所事事中忧伤地消磨时间,而是为了从事宏伟壮丽的事业。这种劳动观只有在取消了私有制的社会中才能真正践行,因此,乌托邦政府从不强迫公民从事多余无益的劳动,可是每个人都在通过生产劳动、学术活动、手艺技能等途径实现自我价值,这也对国家有益。

莫尔的《乌托邦》还谈到了政治伦理中的战争、法律、信仰、殖民等问题。莫尔主张法律制度要简洁，执行要公正。乌托邦人的法律很少，而且他们对法律的解释非常简洁。他们认为对法律一目了然的解释就是对公正的解释。莫尔是一位反对战争的和平主义者，认为战争是一种兽行，只有极个别情况下才可以诉诸武力，这与其对殖民问题的思考有关。莫尔对这些问题的讨论源自当时英国的现实。当乌托邦里的人口超出规定的数量时，他们就把人派送到临近大陆无人的荒地上建立殖民地，这正是英国早期殖民的动机之一。如果当地人愿意前来和乌托邦人一起生活，他们就与其联合起来，两方逐渐融成一体；如果这土地先前是荒芜不毛的，乌托邦人便认为自己取得了所有权，对不遵守乌托邦法律的当地人进行驱逐，若有反抗就出兵讨伐。这就是莫尔对战争的看法，对触犯乌托邦法律的人开战，是具有合法性的。如果乌托邦城市因某种灾祸而人口减少，就从殖民地调回公民充实，他们宁可让殖民地消灭，也不愿意看到自己岛上的任何城市遭受破坏，这就是英国海外扩张政策赤裸裸的写照。英国本土利益至上，海外殖民地成了英国人口发展、经济发展的蓄水池。在宗教信仰方面，莫尔主张各教派相互宽容。每个人都有信仰任何宗教的合法权利，也可以向别人传教，只要是和平、温情、安静、庄重地展开宗教活动，而不是任意侵犯别人，就应该被允许。只能用正经、温和的言语战胜别人，禁止用任何粗暴或悖论逆反的方式强迫他人接受某种信仰。莫尔指出，之所以人们各有不同的宗教，也许是因为上帝喜欢有各种不同方式的崇拜。他认为强迫别人去信你信以为真理的东西是一件极坏的蠢事，也是一种僭越。这反映了莫尔对当时欧洲宗教纷争的看法，尤其是宗教之间互相认为对方是异端。争吵、战争、毁灭连绵不断，因教会而出现的极端事件层出不穷，莫尔对此是非常反感的。欧洲各国的新教运动也此起彼伏，与罗马天主教之间的争斗一触即发，亨利八世也公开支持英国国教，与罗马教皇公开叫板。莫尔的宗教宽容政策就表现出更为理性的政治立场，他不支持激进的宗教改革，因为他的温和的政治观使他反对一切极端行为。

莫尔的《乌托邦》对乌托邦社会的构思并不全是空想的，它其实是有一定现实依据的——主要按照当时英国的现实情况进行描绘。比如，乌托邦的首都就是照着当时的伦敦来构架的；乌托邦的行政制度，是根据英国现实制度做出的进一步的详细规划；社会治理方案是结合欧洲各国较为进步的政策而展开的符合现实政治的构想。莫尔的《乌托邦》影响了此后欧洲文学史上众多乌托邦文学的创作，也对近现代欧洲政治思想史的发展产生了重大影响。

《新大西岛》是培根的一部未完成的乌托邦作品，政治思想丰富，体现了英国传统政治经验向现代政治思想的升华。在这部作品中培根讨论了王权、宪政、法律等问题。培根对法律的论述很有价值，他强调法治建设，任何权力都必须受到限制，体现了英国自《大宪章》以来的法制传统或法制精神。英国在16—17世纪，尤其是詹姆士一世时王权膨胀，社会出现了一系列混乱，限制王权就成为培根首要的政治思考。在当时的英国现实中这一法制理念还未被提出，乌托邦类的文学作品就成了培根表达这一想法的试验田。在《新大西岛》描绘的“新大西岛”中，有一部重要的法律——保密法，正是由于这部法律，“本色列”才得以实现有效治理。总体而言，培根对现代政治具有一定的启蒙作用。①

在意大利也出现了极为出色的乌托邦文学，它们批判私有制，认为私有财产是社会贫富不均的根源。意大利空想社会主义先驱帕尔梅利以及随后的康帕内拉延续了这一观念。1568年康帕内拉出身于意大利南部的一个贫苦农家，曾是多明我修会的修士，后因受意大利著名哲学家泰莱

① Benjamin Farrington: *The Philosophy of Francis Bacon*, The University of Chicago Press, 1964, p. 238.

西奥的影响开始反对经院哲学，认为探索哲学问题要重视经验，必须把人的经验作为哲学基础。他积极组织带有宗教色彩的政治团体，开展一种共产社团的社会实践，因策划并领导了旨在推翻西班牙统治的卡拉布里亚人民起义而被捕入狱，在狱中度过了27年。《太阳城》就是他在狱中完成的杰作，充分体现了其乌托邦思想。康帕内拉主张废除私有制，在他的《太阳城》中，热那亚航海家和朝圣香客驻地的管理员在谈话中揭露和抨击了当时意大利私有制社会的罪恶，提出建立共和制的乌托邦社会。他笔下的"太阳城"是一个无剥削、无压迫，人人劳动、一切财富公有，取消了家庭与私产，实行按需分配的社会，也是康帕内拉组织宗教社团试图践行的理想社会。康帕内拉尤其关注教权与王权的关系，这也是意大利人文主义者自从但丁生活的时代开始就关注的问题。他认为教皇和皇帝应由同一个人担任，借助宗教信仰和人民的力量，这种集王权与教权于一身的君主，有能力保障全体人民的利益。太阳城的教育也是公共事业的一部分，所有的孩子都被送往公共学校培养，工人必须接受劳动教育，学习文化、手艺，尤其要重视科技发明。建设太阳城必须培养人才，集体的教育和劳动是建立理想王国的重要基础，技术设计和发明都是为了提高劳动效率，解决实际问题。康帕内拉的空想社会主义体现了文艺复兴时期的时代精神，而且他通过提出理想政治的蓝图进行了一定的社会实验，这些都为后来的西方政治学提供了重要遗产。

上述这些乌托邦文学毫无疑问都表达了人文主义的社会理想和政治理念，是人文主义者对超越现实、构想未来理想社会做出的现实努力。这些作品讨论诸如理想政府和民众的关系、社会建构以及对内、对外各种政策等，为近现代欧洲政治民主理论的形成奠定了基础，也体现了人文主义文学在社会理想探索方面的突出成就。

第三节 民族语言与民族身份构建

语言是民族国家形成和凝聚的重要根基。中世纪末期和文艺复兴时期是欧洲民族国家形成的关键时期，语言问题尤其是俗语与拉丁语之争，自然成为人文主义无法回避的重要论题。文艺复兴时期欧洲各民族一方面接受更为典雅、规范的拉丁文训练，另一方面强调本民族语言的重要性，与推行民族语言相伴随的正是民族主义意识的普遍高涨，这二者都是文艺复兴运动的产物。

在文艺复兴早期，俗语与拉丁语并存，拉丁语既是官方语言也是学术语言，各国俗语（民族语言）则主要是人们的日常生活用语，不过上流社会、宫廷日常用语也不完全使用俗语。拉丁语为社会的领导阶层诸如政治家、学者和僧侣阶层所使用，因此当时的人认为拉丁语的地位高于俗语，拉丁语代表了完美与权威，代表了深刻与稳定。但随着人们民族意识的增强，对罗马教会权力的反抗情绪的日增，民族语言的重要性也逐渐被人们认识。长期以来，拉丁语被认为只属于上层社会的小部分人，这种语言强化了教会特权。由是，随着文艺复兴运动的兴起，人文主义者开始强调俗语与拉丁语各有优势，尤其是民族语言在传播思想方面具有独特价值。当时的拉丁语与俗语之争，并不仅仅是使用哪种语言进行写作的问题，而且是涉及建立独立的民族国家的重大政治问题。正如朱光潜先生所说，将自己的民族语言发扬光大，是中世纪后期和文艺复兴初期欧洲各民族的现实需要，也是使文学从内容（宗教、神学）到载体（拉丁文）走向广大民众的一件大事。① 许多人文主义者都曾在理论上捍卫民族语言的价

① 陈众议：《西班牙语小说发展史》，浙江工商大学出版社 2022 年版，第 12 页。

值，并用俗语进行创作。例如意大利人文主义者布鲁尼将意大利语视作人文主义文学最理想的语言，认为它具有同希腊语和拉丁语一样的重要性。但丁、薄伽丘、彼特拉克都曾采用13世纪佛罗伦萨语写作，为意大利俗语书面写作的成熟做出了贡献。《飨宴》就是但丁用意大利俗语写的一部学术作品，涉及的内容相当广泛。他盛赞意大利俗语言简意赅、优美准确的优点，虽然俗语与拉丁语相比可能存在不够典雅、规范的局限，但瑕不掩瑜，俗语不仅可以用来描写爱情，而且同拉丁语一样可以用于哲学研究与论辩。但丁极力维护和提高俗语的地位，就此而论，《飨宴》有其特殊的意义：它是意大利文学史上用俗语写成的第一部学理性著作，为意大利学术性散文体创作奠定了基础。但丁在《飨宴》中预言了意大利俗语的光辉未来：这将是一道新光，一个新太阳，它将在筋疲力尽的太阳落下后升起，并将照亮由于旧太阳没有照亮而一直处于阴影和黑暗中的人们。语言问题与政治问题密切相关，但丁在捍卫俗语价值的同时，抨击封建等级观念，抨击以拉丁语为载体彰显的神圣教权，强调普通人可以"因品性而高贵"这一人文主义思想。他捍卫罗马帝国的传统，并直率地指出：帝国直接受命于天，而不受命于教皇，倘若教皇贪图世俗的权力，就不可能存在能将欲望引向上帝的高尚的精神典范，教皇的贪欲是使意大利陷入混乱的重要原因。但丁还写作了《俗语论》，这是意大利文学史上第一部用拉丁语写成的论述语言问题的专著，被称为《飨宴》的姊妹篇。《俗语论》描述了由教会占主导地位的拉丁文化的没落和世俗的、用俗语表达的城市文化的诞生。但丁除了赞美俗语对日常生活的作用外，还认为俗语完全可以用来写作题材高尚的文学作品，如爱情、战争和骑士故事等；他还以《圣经》为根据论证了语言的起源，并第一次提出了创造意大利全民族语言的主张。但丁以亚平宁山的东西坡为界，系统地对意大利各地的方言进行分类，同时分析了存在于意大利半岛各地的14种方言，认为每种方言本身的使用标准不统一，它们无一能成为有权威的全民族文化和诗歌语言。但丁开创了研究意大利俗语的先河，为以后意大利民族语言的形成奠定了基础。《俗语论》最后给出这样的结论：意大利诸方言虽各有其优秀成分，但都不足以担当标准语言，理想的民族语言必须集各地方言之大成，而意大利的统一将加快它的形成。正是这种希望改变语言状况的强烈愿望，促使但丁创作了代表作《神曲》。但丁对俗语的崇尚与研究深深影响了后来的人文主义者们，尤其是彼特拉克和薄伽丘，虽然后两者依然强调拉丁语的高贵，但各自都有优秀的俗语著作问世。到了 16 世纪，但丁的这一开拓之举日益成为共识，意大利民族语言逐渐成为本民族文学创作的通用语。这种语言继承了意大利文化传统，集聚了前几个世纪中以各种方言为基础而出现的文学语言的特色。布鲁尼曾以但丁等先驱者的文学成就为俗语的价值做辩护；本博的代表作《俗语散文》以自但丁、彼特拉克、薄伽丘以来的意大利俗语文学语言作为典范，论证了佛罗伦萨语的优越性，被称为“第一部意大利文学语言的语法书”，对 16 世纪之后的意大利文学的发展产生了积极的影响——“这是意大利文化精英们自觉努力的结果，这种努力在一定程度上是对当时意大利民族危机的回应，成为塑造意大利人文化认同和民族认同的重要文化资本”①。

西班牙民族语言发展的关键时间是 1492 年。人文主义学者内布里哈出版了第一部完整的罗曼语语法专著《卡斯蒂利亚语法》，它被认为是西班牙文艺复兴运动的重要象征之一，也标志着卡斯蒂利亚语已经作为西班牙帝国的通用语言，正式取代了拉丁语的地位，并从此“与帝国同在”。在西班牙统一成一个民族国家以前，并没有西班牙语这个称谓，卡斯蒂利亚王国的语言就是民族语言的代表。在这部著作中，内布里哈赞美自己的民族语言，将民族语言作为世界上最完美的语言来看待，其行为

① 刘耀春：《语言与文化：意大利文艺复兴时期的“语言问题”》，《四川大学学报（哲学社会科学版）》2005 年第 6 期，第 113—123 页。

同欧洲其他国家的民族语言与拉丁语争夺话语权一样，具备一致的社会历史背景与政治动机。第一部完整的西班牙语《圣经》是由卡西奥多罗·德·雷纳于1569年在巴塞尔为新教徒刊印的。[①] 在西班牙，文艺复兴在宣扬与神学对立的具有普适性价值的人本主义思想的同时，通过语言问题的讨论，有力地吹响了民族觉醒的号角。

法语的发展也是伴随着文艺复兴运动开始的。在中世纪，法国上层社会通用的交际语言是法语和意大利语，而拉丁语则是重要的学术语言。弗朗索瓦一世于1539年发布敕令，规定用法语代替拉丁语作为官方语言，但实际效果不佳，法语仅仅在巴黎和部分北方的贵族中得到了比较有效的推广。由于法国各地方言差异很大，这也限制了法语的发展。于是，语言的统一和改革成了法国人文主义者迫切的任务。人文主义者非常担心法语作为文学语言的地位受到拉丁语和意大利语的威胁，于是积极开展捍卫法语、保卫法语的活动。

法语地位的确立要归功于七星诗社的诗人们。他们提出了明确的改革语言和以法语进行诗歌创作的主张，并在诗歌创作实践方面取得了突出的成绩。16世纪以皮埃尔·龙沙为首的七位法国作家组成了诗歌团体——七星诗社，这些成员被认为是法国文艺复兴诗歌创作方面的最早的代表，他们把法语提高到了与古典语言比肩的地位。龙沙和杜贝莱发表了著名的《保卫与发扬法兰西语言》，它可以看作是七星诗社关于语言问题的宣言书，也是法国文学史上第一部文学评论专著，具有重要地位。七星诗社的语言改革和诗歌创作主张是在人文主义思想的影响下被提出来的。他们提倡诗人要谨慎地模仿和借鉴意大利文艺复兴作品和古典的文学形式及语言，认为可以用法语创作堪与古代诗歌媲美的法兰西诗歌，使法语更加丰富多彩，法兰西文学至少应该和意大利文学并驾齐驱。《保

---

① Judith Brown: *Gender and Society in Renaissance Italy*, Longman, 1998, p. 38.

卫与发扬法兰西语言》揭开了法语诗歌革新的序幕,是七星诗社诗歌创作思想的集中体现。其最重要的观点是:要创建法兰西民族诗歌,首先要统一的是法兰西民族语言;法语同别的语言一样,只要细心培育就会丰富起来,反对以拉丁语和外来语作为法兰西文学创作的工具;针对现存法语词汇的贫乏与浅显,要通过借助完全成熟的希腊语和拉丁语的词汇,加进一些约定俗成的方言术语,创造一些新词以丰富法语词汇;将旧字改为新字和新词,如动词名词化、形容词名词化或动词化等,尽力使之丰富、规范和纯洁。在法语改革方面,龙沙和杜贝莱首先做出了示范。龙沙的爱情诗,杜贝莱的十四行诗,风格清新、率真、明白、畅达,是七星诗社的经典之作,也是法国文艺复兴时期诗歌的代表作。《保卫与发扬法兰西语言》的意义在于强调了发展本民族语言是文艺复兴的重要内容之一,体现出新兴资产阶级通过构建和弘扬民族文化,建设新的社会制度的强烈愿望。七星诗社的创作以及诗人们的语言理念,对法国民族文化的发展功不可没。

文艺复兴时期的英国,统治阶级在宫廷、法律和行政事务中依然延续中世纪的传统,主要使用法语。威廉一世在位期间,法语被定为英格兰的官方语言,政府、学校、法庭等社会机构都使用法语,英格兰王室和贵族也都讲法语,并追随法兰西文化习俗。当时,来自法国的文人学士享有很高的地位。在文学创作中,英国文学模仿法语文本的风气很盛。英国的各大教堂如欧洲大陆国家一样,使用的是拉丁语。总体上看,文艺复兴时期的英国使用语言的情况是:上层社会使用法语,教会使用拉丁语,而社会民众使用的是古英语。不同阶层的人讲不同的语言必然会导致交流产生障碍。这种语言使用的不统一局面,在英法百年战争结束后开始改变。这场战争促进了英国民族意识和国家概念的形成。之后的英国对欧洲大陆推行“大陆均势”政策,转而开始向其他洲的国家扩张,而语言分歧的状况也随之被来自英国民众的语言——英语所取代,这一过程主要借用了由诉讼法所赋予的合法力量。

英语的形成、推广还与宗教改革时英文版《圣经》的发行有很大关系。英文版《圣经》在英国文学发展史上起到了一个至关重要的作用，它促进了教育和出版业的发展。信徒为了能够与上帝建立直接的关系，就需要通过接受教育掌握阅读能力。教育的普及培养了能广泛阅读书籍的大众群体，也增强了英语的影响力，提振了民族凝聚力和自信心。用民族语言创作的文学作品正是在此背景下涌现出来的——祈祷词、诗、小故事、小册子等。由此，人们相信英语在美妙和准确性方面完全可以与其他语言媲美。在英语地位的确立中，乔叟的贡献极大。在英语还是不被认可的民间语言时，他就以中古英语进行诗歌创作。当时各地方言差异较大，亟须统一，伦敦作为全英格兰的政治、经济和文化中心，其方言占据核心位置，乔叟就使用伦敦方言(代表了英格兰中东部地区的方言)进行创作。经过他的努力，在英语的词汇、文法、表达法和修辞等方面形成了完整的语言系统。在此基础之上乔叟创造出了符合英语规律和特点的诗歌基本形式和基本韵律，从而使英语成为欧洲三大语言之一。莫尔在《乌托邦》中赞美“乌托邦”中的语言之卓越——既有丰富的词汇，又有美妙的韵味，听起来愉快，用于表达人的思想是完美和准确的——这个语言其实指的就是英语。在莫尔写作此书的时候，英国大部分人之间交流时用的还是拉丁语，莫尔却对英语的使用表现出了高度的热情。

英语作为民族语言之地位的确立过程中，还有一个重要的推动因素，即 16 世纪印刷术的推广。当时，迅速涌现的印刷厂面临一个重大的发展难题，即拼写方面无规则可循，甚至在同一个作家的著作中同一个词会有几种写法。英国的人文主义者面对这个印刷难题，着力纠正拼写法的混乱。虽然当时对根据什么原则来整理写法出现过不同的意见，但人文主义者的努力逐渐推进了英语书面语的准确性与统一性，这对现代英语语言的形塑意义非凡。而语言的统一则对民族意识的巩固具有重要的精神奠基性作用，“一个国家是否能被承认为国家，要么在种族、血缘关系和集体的习惯上与其他国家有所区别，要么在语言上有着不同之处，语言体现在教会和世俗法律之上，是一个国家及其本质最大也是最明显的标志"①。

总之，探讨民族独立与国家治理等政治问题，也是人文主义文学的重要内容。人文主义作家虽然在政治观念方面会各有不同甚至彼此对立，但都从世俗政治角度入手，摆脱神秘主义，强调现世价值，主张建立民族国家，这正是人文主义之"人本"立场在政治与社会理想上的体现。随着民族国家意识的逐渐增强，教皇特权就日渐削弱，人们的民族独立意识增强。世俗政治与神权政治的相对独立，为宗教改革、宗教战争中形成"教随国定"的欧洲格局奠定了基础。现代民族国家概念的形成与强化，有赖于民族语言的使用与规范；人文主义作家在推动民族语言的形成与规范，进而促进民族国家形成方面有自己独特的贡献。各国的人文主义作家正是通过自己的创作，逐渐强化了民众的国家意识，提高了国民的爱国热情，由是，人文主义文学在欧洲现代国家政治建设方面，留下了浓墨重彩的一笔。

当然，欧洲民族国家形成的历史状况也是复杂的。在从文艺复兴开始的欧洲近代史中，伴随民族国家概念出现的民族优越论也带来了欧洲现代性的负面问题。"民族问题讨论有时也会展现出民族的中心论、欧洲中心论，这是人文主义在这个民族问题上的一种呈现。"②有关这一问题的复杂状况，值得研究者深入思考。

① David Green: "National Identities and The Hundred Years War", in Chris Given-Wilson ed., *Fourteenth Century England*, The Boydell Press, 2010, p. 118.

② 周春生：《文艺复兴史研究文集》，商务印书馆 2022 年版，第 38 页。

| 第七章 |

人文主义文学与性别意识

文艺复兴运动的一个标志就是人的解放，那么，作为人的另一半，女性是否也因此拥有了一个相似的文艺复兴？这是文艺复兴史研究中颇有争议的问题。雅各布·布克哈特在《意大利文艺复兴时期的文化》一书中单列一章探讨妇女地位问题。他认为，文艺复兴时期的上层妇女经历了与贵族男子一样的重大变化，她们接受了相同的文学和语言学教育，个性得到充分发展，并在文化和政治生活中扮演着重要角色，她们处于和男子完全平等的地位。他的这一讨论主要集中于少数精英女性，对后来的学者产生了很大影响。“文艺复兴时期是妇女的时代，给予妇女崭新的可能性……她们充满活力、好奇心、成熟感，自由自在、快乐、妩媚动人，对待自我充满了乐观态度，她们跳舞、歌唱、阅读古典作品、写作、掌管宫廷事务，甚至统领军队。”①不过，这仅仅是布克哈特浪漫式的文艺复兴妇女观，实际上，在欧洲文艺复兴期间，妇女的解放远没有达到他说的那种程度。

20 世纪 60 年代以来，妇女史日益成为西方文艺复兴研究的一个重要领域，在“新史学”和女权主义运动的双重影响下，文艺复兴时期妇女的

① Edith Sichel: *The Renaissance*, Williams & Norgate Ltd., 1914, p. 129.

研究也越来越被重视。1977 年,美国妇女史家和女性主义者琼·凯莉-加多尔发表了《妇女有文艺复兴吗?》一文,批判布克哈特的文艺复兴妇女观,否认文艺复兴时期是一个女性进步的时代,认为文艺复兴时期"妇女作为一个群体,她们的社会和个人选择面却逐步缩减"①。美国女历史学家玛格丽特·金也同样否定了布克哈特的观点,她认为文艺复兴时期社会上重男轻女的思想非常严重,她在《文艺复兴时期的妇女》中将文艺复兴时期的妇女分成三大类:一是夏娃的女儿——世俗普通妇女;二是玛利亚的女儿——宗教妇女;三是男人婆——才华出众或显赫的妇女。她认为妇女在文艺复兴时期依然受到了结构性的压制,并没有享有与男子平等的地位。

笔者认为以上两种观点都失之偏颇。虽然布克哈特认为女性和男性一样拥有完全相同的文艺复兴的观点是失实的,但是在文艺复兴时期借着"人"的被发现,女性也同时被发现,这是不可决然否定的,至于被发现的程度如何,则是可以深入探讨与研究的。事实上,人文主义文学中性别意识增强,优秀的职业女性作家开始出现,这些现象至少从文学的层面表明了文艺复兴在性别问题上的重大突破。因此,认为文艺复兴时期妇女完全没有享受男女平等的看法也过于极端。对此,笔者在本章侧重于从文学的角度展开分析与讨论。

第一节　男性人文主义者与性别意识

文艺复兴时期,女性的被发现成了"人"被发现这一整体叙事的一部

① Joan Kelly-Gadol: "Did Women Have a Renaissance?", in Renate Bridental ed., *Becoming Visible: Women in European History*, Houghton Mifflin, 1977, pp. 139-164.

分，人们对人类另一半性别的关注度在提高，这是文艺复兴时代精神使然。事实上许多人文主义者关注历史上曾经涌现的优秀女性，并在文学作品中积极塑造生动而引人注目的全新女性形象。在创作中考虑女性读者的需求，也成为人文主义作家创作时的潜在因素。

在意大利文艺复兴早期，就出现了不少为女性作传的传记作品，最著名的是薄伽丘的《名女传》。薄伽丘在书中列举了一系列古典女性名人，这份名单是薄伽丘在古典作品中孜孜不倦搜寻的结果。这些女性人物的遴选标准并不指向道德，只考虑是否“著名”，虽然多数都属于在历史上既有名又品质出众的女性。这一著名女性的清单包括了历史上可以证明的人物，如哲学家希帕蒂娅、诗人萨福和科琳娜以及叙利亚的女斗士贞诺比娅等，也包括许多本来就是虚构的具有神话色彩的人物，还有许多则是真实性存疑的人物，如传奇的亚述女王赛米拉米斯、亚马孙女战士以及柏拉图《会饮篇》里提到的神秘女哲学家蒂奥提玛，其中包括不少最后被证实是讹传的人物，如哲学家毕达哥拉斯的妹妹，最后证明这是人们将连在一起的毕达哥拉斯和德尔菲，误看成毕达哥拉斯和 adelphe(妹妹的意思)，其实是 delphi(德尔菲)。但不管如何，薄伽丘为女性人物作传这一行为，在文学史上具有开拓性意义，女性的人物谱系正在被重构，从看不见的历史走向看得见的叙事。

最初为女性写传记的作品涵盖的人物局限在古代，后来范围扩大，开始关注当下现实中的女性人物，女性的内涵也出现新的拓展。例如 15 世纪 80 年代，乔万尼·萨巴迪诺·德利·艾瑞恩蒂创作了一部关于宫廷贵妇的传记合集《名媛录》。他笔下的贵族女性既具有传统女性的品质，如谦逊、忠贞、重家庭，也拥有一些较新的品质，例如博学、雄辩、勇敢。他描述了一位以驯鹰技能出众而受到赞誉的女性克莱奥菲·德拉佩，还有戴安娜·萨利切托，也有因骑术和猎术优异而受到赞扬和因其他军事技能出众而受称颂的女性人物。这一类女性形象的广泛传播，对性别意识的重新塑造有很大价值。

文艺复兴时期的性别意识依然深受性别本质主义的影响，有很大的局限性。性别本质主义经古希腊哲学发展而来，又被中世纪的经院哲学家加以改造利用并基督教化，成为西方文化中关于性别差异思想的基础。性别本质主义认为两性由于生理本质不同，从而拥有不同的能力，这决定了两性不同的社会角色、分工和地位：女性较之于男性是天然低等的，缺乏理性，处于第二性的位置；女性在本质上乐于也善于服从和屈从，因此她们能够胜任的是照顾家庭、养育孩子等工作，而男性适合从事的是政治、战争、城市治理等领域工作。随着文艺复兴的发展和人的意识日渐觉醒，“人”从神学的、封建僵化的教条中解放出来，女性的固有性别限定自然也受到了质疑，传统的基于性别差异的哲学模式受到了挑战。人文主义者对古典世界卓有成就的女性的构想，是对女性拥有不逊于男性的潜力的观点的一种辩护，其间传递出一种全新的性别价值观。到了16世纪中期，这种新的性别观念在意大利的城市精英阶层广泛传播，随后，欧洲各国也相继出现了觉醒的新女性形象。

从整体上看，文艺复兴人文主义文学中都不同程度地表现出了新女性意识，这是一种时代的色彩。男性人文主义者在创作中逐渐开始刻画具有新时代意识的崭新女性形象，表现出与过去完全不一样的性别观。西班牙戏剧之父维加的《羊泉村》就是这方面的一部典型文学文本。维加作为西班牙文学黄金世纪的代表作家，最重要的文学贡献是开创了西班牙的民族戏剧，《羊泉村》作为他最成功、最受欢迎、上演次数最多的剧目，思想内容极为丰富。剧本描述了羊泉村村民揭竿而起反抗骑士兵团暴政的故事，凸显了普通人的反抗意识和自由观念，更难能可贵的是塑造了处于斗争中心的优秀女性形象，并通过这一形象突破了女性的既定身份。羊泉村的领主、卡拉特拉瓦骑士团的队长费尔南·戈麦斯在羊泉村称王称霸，霸占民女，鱼肉百姓，胡作非为。他施展各种手段企图诱奸村长埃斯特万的女儿劳伦西亚，未遂后又想在田间实施强奸，劳伦西亚再次被未婚夫弗隆多索搭救而脱险。领主从此对弗隆多索怀恨在心，于是，在弗隆多索和劳伦西亚的新婚之夜，费尔南·戈麦斯将新娘抢走，还夺走了村长的权杖，这促使羊泉村人迅速觉醒。坚贞不屈的劳伦西亚奋力逃出了魔窟。当男性村民们还停留在是否需要起义的讨论中时，劳伦西亚面向大众发表演讲，控诉了领主的罪行，激愤地指责男人们不去复仇。她自己则立即付诸行动，发誓要组织娘子军向暴君夺回自己的荣誉。在她的鼓舞下，农民们拿起武器冲进城堡杀死了领主。在该剧中，女性成了起义的重要角色，是反抗的精神启蒙者，也是反抗运动的组织者和直接参与者。全剧塑造了下层人民的形象，歌颂了他们的反抗精神，而最可贵的是刻画了一系列勇敢清醒的新女性形象。剧本的开场，这些女性对于大部分男人的始乱终弃有着很明确的认知，她们根本不会轻易相信男性的花言巧语，这和传统作品中的女性以爱情为中心的形象大为不同。这些女性人物建立起了一种深刻的姐妹情谊，她们在一起交流思想，一起做农活，关键时刻共同上战场。剧本的第三场特别值得关注。当男性人物的女儿、妻子们被骑士团侮辱蹂躏时，他们却还在犹豫不决，讨论是否该揭竿而起的问题，似乎受害者只有女性。在维加的笔下，正是少女劳伦西亚激发了男性的反抗精神，她又积极号召女人们一起投入斗争，成为暴力运动中的主要力量。在这场戏中，劳伦西亚披头散发走上舞台，一改平时那个美丽少女的形象而转变成了勇敢的战士，正如传说中的亚马孙女战士。劳伦西亚还以全新的面貌走到村民议事广场，她提出自己想参加男人们的会议，她的依据是女人有发言权。之后她开始指责自己的父亲以及其他男性村民的懦弱。她说：不要再叫我什么宝贝女儿，因为您听任暴君把我抢走而又不替我报仇；骑士团的队长费尔南从您眼皮底下把我抢走，您就像胆怯的牧人一样，把绵羊丢给豺狼；你们看着我落入魔掌却眼睁睁见死不救；你们生来就是胆小的兔子，是野蛮人，不是西班牙人，你们是胆小鬼，你们容忍自己的妻子遭人蹂躏,你们不是高贵的男子汉,你们都是绵羊,羊泉村的名字真是十分恰当;你们腰佩利剑有什么用?倒不如把捻线杆挂在腰间,上帝明鉴,我只能让女人来向暴君讨还荣誉,同叛贼清算血债,真该朝你们扔石头;你们这些纺织女工,女里女气的男人,胆小如鼠的男人,明天你们最好穿起我们的衣裙,戴上我们的头巾,抹上我们的胭脂水粉。在传统的性别塑造中,男人持剑,女人拿着纺锤,这样的角色分工其实并不是天然的,男性也不因此而更勇猛。劳伦西亚还发出恶毒的咒骂——但愿骑士团队长把你们这些阴阳人一个个都吊死,“这样我才感到高兴,因为这样将来这个世界上就没有了男人,善战的妇女部落的时代就会再次出现,让世界永远感到震惊”。虽然她的言语中充满了对传统女性观念的鄙视与嘲讽,还将一个个男性描述成女人,但是如果作为一种侮辱,那么这依据的依然是男尊女卑的性别观。当然,我们也不能苛求劳伦西亚能够重建一套更具现代性的性别话语。她这一番怒骂,倒是激得羊泉村的男人们打定了主意,他们拿起剑,拿起矛,拿起弩弓、棍棒和梭镖,誓死要处决祸害村民的暴君。

既然性别是人为的一种塑造,那么,女性也可以被塑造成战士。在羊泉村,女英雄们并不仅仅有劳伦西亚,觉醒的女性迅速缔结成了一个团体。第 3 幕第 4 场描写的就是这种女英雄群体形象。劳伦西亚在混乱中呼喊广场上的几个妇女:走吧,上天在听着你们的声音,羊泉村的妇女们,赶快前去吧,这是争回荣誉的时刻。怒气冲冲的男子汉小伙子们已经飞奔而去,难道只让他们在这场战斗中获取荣誉,就因为他们不比我们妇女少受欺凌?让我们排好队去干一件惊天动地的大事。劳伦西亚这番对女性的鼓动也是耐人寻味的。她以斗争的“荣誉”来定义女性抢夺这一本只属于男性的名号,说明女性和男性一样渴望建功立业取得荣誉。剧本还描写了她卓有才能的女性领袖气质。她有条不紊地安排其他少女的战斗岗位:让受侮辱最大的哈辛塔来当班长,带领一个女子班;让帕斯卡拉当旗手；她自己则奋勇当先作为领头人，带领这帮妇女加入战斗。劳伦西亚还重新界定了女性的身份：妇女是勇猛的士兵，而不是女人，是一群复仇的战士，要喝暴君的血。男性村民依然持女性是弱者的论调，安排她们在战斗中只是守门，但是觉醒了的少女们不同意，她们出鞘的剑跃跃欲试。劳伦西亚已经完全否定了自己作为陪同者、协助者、边缘者的身份，而像一个男人一样进入战斗的核心。剧本通过对这一具有反抗精神的少女形象的塑造，反映了文艺复兴时期女性的觉醒，表明她们并不是柔软、被动、等待着救赎的弱者，而是勇于战斗的女战士，是站到了历史前台的新女性。从这种性别观视角看，维加是一位富有现代性别意识的人文主义剧作家，或者起码可以说，他的创作表现出了与传统文学有着鲜明差异的女性价值观，正因为如此，他的剧本《羊泉村》才塑造出了与众不同、光彩夺目的女性形象。

意大利文艺复兴晚期的代表作家阿里奥斯托的《疯狂的罗兰》也反映了新时代的性别意识。这部作品在融合欧洲中世纪两大英雄史诗的基础上，描述了伟大骑士们的荣誉与爱情。中世纪的骑士文学已经体现出尊重女性的意识，而在人文主义的骑士作品中，性别的概念更有进步意义。这从阿里奥斯托的《疯狂的罗兰》中可见一斑。首先，通过对爱情的描写，阿里奥斯托赞美奥林匹亚女性对爱情的忠诚，而作为对照的许多男性，包括非常伟大的骑士，他们恰恰对爱情并不信守承诺。既然如此，传统的性别本质论用感性、堕落、危险、非道德等描述女性，就显得毫无根据。其次，这部史诗在性别问题上最了不起的地方就是构筑了一个奇特而浪漫的性别颠倒的“女儿国”。这个女儿国位于东方某城，这里男女角色颠倒，“高傲美女子穿梭不断，骑着马，腰束带，在街区走动，似骑士在比武场舞枪弄剑，男人无靴无马刺，腰不悬剑，更没有片甲披挂在肩。他们专心致志梳毛麻、摇纺车、织布、制衫，身上披女人装，长裙盖脚；他们举止都温柔缓慢，经常被锁链拴着，十人一组去放牛或者是种地耕田”。阿里奥斯托的这种文学化的虚构与想象，表现了文艺复兴时期性别意识的现代性特征，瓦解了传统的男女角色框定，试图打破僵化的性别二元对立。这部作品呈现的是一幅极具革命色彩的性别镜像。

不仅如此，《疯狂的罗兰》还通过描写一系列卓越的女性形象，探讨了性别话语权问题。阿里奥斯托从历史上选取了那些了不起的女性人物并为她们写传记，借以批判传统的性别观。在这方面，《疯狂的罗兰》的价值犹如薄伽丘的《名女传》。古往今来，为什么杰出女性的美名难以流传下去？女性为什么总是被淹没在历史的长河之中？阿里奥斯托就是要替女子发声。自古以来，文学书写的话语权一直由男性把控，男性在书写中更容易塑造男性的伟大，确立其第一性的地位，并谴责个别女性的一些背叛行为，还以偏概全上升至全体女性的本质。对此，阿里奥斯托写道："古代的女子们创建伟业，文与武均令人刮目相看，其业绩使她们美而荣耀，把光辉洒遍了整个人间。阿帕里、卡米拉名震天下，因她们都非常英勇善战，萨福和科里娜十分博学，灿烂的阳光下不见黑暗"，"女子们生来就无比优秀，涉足的领域光辉灿烂，历史上却没有引起关注。全因为执笔者嫉妒、无知，把她们的荣耀长期隐瞒"。"杰出的女子们长期努力，昼与夜工作孜孜不倦，才收获累累的丰硕果实，使自己的美名声传遍世间。她们对文学也努力研究，此行为令美德永世相传。并促使人们能牢记女子，让女性善行为得到颂赞，再不必去恳求文人帮助，文人因妒与怨常生恶念，对应赞的德善事缄口不言，邪恶事却件件世间传遍。"在此，我们可以回望一下薄伽丘的《名女传》。伟大的女性需要被写入历史，但是这些男性写作者往往出于嫉妒以及自己的狭隘，并不愿意让女性拥有好的名声，"绝不愿女人们占据上风，要努力把她们逐入深渊。他们想熄灭掉女人荣耀，令女子陷入无光荣的一片黑暗"。在当时的历史背景下，阿里奥斯托作为男性作家，能够有这样的性别意识，是十分难能可贵的。他的《疯狂的罗兰》也由此投射出耀眼的人文主义思想光芒。

第二节　女作家群与女性意识觉醒

正如本书第四章"人文主义文学与知识追求"中所提到的，支持女性接受教育是大多数人文主义学者的共识，因此在文艺复兴时期，女性受教育的程度有所提高。但是，在当时的社会背景下，人们关于男女教育的观念还是存在很大差别的。例如莱昂纳多·布鲁尼认为女人不必学习修辞学等学科，因为运用到修辞学的那些事情例如战争、诉讼等都是属于男人的。在文艺复兴时期公共事务与私人领域的界限依然是明确的，男女分工也是传统的模式，并且强化了不同的领域使用不同的语言，公共事务、严肃学术是拉丁语的领地。在这种情况下，拉丁语与俗语之分，公共与私人之分，都带上了性别的因素，因此，文艺复兴时期的女性教育，从语言教学与学科设置来看，与男性是有区别的。在语言上，女性教育包含了本土语的阅读技能，但不一定涵盖写作能力，这是一种割裂了的识字教育。从14世纪到17世纪，意大利的发达城镇里有10%的女教师在从事教育工作，教授内容却比较传统单一，其中大部分是教授女孩子阅读、烹饪等的课程。威尼斯在1409年出现了一所专门的女子学校；法国和英国一些城市也相继出现了女子学校，学生主要学习纺织、裁缝、识字和宗教等。法国在1490年到1570年之间，女教师和男教师的比例为5∶87。[①] 根据德国中部萨克森地区的记录，1580年，50%的教区注册登记有男子德语语言学校，只有10%的教区登记了女子学校，而在威尼斯的学校，调查显示约有4600名男性学生，约占该城学龄男童的四分之一，女孩只有30

① 崔莉：《泉涌微澜：探寻文艺复兴时期的女性》，辽宁大学出版社2011年版，第171页。

名。[①] 史学界对于文艺复兴时期女性接受教育的数据进行了多次整理，我们通过简单举这几个数据作为例子，试图说明这一时期女性接受教育的程度虽然已有所提高，但与男性的差距依然很大，女性所受的教育在内容上也和男性不同。这一时期，的确有部分女性能够参与到精英文化的学习中，但这主要是宫廷女性和修女院女性。有学识的王后和其他统治阶层的女性构成了中世纪晚期和文艺复兴早期欧洲教育历史上的特色，宫廷成为女性文化活动的主要场所，“女性文化活动同艺术赞助，建筑赞助，阅兵典礼一样是宫廷想要做得比别人更出色的领域”[②]；修女院也具有不可替代的作用，在“塑造、表达和传播15世纪佛罗伦萨女性文化的方面发挥了重要作用”[③]，妇女在修女院找到了学习和写作的闲暇，尤其是修女院为女性提供了学习拉丁文的机会。

由于女性教育的推广，上层阶级妇女的个性与学识得到了较好的发展，从而促进了“文艺复兴时期的女权主义”的发展，[④]15世纪中叶在意大利出现了第一批女性人文主义学者。布克哈特在《意大利文艺复兴时期的文化》中介绍了一些卓越的人文主义女学者的情况，例如威尼斯的卡桑德拉·费黛莱的父亲希望把女儿培养成知识女性，以此作为自己追求名望的工具。为此，她父亲请来了人文主义者，让他担任女儿的家庭教师，教授她拉丁文和希腊文。她在12岁的时候就已经掌握了拉丁文、希腊文、修辞学、历史学、哲学等，还有一些宗教知识，并且，她能够当众发表成功的演说。马格丽特·金在《文艺复兴时期的妇女》中讲述了女学者伊索

---

① 梅里·E.威斯纳-汉克斯：《历史中的性别》，何开松译，东方出版社2003年版，第239页。

② 弗吉尼亚·考克斯：《灿烂的再生：意大利文艺复兴三百年，1303～1607》，付稳、伊娜译，化学工业出版社2022年版，第213页。

③ Sharon St rocchia："Learning the Virtues: Convent Schools and Female Culture in Renaissance Florence", in B. Whitehead ed., *Women's Education in Early Modern Europe*, Garland, 1999, p. 8.

④ David Loewenstein："Recent Studies in the English Renaissance", *Studies in English Literature, 1500-1900*, Vol. 51, No. 1, 2011, p. 202.

塔·诺加罗拉的故事，很明显，她的成长经历更有时代特征。[①] 她的父母思想开明，为家里的女儿们请来的家庭教师是意大利著名的人文主义学者瓜里诺·达·维罗纳的学生。她们的学习内容包括人文主义教育的主要科目：拉丁文古典著作阅读和诗文、历史、哲学。伊索塔·诺加罗拉的思想非常超前，她认为人类的始祖夏娃没有过错，上帝对女人的惩罚大于对男人的惩罚，女人要承受生育的痛苦，频繁的生育和抚养工作又给女性带来了巨大的劳累与负担，这是只有从性别角度思考才能体会的。她个人的最大愿望是摆脱这种生育负担，作为一个人文主义学者进入学术圈子并获得社会身份。为此，她给许多人文主义学者写信毛遂自荐，但都没有得到回应。她给老师的老师瓜里诺写信，瓜里诺虽然承认了她的才华，却同样认为学术对一个女性而言是不适合的。在以后 25 年的生命里，为了能保证自己以学者的身份研究学问并保持与外界的交流，她坚持独身。她只能像一个修女一样潜心研究宗教，因为所有的男性人文主义者可以从事的工作都对她关闭了大门。我们从她的经历中可以看到，文艺复兴时期人们对两性的本质与社会角色的认知并没有发生根本的改变，因此，女性的求知生涯是短暂的，她们试图追求学术成就，最大的障碍来自社会舆论的压力。纵然有少数女性有过进入学术圈子的梦想，但是，她们要么被迫放弃学术，要么被迫进入修女院。女性要想进入社会的公共领域，需要付出的代价是沉重的。正如伊索塔所控诉的，"我的性别本身就是我面对某些男人时最大的劣势"[②]。可见，文艺复兴时代的欧洲社会依然存在着严重的性别偏见，学术依然是对女性封闭的，被认为是只有男人才能从

---

① 马格丽特·金：《文艺复兴时期的妇女》，刘耀春、杨美艳译，东方出版社 2008 年版，第 255—258 页。

② Margaret King: "Book-Lined Cells: Women and Humanism in the Early Italian Renaissance", in Albert Rabil, Jr. ed., *Renaissance Humanism Volume1: Foundations, Forms, and Legacy*, University of Pennsylvania Press, 1988, pp. 434-453.

事的严肃而伟大的事业，女性若试图要求进入学术领域，则依然意味着对男性造成了一种冒犯。

不过，文艺复兴时期在文学创作领域对女性的要求是相对宽松的，于是，优秀的女作家甚至职业女作家群体开始慢慢形成。虽然，女性作家群体依然处于弱势，但是，文艺复兴的思想解放已激活了女性的自我意识。一些知识女性勇敢地用文学形式来表现自我，为女性声张权利，体现出了女性力量开始穿透层层压制，从被动和依赖的集体无意识中走了出来。她们勇敢地与厌女传统对抗，表达出女性的生命意识以及在公共领域发声的强烈愿望。可以说，她们是欧洲历史上女性主义的先驱者。

意大利女性率先展示出了文化和政治上的存在感。她们的自我追求突破了原先那种刻板的贞洁、沉默、服从的主妇形象，认识到正是教育与生活环境造成了男女之间除性别之外的差异。16 世纪威尼斯女作家莫代斯塔·达·波佐宣称，妇女拥有受教育的能力和权利，如果一个女孩的父亲让她和她的兄弟一道做同样的工作，那么无论做大事还是小事，她都不会逊色于她的兄弟。如果她不能凭借学识赢得尊敬，那是因为人们养育她的目的不在于此。在知识领域，如果给妇女机会，她们就会媲美甚至超越男人。这些已经觉醒的女性还不断鼓励更多的女性突破传统的性别限制，追寻更大的人生价值。例如路易丝·拉贝曾劝说女性不要拒绝通过写作赢得荣誉，因为这种荣誉比项链、戒指和漂亮时装带来的荣誉更伟大，通过学习赢得的荣耀才真正属于她们。在文艺复兴时期，具有人文主义倾向的女作家的数量虽然不多，但她们的创作为人文主义文学注入了新气息，她们的言说、写作也被视为对性别秩序与男性权力的一种挑战。以往，由于女性主要接受的是俗语教育，因此，她们基本上充当被动的读者，男说女听、男写女读已成为一种基本的范式。所以，这些新出现的女性作家，基本上没有前辈的指引，也缺少强大的女性文学传统提供的精神给养，缺少同时代足够的文化支持，因此，她们的成长客观上是颇为艰难的，而且，女作家群实际上处于边缘化地位。文艺复兴时期的女性写作群体中既有修女作家，也有一些贵族女性，她们接受到的人文主义思想程度不一。

修女作家们主要用俗语创作宗教著作和道德剧等。佛罗伦萨修女比阿特丽斯·萨拉创作的戏剧《美德之爱》，对用修女院囚禁妇女的做法提出了抗议，这部戏剧被认为拥有“薄伽丘的内容、彼特拉克的语言和但丁的形式”，并且明显地受到了人文主义的影响，堪称当时最优秀的戏剧之一。比阿特丽斯·萨拉曾在剧中说道：“你锁得住她的身体，却锁不住她的心。她是人，不是挂在墙上的画。”①该剧本是对修女院幽禁、沉闷生活的控诉，女性在修女院里不是为了幸福，而是为了被奴役和统治。这出戏剧中有一些对后世女性主义颇具启发性的意象，例如岩石、高墙和塔，代表了将妇女强制、囚禁的修女院，是女性被囚禁的象征。威尼斯修女塔拉·波蒂大胆地用写作同所处的那个世界直接进行对话。在 32 年不情愿的囚禁式修女院生涯中，她创作了一系列为女性辩护的文章和书信，抗议强制隐修，呼唤女性的自由。她将独处时间全部用于自己的教育（在修女院图书馆允许的范围内）以及对自身经历的反思。她的代表作是《被出卖的纯真》（《父亲的专制》），在这部作品中，她将自己生命中的关键事件变成了批评社会的支点，表达关于妇女平等和自由的原创性思想。她认为，当时之所以有大量的女孩被迫进入修女院，是因为受制于嫁妆制度。在那个时代，“婚姻是一个计算出来的产物，这种关系首先体现为生产、保存和传递财富的机制”，“妇女都享有因结婚而获得嫁妆的权利。如果嫁妆多，她嫁的丈夫就好一些”②。因此，女孩的出嫁需要一大笔嫁妆，这无

---

① Lucetta Scaraffia; Gabriella Zarri, *Women and Faith: Catholic Religious Life in Italy from Late Antiquity to the Present*, Harvard University Press, 1999, p. 141.

② 欧金尼奥·加林主编：《文艺复兴时期的人》，李玉成译，生活·读书·新知三联书店 2003 年版，第 276 页。

疑大大增加了家庭负担，甚至会导致家庭破产。在这种情况下，“嫁妆是婚姻的一种黏合剂，它以物质为目的”①。因此，将女孩送进修女院，让她们“嫁”给上帝，也就成了唯一比较“体面”地解决家庭负担的方式，父亲们也省去了高额陪嫁金，家里还多了一个“神圣”女性。所以，被强迫的修女是父亲贪婪和自私的牺牲品，也是不合理嫁妆制度的牺牲品。这些女孩犹如掉进了一张欺骗的网，被一辈子活埋在修女院里，这样的生活没有尽头，直到死亡。为此，塔拉·波蒂控诉道：婚姻有时候可以通过离婚或者是配偶的死亡而终止，为什么修女一定要受到一项不能上诉的法令，受到她们宣誓遵守永不能废止的誓愿的折磨？② 在文艺复兴宗教改革时期，女性与宗教的关系变得更有政治意义，不同立场的斗争都要争夺女性：天主教试图控制和限制妇女；宗教改革者通过解散修女院和强化父权家庭来限制妇女；她们的父亲兄长也希望她们继续留在宗教世界里，修女院是贵族和城市显贵家庭的女儿的好去处，是一座“光荣的监狱”。

当然，我们在看到这些作品描写女性被迫隐修具有合理性的同时，也要看到修女院对于女性所拥有的多重意义的另外一些层面，尤其要看到修女院对女性教育方面的历史功能。就此而论，修女院其实不只是一座“监狱”，在某种情况下也为女性提供了一个避难所，还提供了她们接受教育进而产生公众影响的机会。例如修女们在接受教育后会进行文学创作，她们主要写一些宗教戏剧，这些戏剧“不仅能提供娱乐，也是妇女接受教育的重要途径，对修女院以外的世俗社会也有影响，构成了主流文化之

---

① 欧金尼奥·加林主编：《文艺复兴时期的人》，李玉成译，生活·读书·新知三联书店，2003年，第278页。

② 马格丽特·金：《文艺复兴时期的妇女》，刘耀春、杨美艳译，东方出版社2008年版，第188页。

外的一个女性亚文化传统"①。

更为值得我们关注的是，世俗女作家群体的创作情况。文艺复兴催生了敢于挑战男权之妇女观的女性作家群，她们被称为"文艺复兴女性主义"思想的传播者。她们批判厌女文化，号召女性追求与男性一样的教育与成就，并积极付诸实践。例如，卡桑德拉·费德莱提出，即使不能进入公共职业领域，女性也应当追求知识，即使书本学习既不能提供奖励也不能提供荣誉，但单单为了其中的愉悦和乐趣，女性也必须去追求并拥抱这些学问。② 法国女作家克里斯蒂娜·德·皮桑也同样勇敢地批评男权以及厌女文化，捍卫女性权益。

由于女性在接受教育的时候主要学习的语言是俗语，因此她们主要是用俗语来写作的，而随着人文主义运动的发展，民族意识增强，越来越多的男性人文主义者提倡用俗语写作，打破拉丁语对神学的垄断，而俗语的发展对女性而言其革命性意义在于打破了男性对写作的垄断。文艺复兴后期的女性作家就是在这种语言之战中加入俗语创作的历史潮流中的，其创作数量惊人增长。例如在英国 1486 年到 1548 年出版了 8 部女性著作，1640 年的时候又有 95 部女性作品问世，1690 年的时候女性作品占全年出版总数的 2%。虽然这个比例很小，但实际上有很明显的增长，在历史上具有重大突破性意义。③ 文艺复兴晚期女性创作进一步增加，这得益于出版商，他们开始看到女性作品作为文学新事物的潜在市场利益。

---

① E. Weaver: "Spiritual Fun: A Study of 16th Century Tuscan Convent Theatre", in M. B. Rose ed., *Women in the Middle Ages and the Renaissance*, Syracuse University Press 1986, pp. 173-197.

② D. Robin, trans & ed.: *Cassandra Fedele: Letters and Orations*. The University of Chicago Press, 2000, p. 162.

③ 弗吉尼亚·考克斯：《灿烂的再生：意大利文艺复兴三百年，1303～1607》，付稳、伊娜译，化学工业出版社 2022 年版，第 237 页。

不过，世俗女作家的创作从形式到内容都是相对简单的，主要描写家庭生活，例如为女孩所写的生活指南以及书信、日记等。女性书信是文艺复兴女性写作的重要文类，有重要的研究价值。书信既是交流工具，也是一种历史记录，因为书信内容包罗万象，从家庭琐事到个人经历、感受以及历史事件的描述，女性无意中扮演了历史学家的角色。同时，书信中也不乏文笔优美的优秀之作，它们表现了女性在书写方面的能力。维托利亚·克隆纳是16世纪意大利的女作家，她流传至今的作品是写给丈夫的一封诗体信，该作品中的女性不再是传统的爱伤心落泪的太太，而是勇气非凡，能与丈夫有难同当的女杰，这是文艺复兴时期女性的一种自我塑造，是对既定性别角色的一种挑战。其他世俗女作家还有那不勒斯劳拉·泰拉齐纳、基娅拉·玛特莱尼(出版过一部彼特拉克式的爱情诗集)等。16世纪晚期意大利人文主义思想仍然在发展，女性的文学活动蓬勃发展。在意大利精英阶层的公众意识中，世俗女性作家的形象已经深入人心。意大利第一部女性诗歌选集始于1559年，收录了50多位女性作家的作品。第一部女性作家的传记词典始于1620年。16世纪80年代，意大利女性创作更加呈上升趋势并且持续了大约30年之久。对1580—1630年之间的女性写作进行的研究表明，这一时期大约有200多名女性作家，其创作在广度和前卫性方面都是前所未有的，女性写作的题材范围扩大，囊括了田园剧、骑士传奇、宗教叙事和史诗等诸多体裁。笔与剑曾是男性身份的标志，而女性也正在尝试获得性别身份的平等，写作很大程度上成了女性获得话语权和荣誉的方式。

文艺复兴时期的人文主义女作家主要有：法国的皮桑、路易丝·拉贝，威尼斯的莫代斯塔·达·波佐，英国的玛丽·阿斯特尔等。威尼斯的莫代斯塔·达·波佐，笔名莫得拉塔·冯特，是第一位尝试写作骑士传奇的女性作家，其代表作是在她于1600年去世后出版的两卷本著作《女性的价值》。这是一部对话体作品，书中的发言人是7位年龄各异、婚姻状态不同的威尼斯贵族女性。她们以轻松愉快的方式就“男人到底是不是好东西”这一主题进行辩论。在对话中明确表达了对婚姻制度的批判，主张女性应该通过教育和对世界的有益好奇而获得自主性。作品中，在花园里自由畅谈、互相鼓励的这7位女性，暂时形成了一个女性乌托邦。这本书以戏谑的写作方法对传统的女性观念进行审视。传统的女性观念认为女性要么进修女院，要么进入婚姻。从世俗角度来看，婚姻对男性几乎是百利无一害的，新娘的家庭需要支付一大笔的嫁妆费，男性的财富就由此增加，结婚之后女性又会承担照料男性的全部义务。而对女性而言，结婚就是花钱买一个丈夫来伺候，还要随时当心婚姻不能长久，所以7位发言人中有2位未婚女性都明确表示她们不打算进入婚姻。在对话中少女克丽娜是关键人物，她的精神是亚马孙女战士型的，她强调自由，认为拒绝进入婚姻就不用害怕一个发号施令的男人。她说：想一想结婚妇女的命运，失去了财产，丧失了自我，而且这样做除了生育令人讨厌的孩子和受制于一个对她随心所欲的男人以外，她什么也没有得到。而如果女性能够依靠嫁妆独立生活，就会活得像个女王。并非女性在心智和身体上有缺陷才导致她们不能独立生活，恰恰是男性将女人变成了奴隶。所以，在这些讨论中她们提出：女性应该通过某种方式获得独立自主。从这些有关女性性别价值问题的讨论中可以看出，莫得拉塔·冯特的《女性的价值》，其思想接近了现代女性主义传统。英国的玛丽·阿斯特尔的代表作是《反思婚姻》《一个热爱女性的人，为了女性的真正和最大的利益，而给女士们的一项严肃忠告》。她在书中建议妇女为了自己的利益至少要暂时从男人的社会撤离，并且为她们能从事富有成效的工作做好准备。她提出了一种类似修女院机构的设想，这个机构也像新型女子学院，能满足妇女对高级教育的需求，它可以为女性的头脑配备大量坚实而有用的知识，这样女性将来就能独立自主。她构想的这个新型的女子学院类似于皮桑笔下的妇女城，一个躲避男人暴力和专制的场所，一个培养妇女美德和尊严的地方。皮桑的妇女城、冯特的花园、阿斯特尔的新型女子学院等,这些都可以说是女性乌托邦,她们也是文艺复兴时期女性学者们从女性的理想性别身份出发勾画的又一种人文主义的理想世界。

在这些女作家中,路易斯·拉贝与皮桑的成就最高,对她们的研究也相对充分。路易丝·拉贝是16世纪法国里昂的女诗人,是法国早期女性主义代表人物之一。她的作品只有一部以歌唱爱情为主要内容的《里昂人路易丝·拉贝作品集》,它为作者赢得了"法国的萨福"的称号。16世纪的法国受意大利文化的影响,人文主义有了较为深入的发展。里昂是仅次于巴黎的一个人文主义中心,且更靠近意大利,各个国家的人从塞尼山通道通行,前往意大利的旅游者都要经过日内瓦和里昂,因此这个城市的名气渐隆。里昂城里人们的思想更为自由,出版管制更为宽松,出现了非常活跃而自由的知识和艺术圈。里昂的出版业极为发达,有大量的印刷厂主和书商。由于里昂特殊的地理位置,其为旅客服务的行业就非常发达,酒店旅馆众多,据说全市有超过200家的旅馆和酒馆。伊拉斯谟对此留下了完整的记录,其《对话集》就写了各种各样的旅馆,讲到了德国旅馆接待的态度,相比之下法国人是如何热情好客。① 16世纪上半叶非常多的作家都在里昂居住过,例如拉伯雷就在这里住了3年,并在这里发表了《巨人传》。总之,16世纪的里昂洋溢着自由的人文气息,市民受教育的程度普遍较高,为印刷术的发展,以及拉贝这样一位才华横溢的女作家的出现奠定了基础。

整体来看,路易丝·拉贝的人文精神主要体现在以下方面:首先是对古典神话的借用,大量的古典文学的典故、神话人物,共同构成了这个作品的文化内涵;其次是她强调一种女性平等的意识;再次是直接讴歌热烈

① 马克·布瓦耶:《西方旅游史:16—21世纪》,金龙格等译,广西师范大学出版社2022年版,第30页。

的爱情，追求现世幸福。这种从古典中寻求自我投射，强调性别价值的思想，代表了人文主义与女性主义之间的一种先天的亲和力。

关于路易丝·拉贝本人，史料记载匮乏，学界对于她的研究许多都属于推测与传闻。路易丝·拉贝的家庭、婚姻、受教育情况等信息都极少，尤其是她如何接受了人文主义，很难细考。根据当时的教育状况，一个出身平凡的普通女性要接受良好的人文主义训练并不容易，但是在她的作品中却有大量的古典文学的知识，也提到同时代许多人文主义者的文学作品，这说明她有很好的教育基础。可是在一个女性写作还十分少见的时代，她就这样横空出世，而且仅此一部作品就名垂青史，难免显得不合常理。学界围绕这位女作家讨论的大多不过是充满猜疑的各种传奇。无论说她是一名情感过于丰富的交际花，还是说她是一位女英雄，或者根本就是某位男性人文主义者的代笔，路易丝·拉贝都让后人深感神秘与好奇。也有同时代的文人为她进行过辩护，例如1555年弗朗索瓦·德·比翁在巴黎出版了《女性荣誉坚不可摧》，他提到了里昂美丽的“制绳女”，这也成为研究者认为路易丝·拉贝出身于一个制绳匠人之家的原因。他认为女性和男性拥有一样的理解力，完全可以接受同样的教育，取得同样的成就，路易丝·拉贝恰恰是一个例证。确实，路易丝·拉贝的创作成就突破了男性写作的特权。人文主义女性作家和女作家群的出现，彰显了文艺复兴时期崛起的女性性别意识。

皮桑于1364年出生于意大利威尼斯，她是欧洲第一位专业的女作家，著作颇丰，流传至今的有30多部诗歌和散文，讨论的话题多种多样，道德、教育、政治、战争、经济等都有所涉猎。皮桑的父亲是一位人文主义者、医生、星相学家，曾经在博洛尼亚大学任教，后来受聘于威尼斯政府担任公共卫生管理方面的官员，具有先进的人文主义教育观念，尤其是认为女性也应该接受同等的教育，因此，皮桑跟随父亲接受了较好的人文教育，这对皮桑的思想以及人生之路具有深远的影响。后来皮桑的父亲受法国国王查理五世之邀任职于法国宫廷，皮桑在法国宫廷有过一段愉快的生活。国王查理五世热爱艺术，形成了良好的宫廷文化氛围，皮桑视国王为精神之父。皮桑与年轻的人文主义者埃提纳·德·卡斯泰尔结婚，度过短暂而美好的婚姻生活。随后皮桑遭遇了一连串的命运打击。父亲、丈夫以及精神之父查理五世相继去世，年仅 25 岁的皮桑就开始承担起供养家庭的重任。她有 3 个年幼的孩子，还有一个未成年的侄女以及年迈的母亲。皮桑在寡居之后，不得不开始接手她以前从未做过的家庭经济事务，并陷入一系列关于遗产的官司中。巨大的生存负担，是促使皮桑走上专业作家道路的重要原因。皮桑的创作展现了"人文主义思潮兴起所带来的女性对于自身性别身份价值的重估与重构。她在自己的作品里面，对西方历史中的女性文学创作传统进行了建构和挖掘，这是西方女性文学史上对建构女性文学谱系的一次努力和尝试"①。应该说，皮桑的作品的价值超出了一般的女性作家，她对许多社会问题都有非常全面而独到的见解。

1401 年，皮桑挑起了当时的"玫瑰论战"，这是法国文学史上的重要事件。《玫瑰传奇》是中世纪的一部重要的寓言，具有很高的文学价值。但是，皮桑对它尤其是对它的续写者让·德·莫恩十分不满。莫恩续写的《玫瑰传奇》对中世纪的许多价值观与文学观进行了戏谑乃至颠覆，这是具有一定的革新意义的，但它始终基于男权中心论的框架，延续着旧的性别意识，弥漫着厌女色彩。皮桑针对莫恩著作中出现的情色与道德、厌女主义、文本修辞、阅读中的读者问题等提出了批判，从而引发了一系列的论争，皮桑充分地表达了自己的人文主义性别思想。首先，皮桑旗帜鲜明地反对厌女言论，反对男性学者对女性的污蔑。正由于其明确的性别

---

① 杜力：《边缘人的呼喊与细语：西欧中世纪晚期女性作家研究》，北京大学出版社 2017 年版，第 140 页。

意识,她被女权主义者尊为先驱。莫恩对女性持一种充满恶意的看法,将女性这一性别整体看作低劣的,进而贬低全体女性,否定女性本质。皮桑针对莫恩的性别观进行了反击,强调确立女性的价值,这既是皮桑论战的立场,也是她大部分创作反复出现的主题。其次,关于文学观的讨论,表现了皮桑在文学理论方面的思想深度。双方争论的焦点在于道德是不是文学写作和批评中的一个重要维度。皮桑批判莫恩采用了中世纪寓言体裁,却未给文本以道德寓意。在中世纪的文学观念当中,任何写作尤其是寓言,需要为真理和道德教化的神圣目的服务,德行是文学不能丢弃的标准。皮桑持一种寓言式的、道德式的文学观,认为"一部无用并且缺乏一般道德价值的作品是不应当得到赞美的"①。而莫恩文本中的戏谑则试图挑战这一文学观。因此玫瑰之争涉及文学本质论的问题。最后,《玫瑰传奇》中有个别段落对于两性关系有较为直白的表述,对生殖器也不采用隐语而是直呼其名。皮桑受到宫廷趣味的深刻影响,从美学上无法接受这种写作。更为重要的一点是,她强调了女读者这样一个视角,认为这种露骨的描写会给女读者造成冒犯。从论战涉及的这几个层面可以看出,皮桑的思想深度在文艺复兴女作家群中是独树一帜的,她对文学的理解超越了性别这一维度。

另外,莫恩续作中的理智女士,津津乐道于人体隐私、性行为,用词直接近乎粗俗,这是皮桑最为反感的,因为,在传统文学中,代表理智的人物形象都是高贵而典雅的。莫恩对理智女士的颠覆性处理与皮桑对莫恩的批判,可以看作是中世纪晚期到文艺复兴时期两种不同文学阐释思路之间的冲突。在皮桑看来,道德寓意是作品重要的价值,也是文学解读的关键,简单说来这是一种符合中世纪传统的阐释模式。但是莫恩反对对文

---

① Christine de Pizan: *Debate of the Romance of the Rose*, David F. Hult ed. & trans., The University of Chicago Press, 2010, p. 51.

本进行过度的道德阐释,而主张回归文本字面意义,正如他在文中借理智女士之口所说的:我将给你两个词,你必须从字面上来准确地理解它们,无须做出任何的评论。他认为文学领域中的讽喻解读会带来对文本意义的过度阐释,而沉重的道德化解读带来的是虚伪,他非常反对对文学作品的道德进行过度阐释。皮桑认为文学无法去道德化,一个作者在引用某些故事的时候也无法做到只从字面意义解读。因此,皮桑看到了主张非道德化的莫恩,其实是把文本导向了一种对道德的否定与瓦解,更是导向了真正的厌女主义。任何文学的解读必然需要越过字面意义而理解其背后的德行内涵,即伦理与道德是文学的重要一维。虽然皮桑对文学的理解不见得都合理,但是她的文学思想体现出典型的宫廷趣味甚至是中世纪的正统观,所以许多男性学者对皮桑的批评,在文学原理的学理性方面也是有价值的。例如,关于作品中人物言辞和作者意图的关系问题,皮桑将人物言论与作者立场之间的关系看得更为接近,而论战阵营中的许多学者则强调了它们之间的不一致所形成的内在反讽意义。在这场争论中,对皮桑的更多批判,主要依据的是皮桑作为女性读者的身份合理性问题,批判者认为皮桑没有资格批判莫恩,因为莫恩是知识渊博的男性学者,而皮桑只不过是一个女人。这种陈腐言论就暴露出根深蒂固的男性性别偏见,面对皮桑的博学多才与慷慨善辩,他们的表现是恼羞成怒。撇开所有知识与理论丰富和正确与否,在这场论争中,皮桑的女性性别意识的展示是淋漓尽致而且值得肯定的。

皮桑的主要创作有《妇女城》《淑女的美德》《奥泽致赫克托尔的信》《英明国王查理五世的功绩和高尚品行》《克里斯蒂娜·德·皮桑的幻象》《论政治有机体》《论武器与骑士精神》《论和平》等,这些创作体现出人文主义者积极投身政治生活的思想,它们的问世本身也标示着皮桑成为女性走入公共空间的表率。她的作品都与法国当时的历史状况密切相关,因此不了解皮桑所依附的法国宫廷面临的政治问题,恐怕很难深度理解皮桑创作的微妙动机。法国在查理五世去世以后内外交困，在内主要是勃艮第公爵和奥尔良公爵争权夺利，而在外则是法国与英国进行百年战争，最后法国战败，于1420年签署《特鲁瓦条约》，法国的太子被迫放弃王位继承权。这种政治危机成为皮桑大部分作品的写作背景，尤其是，她的创作中出现了通常的女作家极少涉及的政治书写。无论从她个人的生活而言，还是从大的时代局势而言，抑或从当时知识分子的这种从政劝谏的潮流而言，她的政治性写作都是非常自然且必要的。这些作品被认为属于君主之鉴，并且这类创作一直都是男作家的领地，例如文艺复兴时期的伊拉斯谟的《论基督教君主的教育》、马基雅弗利的《君主论》等。由此，从文类的角度来看，皮桑的创作具有显著的性别越界挑战的意味。她的君主之鉴的写法有鲜明特点，那就是并非如男性作者那样侧重论证与说理，而是有很强的文学性。例如《奥泽致赫克托尔的信》通过对经典神话进行重新阐释的方式，对法国太子进行政治启蒙教育；《英明国王查理五世的功绩和高尚品行》则是以历史人物传记的方式劝诫君王；《克里斯蒂娜·德·皮桑的幻象》以幻象文学、自传体写作的模式表达政治理念。她也创作纯粹的政治论文，如《论政治有机体》《论武器与骑士精神》《论和平》。这些政治论文表达了反对战争渴望和平的愿望以及对平民的重视，将有机体的概念引入对政治的解释，认为每个阶层都具备重要功能。最后一部作品《贞德之歌》，表达对战争胜利的一种喜悦心情，通过塑造贞德的形象进而思考法兰西民族的身份问题。①

皮桑感受到了男性学者以及传统歧视女性的观念对她的蔑视与不满，所以她力图建立一个伟大女性的谱系。《妇女城》就是要寻找女性的历史，为优秀的女性们建立一座坚固的城，创造出一个不需要男性的自由

① 杜力：《边缘人的呼喊与细语：西欧中世纪晚期女性作家研究》，北京大学出版社2017年版，第158页。

生活的理想世界。在作品中,皮桑将女性提升到与男性平等的位置。这是一部寓言式的历史传记作品,它不仅是知识女性在文艺复兴时期发出的第一声呐喊,更是文学领域女性作者的标杆。作品的写作资料来源于薄伽丘的《名女传》。薄伽丘将神话和文学中的女性形象以及历史上的女性形象全部融合在一起,既有被作者所赞扬的女性,也有一些被批判的负面人物。薄伽丘指出:我并未打算对"著名"这个词做出这样那样的严格的界定,以至于它总是意味着富有美德,相反,承蒙读者的慨然应允,我采用了该词更宽泛的含义,将因任何行为而闻名于世的女子尊称为名女。皮桑则对这些资源进行改造,塑造了一个具有美德传统的女性谱系,以此与厌女传统进行对抗。

在《妇女城》开篇,皮桑就代表女性向女神提出这样一个问题:为何男人总是以恶毒的语言贬低女性?的确,从历史上看,有太多著名的男性知识分子持厌女观念。因此,皮桑指出,著名男子,严肃的学者,他们拥有广泛而深刻的理解力,目光敏锐洞察一切,由于他们的这种权威性,他们对女性的攻击,很容易让女性内化,他们也会认为上帝创造的女人就是一个邪恶的生灵。皮桑为此深感困扰,甚至也曾以为身为女性就是一种罪过,"愚蠢地认为上帝使我寄居于一个尘世的女性身体中,这是自己极大的不幸"。真理女神、大力女神与正义女神,代表了女性独立不可或缺的三种力量,三位女神向皮桑揭示为何男性要侮辱否定女性。男人辱骂女人有各种各样的原因,一些是因为自身的罪恶,一些是受到了自己身体缺陷的驱使,一些纯粹是因为嫉妒,还有一些是因为他们自己的本性便是以诽谤他人为乐。有些男性看到并且意识到许多女人的理解力比自己更强,行为也更高贵,因此就感到了痛苦。过分的嫉妒促使他们攻击所有的女人,贬低女人的荣耀,削弱对她们的赞美。在女神眼中这些男人的恶劣行径连鸟兽也不如,因为这些行为既违背了理性,也违背了自然,这些男人没有意识到当然也从不感恩女人为他们所做的善行,男人一直需要女人为他们做事。任何赤裸的野兽或鸟类,都会自然而然地热爱它们的雌性伴侣,但是这些男人却做出如此反常的事情。而且女神进一步解释,女人和男人都是由上帝用同一种物质创造而成的,上帝从亚当那里取了他的一根肋骨,制造了女人的身体,这象征着她应当站在他的身边成为一个伴侣,而不是跪在他的脚下做他的奴隶,也象征着他应当像对待自己的血肉一样去爱她。与男性相比,女性不仅不可能更罪恶或者低等,反而与上帝更为亲近,因为上帝最懂得女人的眼泪,也最爱女人,耶稣的复活就是经过女性的语言首先宣布出来的。女人擅长做任何事,她们在各个领域都不比男性差,好比历史上出现过许多伟大的女王,她们将国家治理得很好,也出现过许多勇敢的女战士,她们在战场上毫不逊色。如果指责女性学问更少,那是因为她们无法参与许多不同的事情,只是待在家里。即使的确有一些女性的品性是值得讨论的,就像是火可以带给大家灾难,水也可以带给大家灾难一样,你也不能因此而否定水和火本身。而就品性而言,恐怕男性中品性不足者的数量远远多于女性。在皮桑与女神的对话中,皮桑揭示了许多有关性别偏见的真相,尤其是解释了女性之所以在公共事务方面的成就不如男性的根本原因。后世女权运动通过斗争想要破除性别不公,只有从这些根源入手才能揭示女性被压抑被压迫的事实。就此而论,皮桑《妇女城》以文学的方式对这些根源的深刻挖掘与剖析,是有重要的社会史、思想史价值的。

皮桑在《妇女城》中塑造的一系列女性正面形象构成了一个虚拟的"姐妹团体",她们因为各种各样的美德而共居妇女城,超越时空而成了一个女性的乌托邦。这些优秀的女性形象,可以满足妇女对自我角色榜样的内心需要。皮桑援引了古代典籍当中那些被父权制放逐的女性——古希腊女诗人萨福、古罗马的女诗人普萝芭等,她们都是女作家的卓越前辈。皮桑用她们来建构一个女性写作的人物谱系,同时也借此捍卫她自己作为女性作家的合格身份。女性的谱系如同阶梯,引导着后辈女性前进的方向。皮桑通过这些优秀女性的实例表达了这样的观点:女人或者男人,谁拥有最伟大的美德,谁就是更高贵的;一个人或者伟大或者渺小,不在于性别,而在于其行为和美德是否完善;对美德的追求不是因为强权的压迫和威逼,而是源于理性、真诚和正义的启蒙;美德是一种崇高的生活方式及通过积极的自我修养和完善,从而达到个人的内在优秀和取得社会成就的有机统一。

《妇女城》还讨论了女性与教育的问题。皮桑认识到教育对于女性的心智与德行发展具有重要意义。女性被剥夺了受教育的权利,这是社会的损失,它不仅使女性本身受到了影响,她们的能力、德行都因此而受损,也使女性履行自己的社会职责大受影响。因此,她认为女性接受教育、获得知识,这本身就是一种美德,而这种美德一定会促使女性其他方面美德的增长。女性接受教育还有其他意义,例如将会给家庭和社会带来各种益处。皮桑列举了文艺复兴时期卓越的女性法学学者诺维拉的例子。诺维拉的父亲是博洛尼亚大学的法学教授,她就是从父亲那里受到了良好的法律训练,成为一名杰出的法学学者,之后她帮助自己的父亲上课,帮他解除一些沉重的教学负担。皮桑本人的经历就是一个绝佳的例证。作品借女神之口评价了皮桑的父亲,他是一位卓越的星相学家和哲学家,他不相信科学知识会有损于女性的价值。皮桑就是在开明父亲的影响之下得到了教育训练,并且成了优秀的职业女作家。她把自己写的书献给了国王查理六世以及其他一些公爵和贵族,还得到了他们的赏识,获得了奖金。后来勃艮第公爵还让她来为自己的兄长查理五世作传,亨利四世希望她去英国,米兰公爵也邀请她到自己的宫廷去。可以说,她是一个像男人一样的女人,她拥有着对写作的强烈兴趣,并且也通过写作为自己为家庭赢得了身份与生存之本。她热爱写作这种孤寂的生活,她依靠写作就足以养活自己和一个大家庭。这也证明了她的观点:如果女性接受平等的教育,那么她们都可以成为优秀的学者。而且,女性接受教育还影响到下一代的教育问题,“确保母亲自身树立一个诚笃博学的良好榜样,如果母亲过得很愚蠢,就几乎不可能成为女儿的一个榜样”。总之,皮桑认为女人和男人一样都是上帝的子民,是人类的一员,而不是另一个物种,或另一个人种,她们不应当被排除在道德教化之外,对美好事物(包括知识和真理)的追求,是男性和女性共同的目标。《妇女城》的思想着眼的不仅仅是女性的问题,而且是对生活和社会的思考,她不仅属于女性,也属于早期的人文主义传统。① 皮桑的《妇女城》就是面对一整套的厌女主义,面对男权文化对女性的排斥和贬低,面对各种诽谤侮辱女性的言辞,而为女性所做的辩护。她用文字建构了女性的乌托邦,能够进入“妇女城”,是因为她们拥有勇敢、智慧、审慎、孝顺、执着、慷慨、真诚、忠诚、贞洁等优秀的品德。

皮桑的创作也超越了性别话题,融合了丰富的政治理想。关注女性与国家政治生活的关系,是皮桑创作的另一个内容。正如本书在第六章“人文主义文学与国家政治”中提出的,人文主义知识分子与政治密不可分。皮桑对自己的政治身份同样有清晰的认知。她的一系列政治书写的背景,源自 1405 年巴黎的围城事件。她上书王后希望王后能够临危担当重任,拯救国家,这也是她的姊妹篇创作《妇女城》与《淑女的美德》的政治意图。她从历史与古典文献中寻找女性从政的先例,认为女性的天性非常适合从事政治,女性进入政治领域不仅有利于女性自身的成长,更重要的是她会给人类带来和平,带来一系列的福祉和利益,这也为王后执政提供了一种合法性依据。在《淑女的美德》中,皮桑就向女性读者指出了两条通往天国的道路:一条是在上帝脚前安静等候的生活,另一条是为上帝忙碌的生活。在论及女性的世俗生活时,皮桑最为关注的是女性的政治职责,试图将女性从静默中解放。在《淑女的美德》中,她一再强调贵族女

---

① 克里斯蒂娜·德·皮桑:《妇女城》,李霞译,学林出版社 2002 年版,译者序。

性应当承担其政治义务。在她看来，一位富有德行的淑女，在世俗中最重要的职责便是成为国家的和平使者，女性具有的仁慈与审慎之德，使得她们在参与政治事务时能够更好地平息争端，促进和平。贵族女性要竭尽所能避免战争，维护和平，“她会劝说国王和大臣，慎重考虑这件事，向他们陈述后果的严重性，更恰当的做法是寻找一条合适的路径来达成协议”。“作为和平的使者，劝勉战争是一位王后应当尽的责任。淑女们在这方面有特别的恩赐，因为男人通常是好战勇猛的动物，渴望报仇的个性，使得他们常常忽略战争带来的罪恶和危害”①。女性天生的温柔、神圣的性格是阻止战争的有力手段。鉴于女性在维护国家和平与安定中扮演的重要角色，皮桑对那些出色完成和平使者职责的女性予以了极高的评价。“那些在敌人之间，国王和博学之间，领主和叛乱的人民之间建立合同的公主和王后，给这个世界带来了多么美好的祝福。国家因为有了这些公主和王后而得福，不仅因为她是他们的主母，更因为她是他们在地上的希望和信念，她是国家和平的使者。”因为高贵的女性的仁慈，给整个国家带来和平，所有的人民自然对她充满敬意。在国家政治中，当男人缺席时，女性就应该担负起责任。譬如，一位王后如果失去丈夫，长子年幼，男爵间又常常爆发冲突和战争，她就需要运用她的审慎和智慧，尽可能维护和平，她要充分意识到内战的危险性。长子年幼，她要尽可能以智慧维护男爵之间的和平，实行合适的战略和有技巧的谈判，听从忠实的顾问的意见。如果在某些领土上发生暴乱或外敌入侵，战争无可避免，这位王后就要运用智慧，尽最大可能保护孩子的利益。她要赢得男爵和领主们的忠诚，同时也要获得骑士、侍从和绅士们的支持，使他们在任何时候都会为年轻的国王奋不顾身地征战。她也要得到人民的爱戴，使人民会用自己的财富和力量帮助她。对于那些生活在封地和庄园中的女领主，皮桑

① 克里斯蒂娜·德·皮桑：《淑女的美德》，张宁译，江西人民出版社2009年版，第35页。

则认为她们更需要一些务实的教育,因为对于这些女性而言,她们不应只是在闺房内接受教育,也不应只被教授那些女性的美德,她们需要太多实际的能力去处理领地上的大大小小的事务。她们需要掌握管理庄园一切事务的实际策略和技巧,要熟悉法律以维护庄园的利益,同时又要平衡领地内民众的利益,使人人安居乐业。总之,在皮桑看来,或者说这也是历史的事实,大大小小的贵族女性,都面临着特殊的时刻而不得不承担一种政治身份,那么女性就需要为此做好准备,并且不能回避这一责任。

皮桑不仅强调女性的政治身份,她对女性的经济身份也非常看重。她驳斥了传统观念对于财富的负面看法,她指出财富的多寡与个人的道德品质没有直接的关联,真正的德行体现在一个人对金钱的态度和使用方式当中。从对金钱的态度出发,她进一步论述了女性应当如何合理地分配和运用财富。因为在金钱问题上的审慎和理智,不仅有利于女性的世俗生活,还能够促进她德行的提升,乃至于帮助她获得上帝的恩宠和救赎。在皮桑看来,以合法的收入支付生活所需,既是人之常情,也不违背上帝的意志,合理合法的收入并没有错,重要的是她如何支配这笔钱。存钱以备不时之需,将收入的一部分支付仆人的工资,逢年过节的时候购买礼物,所欠的债也要及时还上,这些都没有错。她还建议女性应当克制自己对奢侈品的欲望,反对挥霍浪费,反对当时正在形成的奢靡之风。要用节省下来的金钱从事慈善行为,这既利于美德的培养,同时也是为自己在天国积攒永恒的财富。皮桑对金钱的态度具有超时代的先进性,这是因为随着社会经济发展以及人文主义的思想解放,人们在世俗生活的合理性与对上帝的奉献之间寻找一种更为平衡、合理的理论。在《淑女的美德》中,皮桑认为王后应当主动承担管理财政收支的任务,就如同她应当承担其他政治职责一样,这也是作为女性统治者的义务和责任。王后不要对询问收支账簿感到不好意思,在某些时候有必要请管理财政的大臣当面汇报财政情况。她还建议王后要清楚宫内的一切开支,尽力做到开源节流，收支平衡，严禁下属掠夺百姓的财产，以及用空洞的许诺欺诈愚弄人民。女领主们应当学会打理自己的领地和庄园，通过合理的运作增加收入和财产。因此女性管理者必须精通法律和财税制度，要清楚当地的风俗和法律，特别是关于封地、次封地等的各样租税，以及她权限下的各样事情，这样就没有人可以随意欺骗她。皮桑对女性与经济的看法在文艺复兴时期是深刻而前卫的。

整体而言，皮桑的创作内容丰富，思想深刻而多元，大大拓展了女性创作的领域，在女性文学史上具有极高的地位，是人文主义女性文学的高峰。文艺复兴时期，女性的地位整体上得到了提高；文艺复兴时期的妇女受到人文主义的影响，表现出一定的女性身份。文艺复兴人文主义文学的研究需要拓展女性创作史，并以此考察女性被淹没的历史，改变女性发声艰难的处境，①使女性从沉默的群体中浮出历史地表，成为看得见的事实存在。这样才能描绘出人文主义文学真实而完整的画面。

---

① Judith Brown: *Gender and Society in Renaissance Italy*, Longman, 1998, p. 3.

| 第八章 |

人文主义文学与地理大发现

布克哈特在《意大利文艺复兴时期的文化》中指出，文艺复兴时期不仅是“人”的发现的时代，也是世界的发现的时代。“高度的个人发展，他们的思想就逐渐转向外部世界的发现并用语言来表现他们十字军东征，给欧洲人的思想打开了远方，未知的世界唤起了人们的旅行和冒险的热情”①，于是，具有现代意义的旅行在知识分子中陆续流行。例如彼特拉克的登山活动，蒙田的欧洲之旅，他们在这些活动中都留下了非常精彩的旅行笔记。更具有时代崭新特色的是海外冒险、新世界的发现。“欧洲探索世界的时代始于哥伦布航海，欧洲文艺复兴时期的文学文化向海外传播”②，地理大发现是一个历史综合因素的结果，文艺复兴和宗教改革是其重要的思想动力。有关东方遍地是黄金的描述为人们提供了某种空间想象与开拓的动力；古代地理学、天文学、制图学的复兴则为地理大发现提供了重要的知识与工具的储备。欧洲各国在这一时期出现了一些彪炳史册也改变了整个世界的探险家、航海家、地理学家、商人，他们都不同程

① 雅各布·布克哈特：《意大利文艺复兴时期的文化》，何新译，商务印书馆 1979 年版，第 316 页。

② James Wyatt Cook: *Encyclopedia of Renaissance Literature*, Facts on File, 2005, p. xi.

度地受到人文主义思想的影响,或者说,他们本身就是人文主义者。新的地理发现彻底改变了欧洲人关于自然与世界的空间观念,重塑了人的世界观,也直接影响了人文主义文学的发展,为这种文学注入了新的活力;海外贸易、航海冒险、异域想象,也成了人文主义文学描写的重要题材。人文主义文学与地理大发现,是文艺复兴文学研究不可或缺的重要论题。

第一节 游记文学的地理元素

地理大发现这一新时代的序幕首先是由葡萄牙人和西班牙人拉开的。1492 年,在西班牙女王伊莎贝尔的支持和资助下,哥伦布开启了去往东方拜见大汗的航程。以哥伦布发现新大陆和达·伽马开辟印度洋航线为标志的地理大发现时代,被视为西方近现代文明的起点。欧洲人发现了新世界,这既是地理学意义上的新发现,也是思想观念和世界观方面的新起点。物理的流动、地理空间的拓展,推动了欧洲的腾飞,这不仅是文艺复兴时期欧洲的现实,也是人文主义文学的重要主题。此时,意大利人在地理学和其他学科上的发展走在了欧洲其他国家的前列,随着地中海世界向大西洋世界的延展,意大利的引领地位逐渐下降,欧洲各海上强国相继崛起,航海与地理书籍也遍地开花。从 13 世纪末开始,意大利人以一种写实笔法描述其航海经验,记录关于历法、星相方面的新认识。他们还学习古代地理文献,将这些知识发挥到了完美的程度。他们的著作描绘自然风景、城市风貌、异域风情、商业物产、政治制度,综合地理学、统计学、历史学等多方面的知识,对欧洲其他国家有深远的影响。

中世纪至文艺复兴前期,最重要的游记作品是《马可·波罗游记》,在地理大发现时代之前,它一直是西方人了解东方世界最为重要的读本,也为文艺复兴时期欧洲的文学艺术提供了丰富的东方题材。《马可·波罗游记》被翻译成各种语言后在不同国家出版，人们争相传阅。书中描述的富饶、文明的中国引发了西方世界的“中国崇拜”，推动了大航海时代地理大发现活动，也影响了此后人文主义文学的创作。书中的一些地名，例如契丹、汗八里等在文艺复兴文学作品中时常出现，成为重要的地理空间元素。《恋爱的奥兰多》中被众位英雄所爱慕追求的便是一位契丹美女，这一主人公又在《疯狂的奥兰多》中出现。作品中，这位来自东方异教的契丹美女成为爱情与美、青春与激情的化身。《疯狂的罗兰》受《马可·波罗游记》以及地理大发现的影响，表现出对大千世界的好奇，充满了冒险探索的精神，出现了一种“世界性”的概念。主人公在世界各地漫游冒险，在印度、鞑靼和非洲各地都建立了丰功伟绩。作品中骑士们从东方到西方的冒险，展现了此时欧洲人开阔的世界性视野，大大超过了中世纪时期的同类题材。骑士冒险行为被作为伟大的环球旅行来描写，他们的足迹遍及欧亚非大陆，“美丽的安杰丽卡，留下无数不朽的战利品，为她征战印度、米底亚和鞑靼，同她一道返回西方”。地理概念以及关于航海场面的描述，较为真实、准确、细致，这些都与航海史实和地理图册等图像学有关。例如《疯狂的罗兰》描写了马六甲海峡、波斯湾等，这些描写都非常接近真实的海峡海湾。主人公“沿着海岸行船，绕契丹和印度、岛国万千，再弃舟，登陆路，不辞辛苦，从波斯至北非，路途漫漫，而不要行寒地进入北海，那里的邪恶风激荡水面，某季节终日里缺少阳光，数月中不见日，只有黑天”。这是对北极海域的季节特点以及印度洋航路的事实性把握，这种描写不再局限于虚玄的想象。“船绕过芳香的古老印度，富裕且繁荣的城市、村庄，左右舷均可见千座岛屿，分布在广阔的印度海洋。锡兰与科里角已在附近，两岸间海峡水又细又长，行千里、破万浪到达柯欣，随后便离印度驶向他方。”(15 歌)这些文字说明了地理大发现后大航海时代人类活动空间的扩大，表现了人们注重实践、不断探索的昂扬精神。这是一部富有时代精神的史诗。

彼特拉克和薄伽丘在地理学方面的兴趣和成就在同时代的人文主义作家中都是比较突出的。他们都研读过不少古典文献书籍，有机会接触古代地理学著作，包括旁波尼乌斯·梅拉的《地方志》，这本书于1335年由彼特拉克发现于阿维尼翁，还有普林尼的《自然史》，1350年彼特拉克在曼托阿购买到此书。彼特拉克热爱地理学，他对普林尼著作中关于地理学的部分做了附注，他还发现了一套符号系统，用于描述普林尼的地形特征，区分山川、河流和城市。薄伽丘在地理学研究上的贡献比起彼特拉克更为突出，他撰写了两部拉丁语的地理学著作。一部是古典地质词典《论山川、森林、泉水、湖泊、河流、沼泽或湿地，并论海洋的不同名称》，该作品将彼特拉克对普林尼的作品做附注时开始的地名识别工作加以系统化。他还写了地理学著作《论西班牙以外海域新发现的加那利群岛及其他岛屿》。该作借鉴了1341年航海家尼古拉索达雷科作为亲历者的书信，用拉丁语完成了关于这次探险经历的描述。薄伽丘对旅行和地理学的痴迷，在他的《十日谈》中有明显的体现。《十日谈》中的故事涉及的地点从阿克里、亚历山大港到马略卡岛和马赛，横贯了整个地中海，涉及的区域很广。[①]《十日谈》中第十日故事三，通过描写契丹贵族纳坦的经历，展现了在《马可·波罗游记》中就成为热点地理名词的契丹的风土人情。

地理大发现对欧洲文学地理性题材的影响主要在于，一方面作家们更善于描述远方，另一方面通过对远方的想象更好地观照欧洲自身。法国的人文主义文学也有航海时代的重要元素，例如拉伯雷的《巨人传》，在第五部开篇就写到庞大固埃等人筹划远航。这一远航基本是写实的，结合了大航海时代的航线图，“神瓶既然在印度以北的中国附近，那就无须采取葡萄牙人平常走的那条航线。葡萄牙人是经过热带，沿赤道以南、非

---

① 弗吉尼亚·考克斯：《灿烂的再生：意大利文艺复兴三百年，1303～1607》，付稳、伊娜译，化学工业出版社2022年版，第98页。

洲南端的好望角，背对北极航行的，因而北极对他们已失去了引导作用，航路就变得特别长；所以必须尽可能不离开印度的纬线，从西面对着北极转过身来……同样向东走……在不到四个月的时间内就可以到达印度的北方”。作品规划的航线，其实是已开辟的真实航线，这也正是人文主义文学的一个重要特征：放弃中世纪文学的梦幻与神话，转向现实人生，关注人的真实活动，从而歌颂人的力量与现世价值。庞大固埃的探索告诉人们：人的希望并不在虚幻的来世，而真理就存在于地球之上。

葡萄牙民族文学的早期奠基者之一是诗人卡蒙斯，他曾模仿古罗马诗人维吉尔写了叙事诗《卢济塔尼亚人之歌》，颂扬勇于冒险的葡萄牙水手，指出一个新的地理大发现时代正在开启，这表征着葡萄牙进入了航海时代。1497 年，达·伽马在穆斯林水手的帮助下，从里斯本出发，绕过了好望角，来到了非洲东海岸，然后穿越印度洋，在印度的古里登陆。达·伽马在两年之后返回了葡萄牙，他的船上装满了胡椒和香料。葡萄牙人沿非洲海岸经印度东部到达中国，建立了贸易站和要塞，垄断了香料和胡椒市场，控制了欧洲和远东之间的海上航线。达·伽马开辟的新航线对葡萄牙的财富积累具有极为重要的作用。在 16 世纪的大部分时间里，虽然这个国家领土面积不大，人口不多，但却是欧洲最富裕的国家之一，这得益于达·伽马开辟的这一航路与商路。不过，葡萄牙帝国很快就遭到了新崛起的更为强大的西班牙、荷兰、法国和英国的挑战，这些国家也陆续迈入地理大发现时代。欧洲各国群起瓜分世界的历史帷幕也徐徐拉开，而人文主义文学则见证也记录了这段历史。

葡萄牙作家卡蒙斯的创作就与这一历史时期紧密相连。卡蒙斯出身于小贵族家庭，父亲是一位船长，其航行经历激发了卡蒙斯的创作灵感。卡蒙斯在学校学习了希腊文和拉丁文的古典文献，深受人文主义的影响，1546 年之后开始了冒险生活，在北非参军，到印度旅行，在远东为葡萄牙政府服务。卡蒙斯的代表作是长诗《卢济塔尼亚人之歌》，全诗共有 10

章，将近 9000 行，是对达·伽马远航壮举的描写，详细叙述了达·伽马前往印度的航行，称赞达·伽马造就了伟大的葡萄牙时代，赞扬葡萄牙人的英雄品质和勇敢精神，歌颂葡萄牙航海的辉煌历史和对外扩张的事迹：

威武的船队，强悍的勇士
驶离卢济塔尼亚西部海岸，
越过自古茫无人际的海洋，
甚至跨越塔普罗瓦纳海角，
历经千难万险、无穷战争，
超出人力所能承受的极限，
在那荒僻遥远的异域之邦，
将灿烂辉煌的新帝国拓建。①

《卢济塔尼亚人之歌》出版于 1572 年，此作让卡蒙斯获得了葡萄牙政府的奖励。卢济塔尼亚这个名字来自传说中的葡萄牙的创建者卢瑟斯。该诗的结构模仿《埃涅阿斯纪》，故事从达·伽马前往印度东海岸的情节讲起，叙述他在航行途中遭遇了各种敌人，他们通常都是穆斯林，最后他顺利到达印度，在印度建立贸易商行，然后像英雄一般载誉而归。卡蒙斯不仅是一个杰出的诗人，也是 16 世纪葡萄牙和欧洲的代言人。他用文学作品描述了葡萄牙辉煌的历史，将之塑造成一个伟大的国家，甚至是通向未来欧洲的先驱。他在诗歌中描写的葡萄牙将欧洲从外敌的手中拯救出来，在全世界传播基督教思想。从跨文化的角度看，作者把葡萄牙甚至欧

① 路易斯·德·卡蒙斯：《卢济塔尼亚人之歌》，张维民译，中国文联出版公司 1998 年版，第 1 页。

洲的未来与尚不为人知的海外世界联系起来。[①] 他的作品展示的是一个民族国家在建构的同时发现了世界，因此欧洲各国的民族身份、国家历史无不被放到了一个世界的概念之中，这也体现出欧洲的现代历史是建立在开放与扩张之上的。卡蒙斯去世后，他与达·伽马等人一起被安葬在了热洛尼姆斯大教堂，至今在葡萄牙享有殊荣，深受爱戴。

英国作为后崛起的重要海上强国，其人文主义文学涉及航海、海洋、海外土地的发现等多方面的题材。甚至可以说，离开地理因素，就无法真正理解文艺复兴时期及之后的英国文学。英国文艺复兴的先驱者杰弗雷·乔叟的《坎特伯雷故事集》中，就已有丰富的地理空间元素的呈现。例如乔叟对航海活动、海外贸易状况都有生动的描写，水手和商人是他故事中人物的重要职业身份，当然他描写的航海活动还处于地理大发现之前的近海航行阶段，与新航线开辟后的大航海时代有本质的差别，但是他塑造了出色的水手形象。这些航海经验丰富的水手，熟悉从瑞典哥德兰到西班牙菲尼斯特角沿线的每一个港口，航线所到之处也成为故事的发生地点。乔叟还根据当时欧洲的一些想象性文本，描写了这些水手和商人在中国的经历，并借侍从、水手之口夸赞元朝都城的富庶，从而描述了一个与欧洲中世纪形成对照的更加理想的世界。这是欧洲东方想象中的一个重要部分，体现了东方想象在欧洲叙事中的重要功能。富庶而文明的东方世界成为欧洲人的现实乌托邦，也是他们获取财富的梦想之地，“成吉思汗穿戴起皇冠盛服，高坐宫廷，华筵礼庆，世上再没有这样华贵的了”。其中，《扈从的故事》是《坎特伯雷故事集》的一个重要部分，这个故事应该是受到了阿拉伯传说的启发，描绘了东方宫廷的辉煌和富饶。扈从（骑士）骑着黄铜骏马来到了成吉思汗的大殿，黄铜骏马可以带国王去

---

① 罗伊·T. 马修斯、德维特·普拉特、托马斯·F. X. 诺贝尔：《人文通识课Ⅲ：从文艺复兴到启蒙运动》，卢明华等译，世界图书出版公司北京公司 2014 年版，第 59 页。

任何他想去的地方,可以像鹰一样飞翔。关于黄铜骏马的原型,有人说是来自意大利,有人说像长着翅膀可以飞翔的马勃加索斯,有人说像特洛伊的木马,有人认为这是魔术师在盛宴上表演的节目。无论黄铜骏马来自哪一种原型,在乔叟这里它指向地理上的远方,随着人类探寻地理空间能力的增强,远方才成为能把握的现实,而这也正是地理大发现之后的游记与纯粹想象性的远方故事的不同。扈从作为故事的讲述者,强调成吉思汗宫廷的异教色彩和野蛮气息,渲染东方物质上的富庶和政治上的霸权,以及鞑靼人的善于享乐。这个故事凸显了东方作为欧洲和西方文明的对立面,属于异域东方模式化形象的早期阶段。中世纪英国作家对远东的想象暗示了对本土文明的自我调整和对自我形象和欲望的维护。① 在整个英国的文艺复兴时期,旅行主题构成了这一时期文学的重要图景,不仅描述海外地理,同时也聚焦于国内旅行和与文学制图相关的流动性,对我们理解近代早期英格兰国家空间具有原创性贡献,例如斯宾塞和迈克尔·德雷顿对河流的描绘等。②

从古代积累而来的地理学理论是人文主义者创作的思想基础,富饶而文明的东方世界激发了欧洲人出海探索的激情和对外扩张的欲望,这些都是地理大发现时代及之后欧洲文学殖民叙事的重要元素。新航道的开辟、地理大发现,改变了整个世界格局,成为世界历史上最重大的转折点,东西方贸易商道由地中海沿岸转移到了大西洋沿岸,也改变了欧洲各国的地位和关系。作为岛国的英国具备得天独厚的航海优势,融入地理大发现的时代潮流后,尤其是自伊丽莎白时代开始,英国开启了逐渐成为世界强国、海上霸主的历史。伊丽莎白女王重点发展造船业、航海业,鼓励海外贸易,并以皇家名义派遣探险队,在海外设立贸易公司,默许半海

① 张亚婷:《中世纪英国动物叙事文学研究》,北京大学出版社 2018 年版,第 226 页。

② David Loewenstein: "Recent Studies in the English Renaissance", *Studies in English Literature, 1500–1900*, Vol. 51, No. 1, 2011, p. 216.

盗行径的劫掠和战争，这一对外扩张的政策成为英国近代海外活动的主旋律。1588年，英国在与西班牙无敌舰队的海战中取胜，激发了英国的民族自豪感，地理上的新认知"为英国割断了偏狭的地理束缚"，使英国人拓宽了视野，激发起他们海外探险发财致富的强烈欲望，在这一扩张过程中，英国的民族性、英帝国的认同感都得到了强化。由于当时英国普通民众对海外世界有强烈的好奇心，文学作品就经常描写异域探险内容以满足市场需求。莎士比亚所处的时代就是这一地理大发现的时代，其创作中不乏对海外贸易的描写。总体而言，在这个充满想象和希望的航海时代，远征新航路的船只承载着财富的梦想，船员们不屈不挠的斗争、生死冒险的英雄壮举，还有壮丽诡谲的海上风光，这些航海的真实经历激发了作家们的灵感与想象，为创作提供了重要而全新的素材，从而使这一时期的英国文学都不可避免地带有航海时代的印记。作家们整理、出版各国的航海游记，尤其是侧重于英国航海史资料的汇编，目的是通过展现英国的航海事迹和伟大成就，建构英国的民族身份。例如，理查德·哈克鲁特收集了他的同胞自1500年以来的93次航海记录，编辑出版了《英格兰民族的主要航向、航行、交通和发现》。这是一部反映英国民族重大的航海航行探索和发现活动的大型文献，对英国民族身份的建构具有划时代的意义。理查德·哈克鲁特与同时代的莎士比亚、斯宾塞一起参与了伊丽莎白时代的人们对英格兰的书写。随着英国达到全盛，学者们把这部航海文献作为英国民族身份建构的源头，确认哈克鲁特和莎士比亚一起预告了一个强大的英国的诞生。① 在这一背景之下，文学创作中与地理大发现相关的内容就变得丰富而重要，莎士比亚的《威尼斯商人》《暴风雨》等都与地理大发现和航海活动相关。《暴风雨》很明显与地理大发现之后

① 张德明：《从岛国到帝国：近现代英国旅行文学研究》，北京大学版社2014年版，第51页。

英国的海外扩张历史有关。1609 年，满载英国移民的船队在百慕大附近遭遇狂风，除“海上冒险号”触礁外，其余船只都平安抵达目的地，幸运的是“海上冒险号”上的人们无一遇难，他们爬上附近荒岛，10 个月后乘坐自己用杉树做成的两艘小船抵达弗吉尼亚。这个事件激发了莎士比亚的创作灵感，成为《暴风雨》的重要原型。《暴风雨》中的小岛究竟在哪里，学界一直有争议，可能它代表的就是英国任何一块海外殖民地。普洛斯彼罗将小岛改造成文明世界的过程，就是英国早期海外殖民扩张的一个历史写照。《暴风雨》描述了英国人在航海冒险中征服土著并控制海岛，将之据为己有并合法化，表达了欧洲人对他者空间的想象。剧中来自那不勒斯的大臣贡柴罗感叹道：“当我们还是孩子的时候，谁肯相信有一种山居的人民，喉头长着肉袋，像一头牛一样？谁又肯相信有一种人的头是长在胸膛上的？可是我们现在都相信每个旅行的人都能肯定这种话不是虚假的了。”①这些极为明显的殖民话语已经被学者们以后殖民主义的立场做过许多讨论。莎士比亚的其他作品，如《错误的喜剧》也与航海贸易有关。主人公伊勤是一名叙拉古商人，经常航海到埃必丹农做买卖；他的儿子大安提福勒斯也是靠海上贸易生活的，在以弗所与埃必丹农之间经营油、香膏和酒精的生意。《威尼斯商人》中安东尼奥是通过海外贸易积累财富的新兴资产阶级的代表，生意遍布海外各地，名下商船有的开到特里坡利斯，有的开到西印度群岛，有的驶向了英国和墨西哥。克里斯托弗·马洛的《马耳他的犹太人》中的犹太人巴拉巴斯是一位依靠全球贸易而致富的商人。马洛利用地理和制图学的最新发现来设置其故事发生的场景，用世界地名勾画并描绘出了世界版图。斯宾塞的《仙后》也将地理发现与冒险的叙事相结合：海上航行，奇怪而又骇人的生物，天堂景观，以及金银雕塑的奇特形象，土著、食人族、印第安人等像野兽一样生活的野蛮

① 莎士比亚：《暴风雨》，朱生豪译，译林出版社 2018 年版，第三幕第二场。

人。在这些描述当中,欧洲中心主义的思维方式也是显而易见的,通过丑化东方人、想象东方人来建构自我,地理大发现和民族国家的形成,两者交叉重叠。

乌托邦文学在文艺复兴时期具有独特的地位,其故事构架多以游历的方式展开。之所以这种文学样式在文艺复兴时期特别能迎合读者的需求,也正是因为它契合了地理大发现时代的社会风尚,人们的物理空间已经超出了欧洲,异国他乡激发了人们对乌托邦的想象。托马斯·莫尔作为近代乌托邦文学的代表,其代表作《乌托邦》表达了对理想社会的想象与规划。研究者指出,作品描绘的乌托邦空间构架,就是以15、16世纪以来方兴未艾的航海探险以及相关的旅行文献资源(包括航海日志、书信、商业报告、传教士的记录等)为依据的。我们从莫尔的文本中可以看到,他所描述的乌托邦在地形地貌、地理位置上与英格兰非常相似:两者均坐落在大地的边缘,有着新月形的地带,像一柄三角形的白石英宝剑,宽度均为300多千米,整个岛屿被海水包围,形成天然屏障。乌托邦的54个城邦对应着英国的53个郡,外加首都伦敦,人口稠密,物产丰富。乌托邦首都的名字是亚马乌罗提,意味着黑暗之城,象征了伦敦雾都。根据学者的研究成果,《乌托邦》的空间建构包含了三个层次的地理学描述传统:一是大航海时代发现的新世界;二是欧洲中世纪后期的地理学理论;三是英国本土的地理地形学描述传统。莫尔把这三者融合在一起形成一种既陌生又熟悉,既具有现实性又具有幻想性的乌托邦空间。① 莫尔在《乌托邦》中指出英格兰的圈地运动导致社会出现大量贫民、流民,同时犯罪率也在增加,进而提出利用航海发现的新岛来转移国内矛盾,这一解决方案几乎就是英国历史的真实写照。因此,尽管"《乌托邦》主要被认为是对一

---

① 张德明:《从岛国到帝国:近现代英国旅行文学研究》,北京大学版社2014年版,第51页。

种想象中的理想的描述,但它在很大程度上被视为对当代欧洲政治和社会模式的批评"①。培根在《论殖民地》中也明确提出建立海上帝国的雄图伟业,强调海外殖民地对英帝国的重要性,认为殖民地是古昔的、初民的、英雄的工作之一,认为新的殖民地乃是旧有的国家的"子女"。地理大发现时代的到来使英格兰深切意识到航海对于扩大民族实力的重要性,航海成为英格兰争夺制海权、增加民族经济话语权、提升国际地位的重要手段,他们将目光由陆地转向海洋,认为扩大海外殖民地是英国崛起的重要途径。

其实,关于世界的想象并不是从文艺复兴时期才开始的,古代希腊时期就对地球进行过合理的推测,而中世纪也有大量的世界地图,那时人们受到宗教神学的影响,采用 T-O 图解方式来描述世界格局,东方在上,西方在下,南方在右,北方在左,耶路撒冷在世界的中心,其目的就是凸显耶路撒冷在宗教世界的核心地位。十字军东征和商贸的发展开阔了欧洲人的视野,他们对世界的理解发生了改变,开始采用二元对立方式来表现东西方,这种地理想象是以地中海为界的,将亚洲和非洲作为欧洲的他者,欧洲自我身份确证的参照系,非洲和亚洲共同构成的"东方"成为欧洲旅行者去观看、想象和书写的对象。无论是空间意义上的西方和东方,还是意识形态领域或文化概念上的西方和东方,在中世纪之前就有这一对立概念。中世纪的大量文本如骑士故事、书信、游记,将东方描绘成一个充满奢侈生活与巨大财富和奇观的地方,同时又因为宗教信仰问题将之与邪恶异教相联系。尤其是从 13 世纪中期开始,因为鞑靼人发动了一系列的武力扩张战争,鞑靼人引起了拉丁基督教国家的注意,欧洲人内心带着恐惧和幻想将之描述成地狱与邪恶。其实当时的元朝非常重视和欧洲之

---

① Brian R. Goodey: "Mapping 'Utopia': A Comment on the Geography of Sir Thomas More", *Geographical Review*, Vol. 60, No. 1, 1970, p. 16.

间的交流，忽必烈还让马可·波罗带信给教皇，要求派传教士来中国。真实的东方和想象中的东方之间的分歧逐渐增大，最终，东方被妖魔化，成为影响世界近代史的一种地理想象。地理上的东西方二元对立，正是伴随着中世纪至文艺复兴时期欧洲重新定义世界关系而形成的，这一模式逐渐构成了文化上的东西方对立。所以理解人文主义文学中的地理空间问题，也有助于我们反思东西方这一文化空间的形成，重新思考东方在世界格局中曾经扮演过的不同角色。

第二节　大航海时代与游记文学

中世纪晚期向文艺复兴过渡时期，出现了许多描述欧洲与东方地理空间的文本，例如马修·帕里斯的《大编年史》、巴特洛麦乌斯·安格里库斯的《论万物之属性》等都涉及远东的物理空间，包括中国、印度、印度尼西亚等。安格里库斯的《论万物之属性》主要描述的是印度，将印度描写成全世界最辽阔、最富有、最美的地方，境内有金山。全书既有对印度当地生活的记录，也有大量想象性的动物描写与风俗习惯。其实关于印度的这类描述，是欧洲人的共同想象。例如古罗马博物学家老普林尼在《自然史》中就曾提到印度幅员辽阔，非常富有，有大量的金矿和银矿，部落和城市不计其数，很多部落都有大象、骑兵。类似这种富庶繁华、遍地黄金、香料盈野的东方想象叙述，掀起了欧洲人到东方寻找黄金的热潮。文艺复兴时期在航海家身上所体现出来的冒险、开拓、积极、挑战、务实等精神，也与人文主义对人的价值的弘扬相契合。

马修·帕里斯写的《大编年史》，涉及的地方有英格兰、苏格兰、爱尔兰、欧洲大陆和东方。该书有大量涉及自然史内容的插画以及关于异域动物的记录，具有较高的文化交流史研究的价值，动物在东西方文明交流中扮演了重要角色。《大编年史》描述了鞑靼人和印度人，其间混杂着道听途说与想象，例如用蝗虫、狮子、熊来形容鞑靼人，鞑靼人穿牛皮，他们的马吃树，等等。整体来看，这一时期的东方描述既展现出对东方的恐惧，也展现出对东方文化的好奇。远东既是乌托邦的文明国家，又是充斥着怪物的奇异世界，既成为文化乌托邦的象征，又成为文化他者的代言人。

13 世纪末 14 世纪初，在航海和制图学中，因罗盘作为导航工具的引入，一种被称为波特兰海图的航海图开始出现，这些航海图更为精准。航海图发达的真正的动机源于商业和航运的实用主义需求，而由于航海技术与知识的积累，到达印度、中亚和中国的远行成了新的可能，从而出现了很多真正到达过东方的旅行学家，也因此诞生了一些相对更为写实性的游记。《马可・波罗游记》是意大利中世纪晚期非常值得关注的一部世界志类的作品，体现了文艺复兴时期的曙光。马可・波罗出生于威尼斯，他的父亲和叔叔都曾到东方经商，在 1260 年到达了土耳其、波斯、中国。1271 年，马可・波罗随他的父亲和叔叔去东方，用 4 年的时间跋山涉水，经过两河流域、土耳其、伊朗，翻越帕米尔高原来到中国。他们受到忽必烈的赏识，曾在元朝出任官职，游历过山西、陕西、四川、云南、山东、江苏、浙江、福建等地，历时近 18 年，其间几度出使，到过印度、缅甸、波斯、苏门答腊岛等地。1295 年，马可・波罗返回威尼斯。1298 年，威尼斯同热那亚发生战争，他在战争中被俘，和他一起被囚禁于热那亚监狱中的是一个名叫鲁斯蒂谦诺的人。此人精通骑士文学，用法语写过一些传奇。马可・波罗就在狱中向他口述了自己在中国和亚洲其他一些国家的经历，最后就由鲁斯蒂谦诺用法语记录下来，这就是《马可・波罗游记》。全书分为四个部分。第一部分写他随父亲和叔叔去中国途中的见闻。第二部分主要记叙了他在北京、西安、开封、南京、镇江、扬州、苏州、杭州、福州、泉州等重要都市游历的情况。第三部分叙述了他游历东方各国。第四部分记载了蒙古各汗国和俄罗斯的情形。随着人物游历足迹的延伸，一幅奇异东方世界图景展开了，作者对游历地区的气候、地理、生物、文化、医药、宗教以及居民的体质、性格、嗜好、风土人情、礼仪、宫廷生活、奇闻趣事，都进行了生动的描述。有一些描述非常准确，例如他所写的中国一些城市，以及成吉思汗宫殿的地理位置、概貌、特征、格局、面积、比例等等。这是一部语言清新、活泼、生动的游记，和过去的东方想象性文本不一样，摆脱了猎奇性，不以奇幻为重，而是对东方尤其是对中国的政治、经济、社会的现实情况有足够的关注和兴趣。例如对中国的物产状况，贸易商业情况，商人的数目、财富、商品等都进行了翔实的记录，对丝绸、香料、石油、石棉等物品的生产应用，货币制度，税收制度，政治军事组织，等等，考察全面，记录充分。这种写实性与精确性，体现出 13 世纪末意大利商人阶层渴求知识和认识外部世界的热情以及积极探索的时代精神。这是欧洲第一部介绍中国和东方世界的作品，具有重要的科学价值和历史价值，当时在欧洲广为传播，向欧洲人揭开了绚丽多彩富饶的东方文明的面纱，激起了航海家、冒险家、传教士、旅行者对东方的向往，促进了地理大发现，也促进了东西方的经济文化交流。哥伦布就是因为受到这部作品的鼓舞，决心要到达东方世界，结果阴差阳错遇见了美洲，从而导致了新大陆和新航路的发现。

布克哈特认为文艺复兴运动让欧洲人的兴趣逐渐转向整个世界。从 1492 年开始，欧洲探索并征服了世界上的很多地区，探索活动出现的背景是基督教信仰的扩张，掩藏其中的真正的动机是获取黄金商品以及其他财富。在进一步掌握海洋和海风知识的基础上，随着导航工具、船只和航行技术的发展，欧洲进入了探险时代。这一时期在导航和航海技术方面的历史进步包括指明方向的磁石指南针、确定纬度的星盘，以及人们不断探明主要的海风和洋流的路径，这些进步，让航海家们从欧洲出发越行越远，更大的世界不断被发现。1522 年，这些航海活动达到了一个高峰，葡萄牙航海家麦哲伦率领团队完成了西方人的首次环球航行，地理大发现成为推动欧洲进入现代社会的重要因素。15 世纪，地理学知识的迅速发展，尤其是斯特拉波的《地理学》被发现，推动了新的人文主义地理学创作传统的形成，在欧洲其他国家的人文主义文学中，也诞生了许多类似《马可·波罗游记》的作品，反映出此时欧洲人对地理发现、探索世界的现实主义的态度。其中葡萄牙人走在了欧洲其他国家的前列。航海科技的发展促使葡萄牙率先掀起欧洲对海外探索的第一波浪潮。葡萄牙人迅速抵达非洲、印度和远东，开启了一个国际商业贸易的新时代，促进了民族和文化的交流，改变了世界历史的进程。

15 世纪末开始的海上黄金和奴隶贸易，以及对东方香料的垄断，统治了葡萄牙的社会生活，而这一系列远洋航行扩张和发现冒险，成为文学作品的重要内容，反过来这类描写航海冒险的游记性文学作品，又会进一步激励新一批葡萄牙人踏上航路。1454 年，葡萄牙史学家阿祖拉拉开始撰写《征服休达记事》，他被认为是葡萄牙史学从中世纪进入文艺复兴时期的重要的作家。他在编写伊比利亚半岛史和葡萄牙历史的时候，有一个突出的特点，就是描写异国新奇现象，这对后世文学影响很大。

葡萄牙在 16 世纪初就出现了描写世界各地文化风情的旅行性的文字，这标志着游记文学的出现。前所未有的新大陆的发现使人们震惊，大大提高了人们对游记文学的兴趣。游记文学的真实性，比起任何中世纪的骑士、神话、小说都更加感人。在一系列的作品中，费尔南·门德斯·平托的《游记》是重要代表，它在当时就被翻译成西班牙语、法语、荷兰语、德语等多种语言，其影响力可与塞万提斯的《堂吉诃德》相媲美，在葡萄牙文学史上占有一席之地。平托用了将近三分之一的篇幅讲述 1540—1550 年他在中国沿海地区游历的经历，其中既有其亲身经历，也引用了大量其他不同来源的资料。1542 年 5 月 14 日，葡萄牙人安东尼奥·德·法利亚带领包括平托在内的一行 150 人的冒险队，乘坐两艘快船从镇海出发，前往一个叫加雷铺的小岛，据说那里埋葬着17位中国国王，他们想盗取陵墓中的财宝，但在匆忙逃跑中遭遇风暴。经过重重曲折，后来他们到达南京，被逮捕后又被押解到北京，并被判流放到Quansi（可能指甘肃）。平托却因此有机会深入中国，全面了解中国的情况。《游记》中关于中国和其他国度的大部分描写其实出于想象，类似于莫尔所写的《乌托邦》。例如他这样描绘北京：北京不仅是最坚固的城市，而且有雄伟壮观的建筑，有用之不竭的财富，有极其丰富的各种生活必需品，有难以计数的人口、交易、船只，无论是规模和管理还是其富裕和豪华程度，北京这个城市在一切可涉及的地方都是名副其实的世界大都会。城中还有历代国王和百姓挖掘的120条河渠，水深3寻，宽12寻，横竖贯穿全城。河面上建有大量坚固的石拱桥，桥两头的石柱有锁链穿过，还有供路人歇息的靠背石椅。据说120条河上共有1800座桥。城墙高6寻，其中墙身部分宽40拃；但4寻以下的墙基用像充填凹地似的夯土建成，外面覆以灰泥混凝土，几乎比墙身宽一倍。如此坚固的城墙，一千门炮也不能轰开。这些具象化、数字化的描写让欧洲读者形成了一种真实可感的东方形象。16世纪葡萄牙、西班牙关于远东的游记有葡萄牙人伯来拉的《中国报道》、克路士的《中国志》，西班牙人拉达的《出使福建记》、贝尔纳尔迪诺·德埃斯卡兰特的《论葡萄牙人东方各国各省航海和中国奇观消息》。这些作品的内容大致来自作者自己在中国的短暂经历，也有取自历史典籍的，甚至还有大量的传闻。虽然有许多内容是不准确的，但是总体而言这些作品代表了那个时代欧洲人对远东对中国的认识，也表明了文艺复兴初期欧洲人开始对整个世界尤其是东方世界感兴趣。16世纪中期，威尼斯的乔万尼·巴蒂斯塔·拉姆西奥写了三卷本文集《航海和旅游》，收录了作者对到达近东、远东非洲以及新世界的远行经历的记录，内容更为丰富。

英国作为重要的海上强国，从中世纪晚期开始就有了许多流传甚广的海外探险的游记，例如14世纪英国作家约翰·曼德维尔的《曼德维尔游记》,其内容是14世纪英国骑士旅行到东方的见闻和记录,地理空间涉及英国、亚美尼亚、耶路撒冷、埃及、印度、印度尼西亚、中国。在这部作品中,有这样一个全球地理的概念:人们可以从世界的一个方向出发,然后从另一个方向返回。这种对环球路线的描述在这部作品中不过是想象而已,但与此后的地理大发现的环球航行不谋而合。这部作品并非纯粹的游记,而是参考了大量描写东方的书籍,其实是一部有关东方描写的汇编,传奇色彩很重。首先,它以夸张的笔法强调东方世界的富裕繁华,例如:蒙古可汗的宫殿金碧辉煌,精美的商品琳琅满目;皇城周围的城池中有各种各样的水鸟,如天鹅、鹤、苍鹭、鸳鸯;皇家园林里面有鹿、兔子等;皇帝的车驾是由四头大象和四匹白色的战马拉的。这些文字构建了一个非常物质化的东方异域形象,描述了西方人的一种中国神话。其次,为了突出东方的奇幻,书中描写了大量怪兽,例如中亚的半狮半鹫、埃及沙漠中的人和羊混合型的动物,还描述了17种不同的人,如印度群岛有狗头人、食人族、俾格米人、独脚人,祭祀王约翰的国度里有野人和巨人等各种稀奇古怪的"动物"。书中远东的人有食人风俗,如父亲吃儿子、儿子吃父亲等,这也是西方人对东方的离奇想象。该书即使描写现实物种,叙述也并不客观,而是从基督教的意义系统出发予以阐释,例如在基督教语境中蛇与原罪有关,但有一些东方民族会认为早上出门遇到蛇是好运的象征,而另一些东方人则把蛇当作食物。总之,东方是一种文学景观,远东的形象显然也刻板化了。将东方人丑化、动物化的叙事展现了欧洲人作为文明人的优越感,并形成了难以改变的既定模式,这种模式以后成为影响深远的地理叙事。

在哥伦布完成航海探险之后,1492年西方世界开始进入哥伦布时代。哥伦布在致加布里埃尔·桑切斯的书信中,生动描述了自己新发现的大陆:海岛上奔流的大河滋养万物,还有连绵起伏的群山,所有的岛屿都风景如画,却又风格迥异。通往这些岛屿的交通都很便利,每座岛都长满了各种参天大树，我相信它们的树叶一定永不凋零。因为我曾在 5 月的西班牙看到许多郁郁葱葱鲜翠欲滴的树木，这里的树木和它们一样充满了生机，有些树鲜花盛开，有些树果实累累，有些树则别具风格，每种树木都以自己独特的方式展现出勃勃生机。岛上正值 11 月，夜莺和其他各种鸟儿都在林间歌唱。在我命名为胡安纳的岛上棕榈树就有七八种，而且比我们的棕榈树要高大而美丽得多。还有许多其他树木，草本植物和水果也都是一样。那儿还有翠绿的松树，广阔的平原和牧场，各种鸟类和花蜜，并且富含除了铁矿以外的各种金属矿藏。在我命名为艾斯帕纳的岛上，正像我们已经谈到的那样，有着高大美丽的山峦，广阔的田野，茂密的树林，肥沃的易于开垦耕地的平原和易于建造房屋的土地。这里的港口之便利，河流之众多，居民之健康，除非亲眼所见，否则难以想象。这里的树木、牧草、水果都与胡安纳岛极不相同，而且艾斯帕纳岛的金属矿藏和金矿都异常丰富。在这座岛上，男女居民都是裸体的，就和他们出生时的状态一样，除了一些妇女会用一片树叶，一簇树叶，或者一块棉布略略遮掩一下，他们都缺乏任何一种形式的铁器，并且他们没有武器，并非因为他们无力使用武器，也不是因为他们有身体上的缺陷，而是因为他们天性胆怯，对未知事物充满了恐惧，他们的武器只是晒干的芦苇，然后在顶端安上削尖的干木头，但实际上这种武器他们也不常用。我曾拜访每一位能和他们进行交谈的人，向他们赠送我所有的东西，布匹或者其他礼物，但他们从不回赠，因为他们天性胆怯，充满了恐惧。他们一旦觉得自己是安全的，就会把恐惧抛到九霄云外，因为他们生性淳朴，值得信任，并且慷慨大方，从不拒绝任何人想要他们任何东西的请求，甚至鼓励我们索取，他们爱别人胜于爱自己，他们会用珍贵的东西来换得微小的东西。①

在作者的笔下，整个世界呈现出《圣经》“创世记”一般的崭新面貌。航海

① 朱孝远、曹维劲主编：《文艺复兴书信集》，李瑜译，学林出版社 2002 年版，第 218—219 页。

家的航海日志很少被作为文学作品来看待,但毫无疑问许多航海日志极具文字之美,[①]此类航海日志会流传更广,成为人文主义文学的重要影响因素。虽然哥伦布的《航海日记》和《信札、奏呈》不乏夸张之词,例如他把美洲写成了遍地流金的黄金国,但是,哥伦布的作品被广为传阅,书中的描述唤醒了欧洲人的想象力和冒险精神,使新大陆成为欧洲人谈论的热门话题,整个欧洲对此跃跃欲试,发财欲望与冒险精神被点燃。西班牙因为发现了美洲,获得了巨额财富,黄金白银源源不断地被运到西班牙。从此之后,在利益的驱动下世界开启了一场长达几百年的欧洲人的扩张运动。地理大发现是现代思想形成的一个重要标志,“这个远方世界从此之后在欧洲的自我认知中扮演着重要角色,它是欧洲人对世界的想象与对欧洲的想象中不可或缺的对立面,远方异域与欧洲社会,乌托邦想象与现实世界,互为镜像,成为欧洲现代性概念中最重要的一组二元对立的概念”[②]。

总之,在文艺复兴时期,西欧诸国为了突破伊斯兰世界对陆上贸易的阻碍,为了寻求一条直接通往印度洋的新航道,并摆脱意大利人对东方贸易的垄断,开启了一系列的海外探险。随着新航路的开辟,欧洲的中心从地中海国家向大西洋国家转移。15 世纪之后欧洲的探险热情日益高涨,新的土地相继被发现,世界概念不断被重新定义,新的地理观正在形成,这也成为欧洲人关于民族与世界想象的重要依据,并构成了人文主义文学的重要主题。最先涉及这一主题的是意大利文学,而后伴随着海上实力的演变,这一主题波及欧洲其他国家的文学。对新航路首先做出贡献的是葡萄牙,其次是西班牙,它们投入了大量财力进行海外扩张,英国和

---

① James Wyatt Cook: *Encyclopedia of Renaissance Literature*, Facts on File, 2005, p. 127.

② 张德明:《从岛国到帝国:近现代英国旅行文学研究》,北京大学版社 2014 年版,第 51 页。

法国紧随其后，欧洲各国纷纷参与到新的地理空间的拓展之中，改变了此后几个世纪的世界格局。新的世界的被发现，全新的地理学知识的建立，加速了摆脱中世纪观念束缚的进程，加速了精神的解放，也加速了以宗教神学为意识形态基础的封建政权的瓦解，这是西方文明进入现代的真正开端。而这一切都在人文主义文学中有所表现。

人文主义文学通过对远方世界的描述，表现了彼时欧洲人的世界观；世界的发现与自我的发现互相促进，逐渐形成西方想象东方的一种既定方式。于是，我们似乎可以说，文艺复兴留给人类的丰富遗产中少不了这两项内容：一项是走向腾飞而扩张的西方世界，另一项是关于东西方文明走向分裂的偏执而傲慢的人文观念。

参考文献

一、中文文献

[1] 伯克.文艺复兴时期的历史意识[M].杨贤宗,高细媛,译.上海:上海三联书店,2017.

[2] 布克哈特.意大利文艺复兴时期的文化[M].何新,译.北京:商务印书馆,1979.

[3] 布洛克.西方人文主义传统[M].董乐山,译.北京:群言出版社,2012.

[4] 陈众议.西班牙语小说发展史[M].杭州:浙江工商大学出版社,2022.

[5] 茨威格.随笔大师蒙田[M].舒昌善,译.北京:生活·读书·新知三联书店,2020.

[6] 崔莉.欧洲文艺复兴史:文学卷[M].北京:人民出版社,2010.

[7] 崔莉.泉涌微澜:探寻文艺复兴时期的女性[M].沈阳:辽宁大学出版

社,2011.
[8] 道森.宗教与西方文化的兴起[M].长川某,译.成都:四川人民出版社,1989.
[9] 杜兰特.世界文明史:文艺复兴[M].台湾幼狮文化,译.成都:天地出版社,2017.
[10] 杜力.边缘人的呼喊与细语:西欧中世纪晚期女性作家研究[M].北京:北京大学出版社,2017.
[11] 格林布拉特.文艺复兴时期的自我塑造:从莫尔到莎士比亚[M].吴明波,李三达,译.上海:上海文艺出版社,2022.
[12] 哈斯金斯.12世纪文艺复兴[M].夏继果,译.上海:上海人民出版社,2022.
[13] 哈伊.意大利文艺复兴的历史背景[M].李玉成,译.北京:生活·读书·新知三联书店,1988.
[14] 海克特.英国文艺复兴戏剧简史[M].顾春芳,译.北京:化学工业出版社,2018.
[15] 霍莱斯特.欧洲中世纪简史[M].陶松寿,译.北京:商务印书馆,1988.
[16] 霍伊卡.宗教与现代科学的兴起[M].丘仲辉,钱福庭,许列民,译.成都:四川人民出版社,1999.
[17] 加林.文艺复兴时期的文化[M].李玉成,译.北京:人民出版社,2019.
[18] 加林.意大利人文主义[M].李玉成,译.北京:生活·读书·新知三联书店,1998.
[19] 加林.中世纪与文艺复兴[M].李玉成,李进,译.北京:商务印书馆,2016.
[20] 蒋承勇.西方文学“人”的母题研究[M].北京:人民出版社,2005.

[21] 蒋承勇. 现代文化视野中的西方文学[M]. 上海:上海社会科学院出版社,1998.
[22] 金. 文艺复兴时期的妇女[M]. 刘耀春,杨美艳,译. 北京:东方出版社,2008.
[23] 卡西尔. 文艺复兴哲学中的个体和宇宙[M]. 李华,译. 北京:商务印书馆,2021.
[24] 考克斯. 灿烂的再生:意大利文艺复兴三百年,1303～1607[M]. 付稳,伊娜,译. 北京:化学工业出版社,2022.
[25] 克雷斯. 乌托邦的观念史[M]. 张绪强,译. 北京:商务印书馆,2023.
[26] 克利斯特勒. 意大利文艺复兴时期八个哲学家[M]. 姚鹏,陶建平,译. 南宁:广西美术出版社,2017.
[27] 陆杨. 文艺复兴诗学[M]. 上海:上海交通大学出版社,2012.
[28] 路易斯. 被弃的意象:中世纪与文艺复兴文学入门[M]. 叶丽贤,译. 北京:东方出版社,2019.
[29] 吕同六. 地中海的灵魂:意大利文学透视[M]. 北京:社会科学文献出版社,1993.
[30] 马雪琨. 法国文艺复兴时期的传奇女诗人:路易丝·拉贝[M]. 北京:中国社会科学出版社,2020.
[31] 蒙森. 中世纪和文艺复兴研究[M]. 陈志坚,译. 上海:上海三联书店,2018.
[32] 欧格尔维. 描述的科学:欧洲文艺复兴时期的自然志[M]. 蒋澈,译. 北京:北京大学出版社,2021.
[33] 帕洛夫斯基. 图像学研究:文艺复兴时期艺术的人文主题[M]. 戚印平,范景中,译. 上海:上海三联书店,2011.
[34] 斯金纳. 剑桥文艺复兴哲学史[M]. 徐卫翔,译. 上海:华东师范大学出版社,2020.

[35] 王佐良,何其莘. 英国文艺复兴时期文学史[M]. 北京:外语教学与研究出版社,2018.

[36] 韦伯. 新教伦理与资本主义精神[M]. 于晓,陈维钢,等译. 北京:生活·读书·新知三联书店,1987.

[37] 沃尔夫. 十六、十七世纪科学、技术和哲学史[M]. 周昌忠,苗以顺,毛荣运,等译. 北京:商务印书馆,1985.

[38] 沃格林. 文艺复兴与宗教改革[M]. 孔新峰,译. 上海:华东师范大学出版社,2016.

[39] 张椿年. 从信仰到理性:意大利人文主义研究[M]. 北京:方志出版社,2007.

[40] 张德明. 从岛国到帝国:近现代英国旅行文学研究[M]. 北京:北京大学出版社,2014.

[41] 张世华. 意大利文学史[M]. 上海:上海外语教育出版社,2003.

[42] 张亚婷. 中世纪英国动物叙事文学研究[M]. 北京:北京大学出版社,2018.

[43] 赵林. 西方宗教文化[M]. 武汉:武汉大学出版社,2005.

[44] 周春生. 文艺复兴史研究文集[M]. 北京:商务印书馆,2022.

[45] 朱龙华. 意大利文艺复兴的起源与模式[M]. 北京:人民出版社,2004.

[46] 朱孝远,曹维劲. 文艺复兴书信集[M]. 上海:学林出版社,2002.

二、外文文献

[1] BRIDENTAL R. Becoming Visible: Women in European History [M]. Boston: Houghton Mifflin,1977.

[2] BROWN J. Gender and Society in Renaissance Italy[M]. London & New York: Longman,1998.

[3] COOK J W. Encyclopedia of Renaissance Literature[M]. New York: Fact on File,2005.

[4] HANKINS J. Renaissance Civic Humanism: Reappraisals and Reflections[M]. Cambridge: Cambridge University Press,2000.

[5] RIBNER I. The English History Play in the Age of Shakespeare [M]. London: Routledge,2005.

[6] ROSE M B. Women in the Middle Ages and the Renaissance[M]. Syracuse: Syracuse University Press,1986.

[7] SCARAFFI L, ZARRI G. Women and Faith: Catholic Religious Life in Italy from Late Antiquity to the Present[M]. Cambridge: Harvard University Press,1999.

[8] SICHEL E. The Renaissance[M]. London: Williams & Norgate Ltd,1914.

[9] WHITEHEAD B. Women's Education in Early Modern Europe [M]. New York: Garland,1999.

[10] WILSON C G. Fourteenth Century England[M]. Woodbridge: The Boydell Press,2010.